भरी दोपहरी के अँधेरे

भरी दोपहरी के अँधेरे

मधु कांकरिया

रेमाधव पब्लिकेशन्स

ISBN : 978-81-89914-34-9

भरी दोपहरी के अँधेरे (कहानी-संग्रह)

पहला संस्करण : 2007
दूसरा संस्करण : 2023

मूल्य : ₹ 695

प्रकाशक
रेमाधव पब्लिकेशन्स प्रा. लि.
जी-17, जगतपुरी, दिल्ली-110 051

शाखाएँ : अशोक राजपथ, साइंस कॉलेज के सामने, पटना-800 006
पहली मंजिल, दरबारी बिल्डिंग, महात्मा गांधी मार्ग, प्रयागराज-211 001

वेबसाइट : www.remadhav.com
ई-मेल : contact@remadhav.com

मुद्रक
बी.के. ऑफसेट
नवीन शाहदरा, दिल्ली-110 032

BHAREE DOPAHAREE KE ANDHERE
Stories by Madhu Kankariya

अनुक्रम

चूहे को चूहा ही रहने दो

यदि 'जिन्दगी का मकसद जिन्दगी के भेदों तक पहुँचना है' तो यह कथा आपको कई भेद देगी, पर खुदा न खास्ता यदि आपकी सोच और दृष्टि की रेंज थोड़ी देर के लिए गड़बड़ा जाए और कथा महज एक ऐन्द्रिक कथा बनकर रह जाए तो बहुत सम्भव है वह भेद किसी बालू के ढूह की तरह ही भरभराकर ढह जाए।

बहरहाल...उम्मीद पर कहानी की दुनिया कायम। तो... किस्सा कोताह यह कि कहानी की शुरुआत में एक नायिका है। जो हिमालय के सम्पूर्ण वैभव को पहली बार देख मचल उठी है। आज से पहले उसने इतना वैभव कभी नहीं देखा था। आसमान को छूती पर्वत शृंखलाएँ। पाताल तक जाती घटाएँ। चट्टानें। शिलाएँ। नजरों की छोर तक किसी जादुई हरी चादर से ढँकी सारी प्रकृति, नीचे कल-कल बहती तिस्ता नदी। बीच-बीच में दूधिया बादलों को चीरकर निकली उसकी जीप। उत्तेजना, आश्चर्य और खुशी के अतिरेक में वह चीख उठती..."ओह, कितना अद्भुत! कितना स्वप्निल! पूर्णम इदम्! (यही पूर्ण है।)"

उसने चाहा—हिमालय को सलामी देना। कभी अपने स्कूली दिनों में उसने हिमालय पर कुछेक कविताएँ पढ़ी थीं। उसने उन्हें गुनगुनाने की चेष्टा की...'मेरे नगपति। मेरे विशाल।'

पर इसके आगे स्मृतियों ने उसका साथ नहीं दिया। अतीत के निगेटिव पॉजिटिव में नहीं बदल सके।

अपनी अधूरी सलामी पर उसे खीज आई।

फिर कुछ पंक्तियाँ दिमाग की फुनगी पर फुदकीं ...

'हिमालय के आँगन में उसे प्रथम किरणों का दे उपहार

उषा ने हँस अभिनन्दन किया और पहनाया हीरक हार।'

अपनी स्मृति के इस अंश के पुनर्जीवित होने पर वह मुस्करा पड़ी। दिमाग पर अब और जोर देने की बजाय उसने स्वयं को पूरी तरह हिमालय के हवाले कर दिया। अपने भीतर उसे पहली बार किसी खुदा का सा अहसास हुआ... जिसके प्रभाव से जैसे उसका पुराना चोला फट रहा था और अब वह नए सिरे से निर्मित होकर निकल रही थी—मुक्त और निर्भीक—और तभी उसकी तल्लीनता टूटी। पुत्र ने उसे झँझोड़ डाला—"ममा, हम सी लेबल से कितनी ऊँचाई पर हैं?"

"क्या?" वह गड़बड़ाई। भीतर से बाहर लौटी। इन महान क्षणों में तो वह जैसे सम्बन्धों के भी पार चली गई थी, भूल ही बैठी थी कि उसके साथ उसका नौ वर्षीय पुत्र भी है और बतौर बॉडीगार्ड—उसके पति के ऑफिस का एक कर्मचारी भी।

"बेटे हम सी लेबल से 5700 फीट ऊँचाई पर हैं। हम अभी गैंगटाक से महज 100 किलोमीटर की दूरी पर हैं।"

किसने जवाब दिया, इस प्रकार आँकड़ों सहित?

उसने मुड़कर देखा—वह एक सैलानी था, जिसकी झील-सी गहरी खूबसूरत आँखें उसे देख मुस्करा पड़ी थीं।

"आपका बेटा है?"

"हूँ।"

"बहुत जिज्ञासु है।"

"हूँ।"

उसे टरकाकर वह फिर आकाश और हिमालय की रहस्यमयता और विराटता में खो गई। पहाड़ों को काट-काटकर बनाए गए थे घुमावदार रास्ते। यह ऊँ चाई! यह गहराई! इतनी विशालता...कब से? सृष्टि के आरम्भ से? ये चट्टानें...किन्हीं भीमकाय जानवरों की हड्डियाँ जो कभी जीते-जागते थे। उन्हीं की मांस, हड्डियों की परतें जो जमते-जमते चट्टानें बन गईं।

ऐसी ही क्या कई चट्टानें उसके भीतर नहीं? बेहतर है कुछ भी भीतर नहीं जमने दिया जाए।

पहली बार उसने महसूसा—वह किसी भी आन्तरिक भय से मुक्त थी और उन्हीं भय मुक्ति के क्षणों में उसने अपने साथ आए कर्मचारी से निर्णायक स्वरों में कहा-"आप गैंगटाक टैक्सी स्टैंड से ही वापस कोलकाता लौट जाएँ...आगे की यात्रा मैं स्वयं कर लूँगी।"

"पर मालिक का आदेश..."

"मैं समझा दूँगी, उन्हें।"

गैंगटाक आते-आते फिर परिदृश्य बदलने लगा था। ज्यों-ज्यों जीप ऊँचाई पर बढ़ती जा रही थी, धुन्ध बढ़ती जा रही थी। युवती ने आश्चर्य से देखा ऊपर की ओर, आसमान का टटका नीलापन किसी ने चुरा लिया था। आसमान सफेद था। एकदम शुभ्र। धवल दूधिया बादलों से ढँका हुआ। उसने नीचे घाटियों की ओर देखा—आश्चर्य! वहाँ भी कुछ नहीं था—सिर्फ दूधिया बादल। पूरा परिदृश्य पत्ता-पत्ता बादलमय था।

यहाँ ऊँचाई पर धरती आकाश नहीं, पहाड़ और आकाश मिलते हैं। बादल मिलवाता है उन्हें। युवती पुलकित थी—चित्रकार की उस अद्भुत कलाकृति ने उसकी समस्त इन्द्रियों में सौन्दर्य-ही-सौन्दर्य भर दिया था।

उसके भीतर अद्भुत विचार भरने लगे—यदि कोई हत्यारा देख ले, आत्मा के कलुष को धो डालनेवाले इस अलौकिक सौन्दर्य को, हिमालय के सम्पूर्ण वैभव के साथ तो क्या फिर कर पाएगा वह किसी की हत्या? उसके अवचेतन में अमेरिका और ओसामा बिन लादेन झाँक गए। युद्ध, दंगे, महामारी, बम, भुखमरी, छीनाझपटी, चोरी-चकारी, हारी-बीमारी के माहौल

में ही पनपते हैं हत्या जैसे विचार। काश, इस सौन्दर्य का कुछ भी अंश अपने साथ ले जा पाती वह!

विचारों का सैलाब उसे अपने भीतर लौकिक से पारलौकिक बनाने लगा था कि पुत्र ने फिर लंगी मारी।

"ममा, आज की शाम हम कहाँ चल रहे हैं? अंकल ने बताया है कि बस पन्द्रह मिनट में ही आनेवाला है गैंगटाक।" पुत्र का उतावलापन।

"आज की शाम तो आप सिर्फ लोकल साईड सीन ही देख पाएँगे जनाब! झाँगू लेक तो कल ही जा पाएँगे आप।" पास ही बैठे सैलानी ने फिर उसका उद्धार किया।

इस बार गर्दन को एक विशेष कोण पर मोड़कर उसने अपनी बड़ी-बड़ी बादामी आँखें उस पर टिका दीं—करीब 30-32 की उम्र का एक चमकता चेहरा लम्बा कद। बौद्धिक आँखें। खिलाड़ियों का इकहरा बदन। लेनिन मार्का दाढ़ी—सब मिलाकर भारतीय और तिब्बतीय संस्कृति का मिला-जुला, आले दर्जे का रूप।

"यह बार-बार मेरी 'प्राक्सी' क्यों दे रहा है?" युवती ने मन-ही-मन सोचा।

"यह युवती इस समय इतनी गहराई से क्या सोच रही है कि पुत्र तक से बेखबर है।" युवक ने मन-ही-मन सोचा।

पर प्रकट में दोनों चुप रहे। युवती ने अपने बिखरे बालों की एक लट जो उसके सामने आ गई थी, उसे पीछे की ओर धकेला।

युवक ने अपने पैंट की जेब से नीला रूमाल निकालकर उसे अपने चेहरे पर घुमाया।

दोनों फिर हल्के-से मुस्करा पड़े।

जीप की रफ्तार अब रफ़्ता-रफ्ता धीमी हो रही थी। ठौर-ठौर पर धूपी, क्रिसमस के पेड़ और सुन्दर-सुन्दर छोटे-छोटे होटल। कहीं-कहीं अपनी परम्परागत पोशाक में सिक्किमी युवतियाँ।

युवती का पुत्र उमंग उमंगित हो चहचहाया—"ममा, अब हम गैंगटाक में आ गए हैं न!"

युवती ने ड्राइवर से अनुरोध किया—"आप हमें होटल फोर सीजन तक छोड़ दें!"

"जी वह तो रास्ते में नहीं पड़ेगा .. एक्स्ट्रा चार्ज पड़ेगा।"

"ठीक है।"

"तो मैडम होटल फोर सीजन में ठहरी हैं।" युवक ने मन-ही-मन सोचा। तभी उमंग बोल पड़ा—"आप किस होटल में ठहरेंगे अंकल?"

"मैंने तो अभी तक कहीं बुक ही नहीं करवाया है—देखें, जहाँ जगह मिल जाए" युवक ने होठों को गोल करते हुए जवाब दिया।

"आप भी हमीं लोगों के होटल में आ जाइए न...शायद वहाँ जगह मिल जाए।"

युवती ने भी सहमति में सुर मिलाया।

"हाँ, उमंग को भी आपकी कम्पनी मिल जाएगी ..."

होटल फोर सीजन। सैलानी को वहीं एक कमरा मिल गया था। उमंग खुश। पौ बारह! ममा से तो कहीं अच्छे श्रोता उसके ये अंकल ही हैं। सुपर अंकल!

अपने कमरे को देखकर उमंग फिर अपने अंकल की ओर चल दिया—"देखें आपका कमरा कैसा है? बालकनीवाला है?"

"आपने देखा अंकल, यहाँ कहीं भी आपको पंखे नहीं दिखेंगे, और हाँ अंकल, मैंने अभी तक यहाँ कोई भी काला कौवा, कबूतर, चिड़िया और तितली नहीं देखी...ऊँचाई की वजह से न!"

"अंकल, बस आधे घंटे में निकल चलते हैं, साढ़े चार बजे तक निकलें तो भी इधर-उधर के साईड सीन्स तो देख ही लेंगे। चलिए, किसी जीपवाले से बात कर लेते हैं...।"

"तुमने अपनी ममा से पूछ लिया है?" पहली बार इस इकतरफा संवाद में उसने हिस्सा लिया।

"हाँ, अंकल, ममा से पूछ आया हूँ।"

होटल मैनेजर के सहयोग से उमंग और सैलानी एक साझी जीप कर लेते हैं।

शाम।

पहाड़ी इलाके, जहाँ साँझ के पूर्व साँझ घिर आती है। जीवन के सारे चिह्न, सारे स्पन्दन—आठ साढ़े आठ बजे तक सिमट जाते हैं। जीप ड्राइवर आगाह कर देता है, छह बजे के बाद यहाँ सारे व्यू प्वाइंट बन्द हो जाते हैं मैडम। बारिश, दुर्गम सँकरे घुमावदार रास्ते और अँधेरा...आवाजाही बन्द हो जाती है।

युवती फिर तल्लीन। सभी दबावों से मुक्त अपने भीतर की उन तरंगों को पकड़ने में आत्मलीन—जो ऐसे अवसरों पर उसके भीतर तरंगित हो उठती थीं, कि तभी ड्राइवर की आवाज से तन्द्रा भंग हुई उसकी।

"उतरिए एसेम्बली हाउस आ गया है।"

" .... "

"ये देखिए, ये है गैंगटाक का सबसे ऊँचा व्यू प्वाइंट, इसे सुसाईड प्वाइंट भी कहते हैं—जिन्हें मरना होता है यहीं से छलाँग लगाते हैं वे। अरे, सच बता रहा हूँ, कई लोगों ने छलाँग लगाई है—तभी न इसका नाम पड़ा है—सुसाईड प्वाइंट।"

"क्या?" युवती जैसे बिखर गई। इतने सर्वोत्तम सौन्दर्य और जीवन आग्रही प्रकृति के बीच भी क्या कोई मरने की सोच सकता है? यहाँ तो मुर्दे भी जी उठें। न गर्द, न गन्दगी, न भूख, न भिखारी। न दंगा फसाद, न महामारी। और न ही कोलकाता की तरह सड़कों पर ही रिसती-पिसती, जीवन की हिचकियाँ लेती अधमरी, अपाहिज मानवता। हे भगवान, ऐसी जगह भी सुसाईड?

जाहिर था युवती इतने भव्य सौन्दर्य और सुसाईड के बीच संगति नहीं बैठा पा रही थी।

'सुसाईड' शब्द सुन युवक भी रोमांचित और विचारशील हो गया था। किसी दार्शनिक की तरह उसने कहा, "कोई जरूरी नहीं कि इतना सौन्दर्य जीवन

के प्रति राग ही पैदा करे, वह विराग भी तो पैदा कर सकता है। एक बार दो मित्रों ने एक साथ किसी अति भव्य रमणीय स्थल को देखा, पहला उसे देख पगला गया...सहन नहीं कर पाया इतने भव्य सौन्दर्य को। उसने वहीं से छलाँग लगा ली, मुझे मेरा प्राप्य मिल गया। अब इस दुनिया में मेरे लिए देखने लायक कुछ भी नहीं बचा। जबकि दूसरे मित्र ने उसी समय संकल्प लिया—हम अपने देश को भी इतना ही सुन्दर बनाएँगे और उसके लिए मर-मरकर जन्म लेंगे। तो मैडम यह तो अपना-अपना सोच और नजरिया है, चीजों को देखने का...।"

युवक सन्तुष्ट था, पहली बार उसने युवती से कुछ प्रभावशाली वार्ता की थी।

जीप फिर आगे बढ़ने लगी। लेकिन अब युवती आत्मलीन नहीं थी। बीच-बीच में कई दूसरे व्यू प्वाइंट भी देखा उन्होंने। पर युवती के मन में विखंडन की शुरुआत जो हुई वह थमी नहीं। वह लगातार जीवन-मृत्यु और अमरत्व जैसे प्रश्नों पर विचारों की जुगाली करती रही और तभी उसके खयालों में कौंधा कि अभी कुछ ही दिन पहले उसने किसी स्थानीय खबर में पढ़ा था कि एक कलकत्तावासी ने सिर्फ इस कारण आत्महत्या कर ली थी कि उसे उसकी भतीजी की शादी में जाने का आमंत्रण नहीं मिला था।

"क्या यह जीवन का अपमान नहीं ...?" उसने स्वयं से पूछा—

"जैसे जिन्दगी नहीं कोई सिगरेट हो कि मन माफिक नहीं मिला तो बुझा दी..." फिर स्वयं ही जैसे जवाब मिल गया उसे। पर रहस्यमय मन...कौन पा सका है इसकी थाह!

करीब आता होटल और उमंग की उतावली—"ममा, इसी जीपवाले से झाँगू लेक के लिए बात कर लो। जानती हो ममा, वहाँ एक दिन में सौ से अधिक जीपों के जाने की परमिशन नहीं है।

जीपवाला हँस पड़ता है। एक खुरदुरी हँसी।

"नम्बर की चिन्ता नहीं है मुन्ना! फिकर की बात तो यही है कि कल भी आज की तरह गहरा कुहासा मिला तो रास्तों को बन्द भी किया जा सकता है, मिलिट्री की परमिशन नहीं भी मिल सकती है। झाँगू लेक का सारा इलाका डाइरेक्ट मिलिट्री के कंट्रोल में है।

"क्या? परमिशन नहीं भी मिल सकती है? ओह नो, भगवान ऐसा न करे। बड़ी मुद्दतों बाद तो बना यह प्रोग्राम, जो भी आते-आते कैंसिल ही हो जाता यदि उमंग भूख हड़ताल ही नहीं कर बैठता। ठीक अन्तिम दिन—दिल्ली से कोई बड़ी पार्टी आ गई थी। उमंग के पिता ने तो प्रोग्राम कैंसिल ही कर दिया था, यह तो उमंग अड़ गया तो हारकर उन्होंने अपने स्टाफ को साथ भेजा, अब तो शायद जिन्दगी-भर नहीं आना हो गैंगटाक ..."

युवती एकदम मायूस हो उठी थी।

युवक उसे आश्वस्त करता है—"देखिए, सब ठीक हो जाएगा..."

"लेट्स होप फार दि बेस्ट।"

उम्मीद! उम्मीद!

अलबेली सुबह। टापुर-टुपुर बारिश और मीठी खबर।

"मिलिट्री से सिग्नल मिल गया है, अब जा सकती हैं, आप झाँगू लेक। चियर अप।" शब्द-शब्द से झड़ता उत्साह।

"सच!" वह झूम उठी—"सारी रात उठकर देखती रही थी बारिश को। चलिए, इसी खुशी में इकट्ठे चाय पीते हैं—आइए, अन्दर आ जाइए।"

"क्या ...? युवक का समीकरण पहली बार गड़बड़ाया—कहीं यह 'वह' तो नहीं? साहसिक सौन्दर्य के आवरण में लिपटी गन्दी तृष्णा। उड़ते-उड़ते बादलों की तरह आकर खबर दे देना एक बात है, पर इस प्रकार भोर के सन्नाटे में निपट पहाड़ी एकान्त में, अकेली महिला के साथ बन्द कमरे में...बिना किसी वजह।

यौवन के स्वप्न जगाती युवती और मध्यवर्गीय संस्कार। युवक आसमान की ओर ताकने लगा, जैसे वहीं से मिलेगा कोई सिग्नल।

युवती हँस दी। गुड़ की भेली-सी मीठी हँसी—"भीतर आ जाइए, उमंग को भी उठा देती हूँ।"

"उमंग उठो, देखो अंकल आए हैं, कितनी अच्छी खबर लाए हैं—झाँगू लेक के लिए परमिशन मिल गया है।"

उमंग कुनमुनाया—"मिल गया परमिशन?"

युवक थोड़ा सहज हुआ—जैसे उमंग नहीं, दोनों के बीच कोई सेफ्टी बल्ब जल उठा हो।

आधे घंटे के भीतर ही जब तीनों तैयार होकर इकट्ठे होटल के बाहर निकले तो जाने क्यों रिसेप्शन पर कमरे की चाबी जमा करते वक्त युवक को लगा जैसे वहाँ होटल का स्टाफ नहीं आँखें-ही-आँखें हों चहुँओर।

बढ़ती जीप...झाँगू लेक की ओर।

निरन्तर ऊँचाई पर होते जाने के एहसास से पुलकित रोमांचित और उत्तेजित युवती। दोनों पर्वत-श्रृंखलाओं और काँटा-काँटा रास्ते के बीच दौड़ती जीप—और बीच-बीच में ऊपर से गिरते पहाड़ी झरने—युवती ने ऐसे चित्र अभी तक सिर्फ कैलेंडर में ही देखे थे...आज इन्हें साक्षात् देख वह विस्मित थी, ओफ, जिसने प्रकृति का वैभव नहीं देखा, वह सबसे दरिद्र। लेकिन उससे विपरीत मन:स्थिति उमंग की—ड्राइवर और रास्तों की तरफ देखते ही वह किसी जानवर की तरह भयभीत हो जाता, इतना कुहासा,...इंच भर भी जीप इधर-उधर हुई नहीं कि सीधा खाई में।

युवक ने उसे भयमुक्त करना चाहा—ये ड्राइवर काफी ट्रेंड होते हैं, ये आँखें मूँदकर भी चलाएँ तो ठीक पहुँचा देंगे। इनकी चिन्ता छोड़ो और जस्ट इंज्वाय।

"यदि जीवित बचूँगा, तभी न इंज्वाय करूँगा।" उमंग किसी भी प्रकार सामान्य नहीं हो पा रहा था।

हँस दिया युवक—"बाप रे...धरती से उगा नहीं और पहाड़ जैसी चिन्ता!"

युवक ने युवती की ओर देखा...वह उड़ते बादलों और बहते झरनों की दुनिया में थी। जैसे इन झरनों ने उसकी जिन्दगी के सबसे हसीन ख्वाब को अंजाम दे दिया हो।

युवक ने आखिरकार क्षण-क्षण दुर्घटना का गणित साधते उमंग का ध्यान उन आकर्षक चेतावनियों की ओर खींचा जो जगह-जगह पर ड्राइवरों को आगाह करने के लिए लिख दी गई थीं।

'नजर हटी कि दुर्घटना घटी।'

'बी मिस्टर लेट, देन लेट मिस्टर।'

'ड्रिंक एंड ड्राइव एंड यू वोंट सरवाईव।'

'थ्री वेज़ टु एचीव गॉड।

लिकर, स्पीड एंड ऑवर लॉड।'

तरह-तरह की काव्यात्मक चेतावनियों को पढ़ते मजा आने लगा था उमंग को...और इन चेतावनियों को पढ़ते-पढ़ते ही जाने कब वे झाँगू लेक पहुँच गए थे।

झाँगू लेक। सभी सैलानी अपने कैमरे निकाल आसपास के सौन्दर्य को उसमें कैद करने में मशगूल हो रहे थे पर उमंग फिर बिफर पड़ा था।

"ममा, आपने तो कहा था कि यहाँ सब कुछ बर्फ से ढँका मिलेगा, पर यहाँ तो सब हरा है...बर्फ इक्की-दुक्की जगह है।"

"बर्फ देखनी हो तो आप फरवरी मार्च के आसपास आइए मुन्ना बाबू, इस जून के महीने में सारी बर्फ गल जाती है, फिर भी ऊपर बाबा के मन्दिर के आसपास जरूर बर्फ मिल जाएगी।" ड्राइवर ने उसे मायूसी से बचाना चाहा।

"तो क्या अभी और ऊपर चलना है ...?" उमंग फिर चहक पड़ा।

"हाँ, ऊपर बाबा का मन्दिर है।"

"बाबा का मन्दिर? वह क्या?" युवती ने पास ही खड़े आर्मी जवान से पूछा।

आर्मी जवान—"हाँ बाबा का मन्दिर दरअसल स्वर्गीय आर्मी मेजर हरभजन सिंह की स्मृति में बना मन्दिर है। एक बार वे अपनी बटालियन को लीड कर रहे थे कि बर्फ में उनका पाँव फिसल गया था और वे वहीं दब गए थे। उनकी डेड बॉडी भी नहीं मिल पाई थी। बाद में कई बार वे अपने कलिग के स्वप्न में दिखाई दिए। स्वप्न में ही उन्होंने उससे कहा—मैं इन्हीं बर्फों में दबा पड़ा हूँ...तुम मेरा एक काम करो, मेरी स्मृति में एक छोटा सा देवघर बनवा दो नहीं तो मुझे चैन नहीं पड़ेगा। बाद में उनके लिए—वहीं पर एक देवालय बनवा दिया गया, जहाँ उनकी तसवीर और सामान स्मृति-स्वरूप सजा दिया गया। उसके बाद फिर वे अपने कलिग को कभी भी दिखाई नहीं पड़े। जी, हमारा तो विश्वास है कि बाबा यहीं, हमारे आसपास ही हैं। आज भी इन्फेंट्री के दिन उनकी स्मृति में एक आयोजन होता है। जाते वक्त जब जीप में आर्मी अफसर बैठते हैं तो स्टीयरिंगवाली सीट

अपने आप हिलने लगती है। बाबा अदृश्य रूप से तब उपस्थित रहते हैं हमारे बीच।" शब्द-शब्द भक्ति भाव और आस्था में तरबतर था फौजी जवान का।

युवती रोमांचित हो उठती है यह कथा सुनकर। युवक से कहती है—"क्या आपको लगता है, हरिभजन बाबा की आत्मा सचमुच इन पहाड़ों पर है?"

"जो भी कहिए, तमाम वैज्ञानिक और एटमिक उपलब्धियों के बावजूद भारत की सच्ची तसवीर यही है—सहज विश्वास—आत्माओं में, पुनर्जन्म में, स्वप्न में, किंवदन्तियों में, अन्धविश्वासों में, चमत्कारों में, धार्मिक आस्थाओं में—देख नहीं रही हैं आप, इतनी ऊँचाई पर भी बुद्धिस्ट लोगों की इन पताकाओं को...जरूर अपनी किन्हीं मुरादों के लिए ही फहराई गई होंगी—ये पताकाएँ..."

जवाब सुनकर युवती प्रभावित। उमंग और युवक कैमरा लिए चतुर्दिक बिखरी सुन्दरता को कैमरे में कैद करने में लगे रहे और युवती घूम-घूमकर बाबा के मन्दिर की लोक आस्थाओं का जायजा लेती रही।

बाद में उतरते वक्त देखा था युवती ने, प्राय: हरेक जीपवाले ने अपनी जीप में हरभजन सिंह बाबा की छोटी-सी माला पहनाई तसवीर अपने सामने लगा रखी थी।

ईश्वर...प्रकृति, मनुष्य देह...आत्मा के पारस्परिक सम्बन्धों पर सोचते हुए युवती फिर दार्शनिक की तरह किसी परम तत्त्व के अन्वेषण में खो जाती है कि उमंग झँझोड़ता है..."देखो ममा! कितने सारे फौजी जवान!"

"हाँ बेटा...ये बर्फीली तूफानों को झेलते हैं, जिससे हम चैन की नींद सो सकें, इनका अभिवादन करो।"

उमंग चाव से हाथ हिला-हिलाकर सबका अभिवादन करता है।

जवान भी तत्परता से हाथ हिलाते हैं। मुस्कराते हैं।

युवती रोमांचित हो उठती है—एक ही देश, एक ही धरती, एक ही योनि में जन्म लेने का रिश्ता कितना गाढ़ा होता है...! तुम धीरे-धीरे समझोगे उमंग। और तुम भी सैलानी।

यात्रा समाप्त। होटल।

जीप से उतरकर युवक ज्यों ही अपने कमरे की दिशा की ओर अग्रसर

हुआ, युवती ने उसे रोक दिया। आँखों में अपूर्व अनुराग और आमंत्रण—हमारे साथ ही चलिए, इकट्ठे डिनर ले लेंगे, दो थालियाँ मँगवा लेंगे...तीनों का हो जाएगा।

शब्द-शब्द चासनी में तर।

युवक फिर चौंका। यह दूसरी बार था कि एकान्त होते ही युवती ने फिर उसके करीब आना चाहा। हल्की-हल्की विचार तरंगे मन पर थपेड़े लगाने लगीं—गाम्भीर्य, अभिजात और बौद्धिकता का लबादा ओढ़े ये कहीं निम्फोमैनिक तो नहीं? बदचलन तो नहीं? बत्तीस वर्ष का उसका अनुभव। अभी तक कोई इस कदर इतने अल्पकाल में उस पर आसक्त नहीं हुई? फिर यह विवाहित! माँ! नहीं, वे बेख्वाब मन में ख्वाब जगाता यह आमंत्रण साधारण नहीं—यह तो प्रलय पूर्व नक्षत्रों द्वारा अपनी-अपनी परिधियों का सीमा अतिक्रमण हुआ। ...

असमंजस में उड़ते हुए कुछ लम्हे ...

सौन्दर्य और संस्कार, यौवन की पुकार और नैतिकता के बीच पाँखुरी-पाँखुरी बिखरा मन, कि तभी युवती ने निर्द्वन्द्व होकर, बिलकुल सहजता से कहा, "आज की शाम को अविस्मरणीय बना देते हैं—शेर, शायरी और कविताएँ तो आपको आती ही होंगी।"

"हाँ, कॉलेज के दिनों में कभी-कभार गा लिया करते थे।"

तो आज की शाम शायरियों के नाम।

युवक वहीं जम गया, जैसे किसी अदृश्य रिमोट ने विचार शून्य कर फ्रीज कर दिया हो उसे।

दूरदर्शन। विश्वकप। फुटबॉल।

पूरी तरह मशगूल उमंग। कॉलबेल। बैरा।

बैरे को देखकर युवक फिर सिटपिटा गया। भीतर फड़फड़ाहट हुई।

"क्या पसन्द है आपको?"

"कु...कुछ...भी, सब चलेगा...जो पसन्द हो उमंग को, मँगवा लीजिए।"

"अंकल, आपने नोट किया, यहाँ खुली चाय के ऊपर भी पपड़ी नहीं जमती...अंकल यहाँ की विशेष डिश मोमो खाई आपने?

उमंग और युवक ही बतियाते रहे। युवती लगभग खामोश रही और खाने के बाद बिना किसी बातचीत के बाहर बालकनी में चली गई।

थोड़ी देर अखरा युवक को युवती का यह विचित्रता भरा व्यवहार। अनुग्रहपूर्वक बुलाना और फिर 'आई केयर डैम' वाला एटीट्यूड।

थोड़ी देर वह अन्यमनस्क-सा बैठा रहा...और फिर अपने सिकुड़े हुए आत्मविश्वास के साथ वह भी बालकनी में खड़ा हो गया।

युवती दत्तचित्त होकर रेलिंग से कुहनी टिकाए निचली तराइयों में बसे जीवन को, छोटे-छोटे लकड़ी के घरों को, रात के निविड़ अन्धकार में तारों-सी झिलमिलाती रोशनी की झालर को हिरणी-सी चकित होकर अपलक देख रही थी...जैसे वह रोशनी की झालर नहीं, जीवन का उजाला हो।

युवक को युवती थोड़ी रहस्यमई लगी।

"आप सचमुच प्रकृति की दीवानी हैं?" खामोशी की बर्फ तोड़ी उसने... आखिरकार।

"क्या आप नहीं?"

"मैं...मैं हर उस चीज का दीवाना हूँ जो खूबसूरत है।"

"सच!" अपनी खूबसूरत बादामी आँखों को युवक पर गड़ाती वह उसके करीब आई।

और देखते-ही-देखते उन विशाल पनीली आँखों में गुलाबी डोरे खिंच गए, जिन्हें देख युवक को लगा, अब युवती किसी खतरनाक 'जोन' में बदल चुकी है। और जाने किस आदिम और अपराजेय शक्ति से वशीभूत होकर उसने युवती के कन्धों का हल्का-सा स्पर्श किया।

जाने उसके हाथों के स्पर्श में क्या था कि युवती की आँखों का रंग देखते-देखते ही बदल गया...अब वहाँ गुलाबी रंग नहीं, वेदना की कोई गहरी झील झिलमिला रही थी। युवक फिर आश्वस्त हो गया था—नहीं, इन आँखों में वैसी कोई भूख नहीं। तो फिर कैसी याचना है इन आँखों में? उसने फिर ताका युवती की ओर...क्षण-भर के लिए दो छवियाँ...दोनों के भीतर उतरी। कुछ भाव सम्प्रेषण हुआ कि तभी उन क्षणों का वह महाभाव एकाएक किसी सूखी टहनी-सा तड़क गया।

उमंग ने उसी समय ढेर-सारी उल्टी कर दी।

भयंकर दुर्गन्धवाली बदहजमी की उल्टी।

पहली उल्टी...दस मिनट बाद ही फिर दूसरी उल्टी।

क्षणांश में ही युवती का कायान्तरण किसी चुस्त-दुरुस्त नर्स के रूप में हो गया। उसने वह सब कुछ किया जो उन क्षणों में जरूरी था—बेटे को सहलाना... पोंछना, कपड़े बदलना, बाथरूम साफ करना। अपने पास के मेडिकल बैग से उसने कुछ दवाई ढूँढ़ी...पर वहाँ भी दवाई नहीं मिली।

इसी बीच उमंग ने फिर की एक उल्टी।

घबड़ाकर उसने कॉलबेल बजाकर बैरे को बुलाया।

"इसे जबर्दस्त उल्टियाँ हो रही हैं, आप जैसे भी हो मुझे 'डामस्टल' टेबलेट ला दीजिए।"

"घबड़ाने की कोई बात नहीं है, इसने जरूर झाँगू लेक को जूठा किया होगा...झाँगू लेक को जो भी जूठा करेगा...पहाड़ की देवी उसे इसी प्रकार सजा देती है..." भरपूर पहाड़ी विश्वास और आस्था के साथ जवाब दिया उसने।

उमंग उत्तेजित हो उठा।

"नहीं, मैंने झाँगू को जूठा नहीं किया—मैं तो करीब तक भी नहीं गया... बस दूर-दूर से ही देखता रहा उसे।"

उमंग को शान्त कर युवती फिर बैरे से दवाई लाने का आग्रह करती है।

"दवाई तो अब नीचे ही मिलेगी...यहाँ तो आठ बजे तक सबकुछ बन्द हो जाता है...पर इतनी बारिश, यदि पुलिस ने नीचे जाने से रोक दिया तो? पर आप चिन्ता नहीं करें झाँगू लेक को दोष पहुँचा है...इसलिए ऐसा हो रहा है। मैं उसे चाय और नमक का घोल बनाकर देता हूँ...उल्टी रुक जाएगी।"

बैरे के जाते ही युवती का शहरी मन फिर आशंकित हो उठा। अजनबी पहाड़ियाँ...दुर्गम बन्द रास्ते...बारिश...रात यदि उल्टियाँ नहीं रुकीं तो इसके पिता तो चीर ही देंगे...ऑफिस के स्टाफ को भी मैंने विदा...। मन-ही-मन सारे देवी-देवताओं को गुहारते हुए उमंग को थोड़ा-सा इलेक्ट्राल पाउडर दिया और दम साधे घड़ी की टिक-टिक की ओर देखती रही। छह मिनट...सात मिनट... दस मिनट...अन्तिम उल्टी दस बजकर तेरह मिनट पर हुई थी।

क्षण-क्षण गणित साधती वह फिर गणित गड़बड़ा गया उसका। उमंग ने फिर दो बार उल्टी की, पर इस बार अन्न की नहीं...खालिस पानी।

हे भगवान इतना पानी निकल गया...कहीं डिहाइड्रेशन नहीं हो जाए ...।

उमंग के सिरहाने बैठकर वह उसके माथे पर यूँ हाथ फेरने लगी जैसे अपनी सारी शक्ति उसके भीतर उँड़ेल देना चाहती हो।

रह-रहकर बैरे की आवाज कान में गूँजने लगी—सारे रास्ते बन्द हैं।

युवक भी, जो इस बीच आसपास डॉक्टर की खोज में निकल पड़ा था वापस आ गया—पुलिस ने नीचे जाने से रोक दिया...रास्ते बन्द हैं।

इस बीच बैरे ने आकर उसे 'डामस्टल' टेबलेट पकड़ाई—दूसरे होटल के किसी टूरिस्ट के पास से लाया हूँ।

"मिल गई टेबलेट?"

उस छोटी-सी टेबलेट को देखकर युवती यूँ खुश हुई जैसे उन क्षणों कोई देवता मिल गया हो—मानवीय पीड़ा से मुक्ति का देवता।

"उमंग दवाई लो...अब चिन्ता की बात नहीं है—अब दवाई अपना
काम करेगी।"

दवाई देकर थोड़ी आश्वस्त हुई और उन ढीले पड़ते तनावपूर्ण क्षणों में हठात् युवती की विस्मृत दृष्टि चेतना में कौंधा—इतने फौजी जवान देखे उसने, कैसे माएँ भेजती होंगी उन्हें मोर्चे पर...कहाँ से लाती होंगी वह जिगरा। भीतर कुछ पिघला और उसने सोये हुए उमंग के सिर पर हाथ फेरा।

युवती की एक निगाह घड़ी पर, एक उमंग पर।

हिलता सीना उमंग का। बत्ती बुझा दी उसने। नाईट लैम्प जला दिया। दस मिनट...बीस मिनट...पचीस...तीस मिनट।

क्षण-क्षण एक युग जैसे बीता।

अब आश्वस्त है युवती...नींद की नदी में धीरे-धीरे हिचकोले खा रहा
है उमंग।

कृतज्ञता में फिर हाथ जुड़ गए। राहत की साँस ली उसने—जैसे किसी गहरी दमघोंटू सुरंग से बाहर निकली हो।

युवक भी मुस्कराया। धीरे से फुसफुसाया—"अब चिन्ता की कोई बात नहीं है, नींद आ गई है। अब सुबह ही उठेगा।"

सघन सन्नाटा...घड़ी की टिक-टिक।

पाँच-छह मिनट निस्तब्ध...खामोश बैठकर अब युवक उठ खड़ा हुआ—"अब आप बेफिक्र रहिए...आराम कीजिए...मैं भी अब चलूँ।"

दिलों से दूर न जाओ बहुत उदास है रात!

सितारों सामने आओ बहुत उदास है रात !!

उमंग की बदहजमी से जो प्रेमकथा अल्पकाल के लिए नेपथ्य में चली गई थी, झमाझम बरसती रात में वह अब फिर दृश्य पटल पर उभरने लगी थी। खड़े होते युवक को देख युवती का दिमागी चैनल तत्परता से बदला। वह क़रीब आई। उस जादू भरे धुँधलके में अपने जनाना जादू का भरपूर इस्तेमाल करते हुए युवक की आँखों में झाँका उसने—रुक जाइए...पता नहीं फिर कब आपकी दरकार पड़ जाए—शब्द-शब्द सोमरस से पगा हुआ।

"दरकार ..." युवक की सतही चेतना ने उसे सावधान करना चाहा, पर उन्हीं क्षणों भीतर की गहरी अन्तर्धारा से जैसे एक और आवाज निकली—बह जाने दो अपने को—यौवन, प्रेम और जीवन के इस आदिम राग में।

छोटी खामोशी।

सोच की धूप-छाँव।

उसने पलटकर फिर देखा युवती को जैसे औरत के भीतर औरत खोजने की आखिरी चेष्टा कर रहा हो, पर उन आँखों में उसे कामुकता नहीं वरन् पूरा ब्रह्माण्ड ही समाया हुआ दिखा।

क्या व्यक्ति वही विश्वास करता है जो वह विश्वास करना चाहता है? युवक फिर ठिठक गया, जैसे किसी मंत्र की शक्ति ने उसे वहीं जमा दिया हो। और यौवन की उस धारा में बह जाने को प्रेरित कर रहा हो।

......

......

युवती अब बाथरूम में।

दस मिनट की अधीर प्रतीक्षा।

आदिम राग-सा बजता युवक के भीतर।

और जब वह निकली बाथरूम से तो युवक को लगा, जैसे उस जादुई लाल-गुलाबी से धुँधलके में वह किसी आदिम युग में पहुँच गया हो...और उसके सामने अजन्ता की गुफा से कोई अप्सरा निकल रही हो...देह की भाषा बोलती हुई, मादकता की दीपशिखा-सी लहराती, मन्थर-मन्थर गति से आगे बढ़ती हुई।

मौसम अब बदल गया था। वासना-प्रेम, सत्य-असत्य—सब घुल-मिल गए थे। खुशबू और ताजगी के झोंकों के साथ स्वप्न और यथार्थ की तरह एक छाया उसके करीब आई और उसके कन्धों पर झुक गई।

युवक के विचार पलटे—देह ही जीवन का सबसे ठोस सत्य, पहला यथार्थ। सम्मोहित होकर उसने युवती का चेहरा धीरे-धीरे ऊपर उठाया, साथ ही भीतर की गहराई से एक क्षीण सोच भी ऊपर उठा—कौन विश्वास करेगा किसी पहाड़ी रात में किसी खूबसूरत युवती ने इस प्रकार उसे आमंत्रित किया था। मैंने तो अभी तक यही जाना था कि महान परम्परा और इतिहासवाले इस प्राचीन देश की हिन्दुस्तानी औरतें सेक्स के मामले में पति तक को आगे बढ़कर आमंत्रित नहीं करतीं...गैर उन्हें छू तक नहीं सकते। क्या हिन्दुस्तानी औरत 'प्रगति' पर है या यह विजय मेरे पुरुषार्थ की है?

बहरहाल...विचारों की उन छोटी-छोटी तरंगों को जल-कणों सा झाड़ते हुए उसने शुरूआती झिझक के बाद काम की उस साकार प्रतिमा को आहिस्ता-आहिस्ता छुआ। फिर धीरे-धीरे चूमना शुरू कर दिया। दुनिया की सारी प्रेमकथाएँ, लोककथाएँ, परीकथाएँ, जातककथाएँ इस रहस्य रोमांच कथा के सामने फीकी थीं।

आवेग, मादकता, उजास, उम्मीद, स्वप्न और यौवन की उच्छृंखलता के सौ-सौ सूर्य वहाँ जगमगा रहे थे।

पी लो, पी लो मधु का प्याला।

इसके कण-कण में है ज्वाला॥

कामनाओं के पुष्प बाण फेंकती युवती और अपने मध्यमवर्गीय जड़ संस्कार की केंचुल को एक-एक कर उखाड़ फेंकता युवक। दोनों अब मधु चन्द्रिका की उस मिलन यामिनी में 'मधुमती' की भूमिका में थे।

जिन्दगी के विरल और दिव्य मधु को चषक-चषक पीता युवक। बीच-बीच में जब-जब युवती को किसी गन्दे चिथड़े की तरह पति का खयाल आता, वह युवक को कसकर अपने आगोश में ले लेती, पर क्षणों में उसकी आँखें विशेष रूप से चमकने लगतीं।

युवक दर्प से मुस्करा उठता—"आई केम, आई सा, आई कांकर्ड।"

एक खूबसूरत जिस्म ही नहीं, खूबसूरत दिमाग भी उसके आगोश में था।

जिन्दगी उन लम्हों में पूरी उदारता से यौवन, उन्माद और राग की चाँदनी बिखेर रही थी। युवती के शरीर और सम्मोहन की अतल गहराइयों में डूबता जा रहा था युवक।

बेखुदी...तल्लीनता और तन्मयता के खामोश क्षण।

स्वप्न और यथार्थ के समागम के क्षण।

और ठीक जब युवक चरमोत्कर्ष की ओर अग्रसर होता हुआ स्वयं को संसार का सबसे सुखी और वैभवशाली व्यक्ति समझ रहा था, तभी एक झटके से युवती ने उस ऐन्द्रिक जाल से स्वयं को मुक्त किया। सेज को छोड़कर वह उठ खड़ी हुई थी जैसे अब वह सेज नहीं कोई शर शय्या हो।

दो खूबसूरत जिस्मों का कोई पुल बनते-बनते टूट गया।

युवक स्तब्ध। भौचक्क। प्रवंचित।

यह उसका साफ रिजेक्शन था। एक गुलाबी प्रेम कहानी के असमय अवसान पर वह अचम्भित था। अपमानित भी। अपनी गर्माती और बेकाबू देह पर वीरतापूर्वक काबू पाते हुए उसने हैरत और आग्नेय दृष्टि से युवती की ओर ताका। बोलते-बोलते उसकी आवाज कँपकँपा गई—"यह क्या? क्या वासना की लहर, देह का ताप और मन की मौज ने यहीं तक साथ दिया तुम्हारा? तुम्हारी इस लीला पर तो स्वयं ईश्वर भी चकित रह जाए। मैं तुम्हें आमंत्रण देने नहीं गया था...फिर तुमने क्यों किया ऐसा, बताओ?"

युवती चुप!

युवक ने फिर झकझोरा उसे। कुछ समय पूर्व का प्रेमी अब एक बिफरे हुए साँड़ में तब्दील हो चुका था। चेहरे पर अधबरसे बादलों का घटाटोप छा गया था।

"बताओ, हम पहले गलत थे या अब गलत हैं? यदि हम पहले गलत थे तो तुम आगे क्यों बढ़ी? और यदि हम पहले गलत नहीं थे तो अब गलत कैसे हो गए? इस पूरे प्रकरण की तुम्हीं सब कुछ थी—निर्देशिका। सूत्रधार।"

युवती चुप। एकदम जड़।

युवक ने फिर झँझोड़ा उसे।

"मैं शरीफ हूँ। नारी की इज्जत भी करता हूँ। इसलिए मैंने तुम्हारी इच्छा के विरुद्ध कुछ भी नहीं किया...लेकिन अपने इस प्रश्न का जवाब लिए बगैर हिलूँगा भी नहीं यहाँ से। क्योंकि यह मेरे जीवन का सबसे हैरतअंगेज प्रश्न है।"

जवाब आया। शब्द-शब्द हिम खंड। रेशा-रेशा तटस्थ और वस्तुपरक।

"हम न पहले गलत थे, न अब गलत हैं। बस...इससे बढ़ना मेरे एजेंडा में नहीं था।"

"क्या...?" युवक ने जैसे नंगा तार छू लिया था। या खुदा...इस दुनिया में भी फिक्सिंग!

"हाँ...आज की यह रात अकस्मात नहीं थी, इसके मेघखंड मेरे अवचेतन में जाने कितने वर्षों से खंड-खंड एकत्रित हो रहे थे। आज की रात मेरे प्रतिशोध की रात थी... ।"

"प्रतिशोध? यह कैसा प्रतिशोध? किससे प्रतिशोध? अपनी ही काया के कुम्भ में दूसरों को नहलाकर, अपने को गिराकर...यह कैसा प्रतिशोध लिया तुमने?"

"घबड़ाओ नहीं, यह प्रतिशोध मैंने तुमसे नहीं अपने पति से लिया है। और यह प्रतिशोध तो इसी प्रकार लिया जा सकता था। जिस प्रकार बिना जल में कूदे तैरा नहीं जा सकता है...उसी प्रकार बिना देह से गुजरे यह प्रतिशोध भी लिया ही नहीं जा सकता था। रही बात अपने को गिराकर लेने की...सो मैं नहीं मानती कि मैंने स्वयं को गिराया है। क्योंकि वह मेरी वासना नहीं, प्रतिशोध की अग्नि थी, जिसकी ज्वाला में मैं धधक रही थी। नैतिकता, सच्चरित्रता और पवित्रता...ये सारे सत्य मुक्तात्मा पर लागू होते हैं—जीवन की स्वाभाविक माँग, इस माँग को ठुकराकर कोई भी सत्य हासिल नहीं किया जा सकता है। और पवित्रता...?" वह हँस पड़ी—"पवित्रता जैसे सन्दिग्ध पदार्थ के लिए क्या प्रतिशोध जैसी

शक्तिशाली भावना की आहुति दी जा सकती है? इस प्रतिशोध में भी जीवन के कुछ मूल्य और नारी बोध जुड़ा हुआ था...पर तुम उसे नहीं समझ सकोगे।"

"क्या मतलब?" युवक कुछ समझ न पाया। वह थोड़ा कच्चा पड़ा।

"भगवान के लिए मुझे साफ-साफ बताओ, पहेलियाँ मत बुझाओ—तुमने क्यों किया ऐसा?"

टेबल पर रखे शाल से स्वयं को अच्छी तरह ढाँपकर जमीन की ओर देखते हुए धीमे-धीमे स्वरों में कहने लगी वह—"मैं अपनी जिन्दगी के विस्तृत ब्योरे में नहीं जाना चाहती, पर एक घटना-भर सुना सकती हूँ, तुम खुद समझ जाओगे कि मैंने ऐसा प्रतिशोध क्यों लिया। मेरे पति ने मेरी देह की जमीन पर ऐसी हदबन्दी कर दी थी, ऐसे कँटीले बाड़े डाल रखे थे कि मैं किसी हमउम्र इनसान से बात करने तक तरस जाती थी। इनसान! ओह कितना जानदार और शानदार शब्द है। मेरा वश चले तो मैं संसार के सारे सुन्दर इनसानों से घुल मिलूँ, उनके विचार जानूँ, पर मेरी जिन्दगी में इस शब्द की कोई अहमियत नहीं थी। मैं हर मौसम में बन्दिनी थी। रोम के गुलामों से भी बदतर। एक बार मैंने अपने छोटे भाई के मित्र के सामने हिम्मत करके हाथ मिला लिया, तो पति ने उसके जाने के बाद दीवार पर मेरे हाथों को रगड़ दिया—जिससे उसका स्पर्श मिट जाए...आज स्वयं को एक सीमा तक किसी गैर मर्द के हवाले करके मैंने अपने उसी अपमान का बदला ले लिया है। मुझे सन्तोष है कि मैं अब वह नहीं रही—उसकी परम पाकीजा, जो वह समझता है कि मैं हूँ। जानते हो, बहुत पहले मैंने एक विदेशी कहानी पढ़ी थी, जिसमें एक पत्नी पति की मृत्यु के पश्चात उसकी आँखों को विज्ञान की सहायता से किसी कृत्रिम मस्तिष्क से जुड़वाकर अपनी टेबल पर रखवाती है और एक-एक करके वह वे सब काम करती है जिसके लिए उसके जीवनकाल में उसका पति उसे रोकता था और जिसके लिए उसने अपनी पत्नी को हिदायत दे रखी थी कि उन आदेशों का वह उसकी मृत्योपरान्त भी पालन करे। मृत पति की लाचार आँखें बस देखती रहती थीं। जिन दिनों मैंने यह कहानी पढ़ी थी, मुझे यह फन्तासी भर लगी थी, पर आज समझ गई हूँ—ये कहानियाँ नहीं हाड़-मांस की जिन्दगियों के जीवित दस्तावेज हैं—जो कालान्तर में कहानियाँ बन जाते हैं ठीक वैसे ही जैसे जीवित जानवरों की हड्डियाँ और मांस कालान्तर में चट्टान बन गए।" शब्द-शब्द आक्रोश से तर-बतर था युवती का।

युवक को लगा, युवती के व्यक्तित्व का आखिरी और अदृश्य घूँघट अब उलट गया है। उसे समझ नहीं आ रहा था कि इस रात की घटना का वह स्वयं को प्रवंचित महसूसे या शर्मिन्दा...। पर उसने साफ महसूसा...उसकी संवेदना के कुछ तार अनायास ही युवती से जुड़ गए थे।

अब उसे चला जाना था क्योंकि युवती का उद्‌देश्य पूर्ण हो चुका था और अपनी सारी रोमांटिक जीवन्तता का जाल उसने पूरी तरह समेट लिया था। पर युवक था कि जाने की मानसिकता बना नहीं पा रहा था...किसी-न-किसी बहाने टूटे हुए तिलिस्म में वह थोड़ी देर और गुजार लेना चाहता था। उस चेहरे को जिन्दगी-भर के लिए वह अपनी आँखों में भर लेना चाहता था। जाने का उपक्रम करते-करते फिर पूछा उसने—"बस अन्तिम प्रश्न, क्या तुम अपने पति को अपने इस प्रतिशोध के बारे में बताओगी?"

युवती विद्रूपता से हँस पड़ी—"शायद हाँ, शायद नहीं...पर यदि नहीं भी बताया तो क्या हर्ज...लेट माऊस बी ए माऊस! (चूहे को चूहा ही रहने दो।)

सुबह युवती होटल छोड़कर जा चुकी थी। युवक भी निकलने की तैयारी कर रहा था। एक मनोरम यात्रा का बेचैन और अधूरा अन्त होने जा रहा था। युवक की चेतना में पूरी तरह युवती और उदासी की धुन्ध-सी छाई हुई थी...एकाएक उसके दिमाग में आया—जीप में और भी एक-दो युवक थे, फिर युवती ने अपने प्रतिशोध के लिए उसे ही क्यों इस्तेमाल किया, क्या उसके चेहरे पर ऐसा कुछ था? वह तुरन्त बालकनी की ओर लपका कि युवती दिख जाए तो यह आखिरी सवाल भी उससे पूछ ही डाले...उसका विश्वास था कि युवती अवश्य ही उसे जवाब देगी...पर तब तक युवती की जीप रवाना हो चुकी थी।

अन्वेषण

सबसे पहले उनकी आत्मा में कुछ हलचल उठी।

फिर जिन्दगी पर उनकी राय बदली।

और अब उनके स्वप्नों ने भी पलटा खाया, जिसका परिणाम यह था कि उनका पिछला सब कुछ स्थगित होने लगा था। नई-नई प्रवृत्तियाँ उनके व्यक्तित्व में जन्म ले रही थीं। और हैरान से वे अपने ही व्यक्तित्व के इस नए आविर्भाव को देख रहे थे।

'आवर फादर हू इज इन हैवन, हॉली वी दाई नेम ...' प्रार्थना के बोल यन्त्रवत उनके मुँह से निकलते जा रहे थे, और मन था कि बादलों की तरह उड़ा-उड़ा जा रहा था...भाई थोड़ा काबू...मन को अड़ियल घोड़े की तरह कान उमेठकर वापस प्रार्थना पर लाया तो भी एक-दो मिनट बीतते न बीते कि फिर वही घोड़ा वही मैदान।

लाचार हो उन्होंने खिड़की से दिखते टुकड़े-टुकड़े आसमान की ओर देखा, वहाँ भी वही चेहरा, नज़रें फिसलती हुई धरती पर कतार में लगे दरख्तों और गमलों पर पड़ी, लगा डाल-डाल पर वही इबारत लिखी थी, पत्तों-पत्तों से झाँक रहा था वही चेहरा, नूरानी।

घबड़ाकर उन्होंने आँखें मूँद लीं।

वे महानगर की एक नामी-गिरामी मिशनरी स्कूल में वाईस प्रिन्सिपल थे। करीब बारह वर्ष की उम्र से ही जबसे उनके बाल-मन में यह सपना अँखुआया था कि वे सफेद चोंगा पहननेवाले पादरी बनेंगे, सुबह की छह बजे से सात बजे तक की एकान्त प्रार्थना उन्होंने हर दिन आस्थापूर्वक, अखंडित एवं एकाग्र मन से की थी। गुज़रे हुए इस सुदीर्घ समय के पंजों के निशान उनकी देह, आत्मा और व्यक्तित्व के रेशे-रेशे पर अंकित थे।

पर पिछले कई दिनों से वे महसूस कर रहे थे कि उनका मन चित्तशुद्धि, मनन, मेडिटेशन, प्रार्थना आदि में समरस नहीं हो पा रहा था। आँखें मूँदते ही उनके अन्तर्चक्षु सक्रिय हो उठते, और जो छवि बाहर की भीड़-भाड़ में धुँधली-सी नजर आती थी, भीतर के एकान्त में वह जगमगा उठती और जिससे बचने के लिए उन्होंने आँखें मूँदी थी, वह और भी शिद्दत से अपने होने का अहसास जगाने लगती।

आज भी जितना वे उस मकड़जाल से निकलने की चेष्टा करते, उतना ही उलझते जाते और समुद्र की लहरों की तरह पछाड़ खाते। मन को सम पर लाने के लिए वे अपने निजी कक्ष से नीचे उतरकर अपने ऑफिस में चले आए। बड़ी देर तक वे अपनी कुर्सी पर बैठे सामने टँगी ईशु की तसवीर को निहारते रहे। ज्यादा नहीं तो, उस ऑफिस में क्राइस्ट की कम-से-कम पाँच-छह तस्वीरें थीं। कहीं सलीब पर चढ़े क्राइस्ट तो कहीं मदर मेरी के साथ तो कहीं रोशनी पुंजों के बीच। इतने वर्षों तक इन्हीं तस्वीरों ने, सलीब ने उन्हें अपने पादरीत्व के साथ बाँधे रखा था...इन्हीं को देखते-देखते उन्होंने जिन्दगी गुजार दी थी पर आज वे सब नकली दवाई की तरह बेअसर साबित हो रहे थे।

अनमने से वे उठे और पीछे किताबों की आलमारी से एक किताब निकाली और पन्ने पलटने लगे। पूरी अलमारी क्रिश्चिएनिटी के इतिहास से भरी हुई। कुछेक पादरी डॉनवास्को पर भी। किताब में मन नहीं रमा तो वे फिर अपने कमरे का जायजा लेने लगे। उनके बाईं ओर अलग से टेबल पर रखा एक कम्प्यूटर, दाईं ओर फूलदान, उसमें से झाँकते कई तरह के फूल...गुलाब, जवा, सूर्यमुख़ी, बाईं ओर एक पेन होल्डर, एक स्टेप्लर। सामने रखी गोदरेज अलमारी जो कि भरी हुई थी ट्राफियों से। अलमारी के ऊपर बनी शैल्फ थी भरी

हुई। ट्रॉफियों से तीन ट्राफियाँ अलग से दमकती हुईं—टेलिग्राफ अवार्ड फॉर एक्सीलेंस। मन एक गौरवपूर्ण अहसास से भर गया। ये सारी ट्राफियाँ इसी स्कूल ने जीती हैं जिसके कारण यह स्कूल महानगर का नम्बर वन स्कूल कहलाता है और उसी के वाइस प्रिन्सिपल वे।

एकाएक सैलुलर फोन बज उठा। हूँ हाँ में जवाब दिया पादरी ने। फिर जाने कैसी हूक-सी उठी कि फिर ड्राअर से निकालकर पढ़ने लगे उस पत्र को, जिसने रातों की नींद, दिन का सुकून, सुख-चैन, सन्तुलन सभी कुछ गड़बड़ाकर रख दिया था उनका। पर पढ़ते-पढ़ते भी जी धुकधुक करने लगा। पादरी के हाथों प्रेम-पत्र! जी की इस धुकधुकी में कई बार अक्षर भी दो-दो दिखने लगते। फिर भी पत्र को पढ़े बिना नहीं रहा गया—'तुम्हारे अन्दर प्रेम-तत्व भरा हुआ है पादरी। तुम स्वयं को झुठला नहीं सकते। याद रखो, तुम्हारे ईशु ने कभी नहीं कहा था कि—सुख भोगना पाप है। सच हमेशा खूबसूरत होता है और सच्चाई का सामना करके ही यू कैन परफेकट दि इमेज ऑफ द गॉड। क्रिश्चिएनिटी इज दि एक्सेप्टेन्स ऑफ दि लॉ ऑफ लव ...' पढ़ते-पढ़ते गाल और कान की लवें तपने लगीं उनकी...तभी वे आत्मसजग हुए—वे निजी कक्ष में नहीं, स्कूल के वाइस प्रिन्सिपल के ऑफिस में बैठे हैं।

तत्परता से पत्र को उन्होंने वापस समेट लिया। और अपनी व्यवस्थित एवं साफ-सुथरी टेबल को फिर व्यवस्थित करने लगे। टेबल पर मोटे पारदर्शी शीशे के नीचे से फिर झाँकने लगीं क्राइस्ट की तसवीर। तसवीर के नीचे लिखे उद्धरणों को रोज़ की तरह फिर आस्थापूर्वक पढ़ा उन्होंने—'ईच डे इन दि गोड्स क्रिएशन...ए गिफ्ट दैट रिएफर्म्स हिज एवरलास्टिंग-प्रेजेंस' (हर आनेवाला दिन ईश्वर की सृष्टि का एक उपहार है जो विश्वास दिलाता है कि वह है।)

या ईशु, मेरा आज का दिन भी बट्टे खाते! माथे पर हाथ धरे बहुत देर तक आँखें मूँदे बैठे रहे वे। थोड़ी देर बाद सचेत हुए और जब करने को कुछ नहीं सूझा तो, कोने में पड़े गिलास को मुँह से लगाया...कुछ घूँट भरे और अनमने-से टेबल के बीचोंबीच रखी डायरियों के ढेर में से एक-एक डायरी निकालकर उन पर हस्ताक्षर करने लगे।

दस-बारह डायरियों को सलटाते-सलटाते ही मन फिर अनमना हो आया तो फिर ऊपर अपने निजी कक्ष में जाकर पत्र को उसी गोपनीय जगह में रख आए।

समय-सुबह आठ बजकर बीस मिनट। स्कूल की प्रार्थना का समय। आज की प्रार्थना रेक्टर लेनेवाले थे। याद कर राहत की साँस ली उन्होंने।

प्रार्थना के बाद रोज की तरह उन्होंने आज न तो स्कूल का राउंड ही लिया और न ही छात्रों के साथ चुहुलबाजी ही की। जबकि पहले इन्हीं लड़कों में प्राण बसते थे उनके। जब तक इनसे चुहुलबाजी न कर लेते, इनको छेड़ नहीं देते, हँस-हँसा नहीं लेते, चैन ही नहीं पड़ता था उनको। इसीलिए तो कोलकाता की सेलेसियन प्रोविन्स की काउन्सिल के समक्ष उन्होंने यह इच्छा रखी थी कि उन्हें किशोरों के बीच काम करने का मौका दिया जाए जिससे वे आने वाली पीढ़ी को एक बेहतर एवं मानवीय गुणों से भरपूर पीढ़ी बना सकें। जब-जब वे इतने ढेर सारे सुन्दर, स्वस्थ, चहकते, जीवन में आगे बढ़ते किशोरों को देखते उनका दिल हरियाला हो जाता, मन-मयूर झूम उठता और ऐसे में उन्हें अपने अमेरिकी पादरी मित्र एलबर्ट की याद आने लगती जिसने कुछ दिन पूर्व ही उन्हें लिखा था—'तुम खुशनसीब हो मैथ्यू कि तुम्हारा स्कूल लड़कों से इतना खचाखच भरा रहता है। देखो मेरा स्कूल बन्द होने जा रहा है। यहाँ की खुली संस्कृति और बर्थ कंट्रोल के चलते बच्चे दिनोंदिन कम होते जा रहे हैं, हमें बच्चे ही नहीं मिल रहे हैं स्कूल को चलाने के लिए जानते हो कितने ही निस्सन्तान अमेरिकी दम्पती बच्चे गोद लेने के लिए इंडिया की तरफ ताक रहे हैं।'

और क्या नहीं सहा था उन्होंने इन किशोरों की खुशहाली के लिए। स्कूल के रेक्टर और एसीस्टेंट प्रिन्सिपल उन पर खुला आरोप लगाते थे कि वे लड़कों के बीच अनुशासनहीनता को बढ़ावा दे रहे हैं। जबकि वे बच्चों के मनोविज्ञान के अनुसार चलते थे। उनके आने के पूर्व तक जब भी कोई लड़का अंग्रेजी छोड़कर अपनी मातृभाषा में गपियाता पाया जाता तो रेक्टर उसे दंडित करते या सस्पैंड कर देते थे, पर पादरी मैथ्यू इन सब प्रतिबन्धों में विश्वास नहीं करते थे। आज तक उन्होंने किसी भी लड़के को दंडित करना तो दूर, टोका भी नहीं जबकि

रेक्टर पूरे टिफिन चिल्लाता घूमता था—"डोंट टॉक इन वर्नाकुलर, डोंट टॉक इन वर्नाकुलर।" (मातृभाषा में मत बोलो, मातृभाषा में मत बोलो।)

मैथ्यू का विश्वास था कि छोटी-छोटी बातों में नहीं वरन् छात्रों में समग्रता में अनुशासन होना चाहिए। वे कैरियर की बजाय चरित्र निर्माण पर विशेष बल देते थे। पर पिछले कई दिनों से स्कूल के रूटिन कार्यों के अलावा वे किसी कार्य में अपने मन को रमा नहीं पा रहे थे। छात्रों में व्यक्तिगत दिलचस्पी भी दिनोंदिन कम होती जा रही थी उनकी।

पहले जीवन में अकस्मात् चले आए इस तूफान से निपट लिया जाए, बाकी सब इसके बाद ...

मन-ही-मन सोचा उन्होंने, और आगे कदम बढ़ाए। मन फिर पत्र में उलझने लगा तो मन को जबर्दस्ती पत्र से घुमाकर स्कूल की घटना पर केन्द्रित किया। अभी पिछले ही सप्ताह कक्षा ग्यारह का एक छात्र सिक-रूम में सिगरेट पीते पकड़ा गया था। मैथ्यू ने जब उससे कहा कि वह अगले दिन अपने पिता को लेकर आए अन्यथा उसे क्लास में बैठने नहीं दिया जाएगा तो उस रईसजादे ने अपने ड्राइवर को ही पिता बनाकर पादरी के समक्ष प्रस्तुत कर दिया था। बाद में किसी दूसरे छात्र की रिपोर्ट पर मैथ्यू ने उसे सस्पैंड किया।

मैथ्यू जानते थे कि प्रतिभा और दुस्साहस साथ-साथ चलते हैं फिर भी उक्त घटना को बहुत गम्भीरता से लिया था उन्होंने।

कई बार राउंड लगाते-लगाते वे छात्रों के मुँह से उड़ते हुए जुमले सुनते और मन-ही-मन हँस पड़ते।

"अरे भंडी कहाँ जा रहा है?"

"इडली-बड़ा-साँभर के पास, टेस्ट पेपर लेने।"

मैथ्यू समझ जाते शरारती लड़कों ने अपने टीचर आई.वी. सक्सेना (आई.वी.एस.) को इडली-बड़ा-साँभर का नाम दे रखा है।

ऐसी सभी घटनाओं पर हँसकर आगे बढ़ जाते थे वे। लेकिन पिछले साल-भर से स्कूल जहाँ स्पोर्ट्स, डिबेट और एकेदेमिक में नाम कमा रहा था, वहीं ऐसी अनुशासनहीनता भी दिनोंदिन बढ़ती जा रही थी। पिछले साल उन्हीं के स्कूल में कक्षा बारहवीं का एक लड़का ड्रग लेते पकड़ा गया था। और

इन्हीं सब कारणों से स्कूल में वे सदैव अपने खिलाफ कुछ षड्यन्त्र-सा महसूस करते। विशेषकर रेक्टर और एसिस्टेंट प्रिन्सिपल की आँखों में उन्हें सदैव अपने खिलाफ विरोध और भर्त्सना की अदृश्य किरणें-सी फूटती नजर आती मानो अपने ईसाई विश्वासों के आधार पर वे हर पल उन्हें आगाह कर रहे हों। 'देअर विल नॉट बी एनी कॉल फार यू फ्राम गॉड' (ईश्वर से तुम्हारे लिए कभी कोई पुकार नहीं आएगी।)

और ऐसी खंडित और विस्थापित मन:स्थिति में मिला उन्हें वह पत्र।

पादरी मैथ्यू स्कूल के ऑडिटोरियम से अपने ऑफिस तक का भी चक्कर पूरा नहीं लगा पाए थे कि मन इस बीच कई ब्रह्माण्डों का चक्कर काट चुका था। दिसम्बर महीने की सुबह की नरम और गुनगुनी धूप का आज रोज की तरह चाहकर भी वे आनन्द नहीं उठा पा रहे थे। वे सूर्य की तरफ देख रहे थे। देखते जा रहे थे कि अचानक पत्र फिर भीतर से बोलने लगा—"हर जीवन सूर्योदय की तरह पवित्र और सुन्दर होता है, मैथ्यू। तुमने कभी साहस करके यह कैसॉक (पादरियों का सफेद चोगा) पहना था, स्वयं को मानवता के नाम पर समर्पित करते हुए...तो आज साहसपूर्वक उसी मानवता के नाम पर मेरा प्रेम भी स्वीकार करो...प्रेम, ईश्वर की मानव को सबसे अमूल्य भेंट है। क्या यह तुम्हें पथ-भ्रष्ट कर सकता है? जानते हो, जब तुम धूप का अनुभव करते हो तो धूप का नहीं सूर्य का अनुभव करते हो, ठीक वैसे ही जब तुम प्रेम का अनुभव करते हो तो तुम प्रेम का नहीं साक्षात् भगवान का ही अनुभव करते हो ..."

"हे ईशु...क्या होता जा रहा है मुझे।" लम्बे-लम्बे डग भरते वे

वापस अपने ऑफिस की ओर कदम बढ़ाते हैं कि बीच में ही कई लड़के रोक लेते हैं उन्हें।

"गुड मार्निंग फादर।"

"गुड मार्निंग।"

"फादर, फ्राइडे को एक्जाम खत्म हो रहे हैं, पर शनिवार को छुट्टी भी नहीं मिल रही है, यह ठीक नहीं है फादर।"

"छुट्टी नहीं मिल रही है तो क्या, शनिवार को तुम लोगों को सिनेमा भी तो दिखलाया जा रहा है ..."

"क्या सिनेमा! वाह फादर, थैंक यू!"

मन-ही-मन सोचते हैं वे, बस कुछ ही दिनों का है यह सम्मान। उमड़ते-घुमड़ते मन पर नारी फिर अपनी सम्पूर्णता एवं मोहकता के साथ छा जाती है। एकाएक याद पड़ता है, एक सुपीरियर पादरी ने कहा था उनसे—"नारी अपने प्रथम दर्शन में मोरनी की तरह मोहिनी होती है पर अन्तिम दर्शन में वही नारी बाघिन बन जाती है।"

लेकिन पादरी को तो वह नारी अपने प्रथम दर्शन में न मोरनी लगी थी और न ही मोहिनी, वह तो उन्हें प्रगल्भा लगी, बस एक जबर्दस्त प्रगल्भा। मन फिर घूम जाता है, थोड़ा पीछे।

"फादर, क्या मैं आपका कुछ समय ले सकती हूँ?"

"कहिए..." मैथ्यू ने सोचा था कि शायद किसी के दाखिले के सिलसिले में मिलना चाहती होगी, इसलिए वहीं खड़े-खड़े ही टरकाने की गरज से कहा और साथ ही साथ आगे बढ़ने की उतावली भी दिखाने लगे।

"फादर, मैं किसी के दाखिले के लिए गुजारिश करने नंहीं आई हूँ, मुझे आपसे कुछ नॉन एकेडेमिक बातें करनी हैं। आप इजाजत दें कि मैं कुछ देर के लिए आपके ऑफिस में बैठकर विचार-विमर्श कर सकूँ।"

मैथ्यू विस्मित थे, उसके ढीठपन पर।

उस बला को टालने की गरज से कहा, "देखिए अभी तो स्कूल के पीक आवर्स चल रहे हैं। आप स्कूल आवर्स के बाद, नहीं आप शाम के समय आइएगा..."

"शाम किस समय?"

"शाम पाँच से छह के बीच।"

शाम को नियत समय पर जब वह पहुँची तो मैथ्यू बाहर निकले हुए थे। दरबान ने भी उसे हतोत्साहित करना चाहा पर वह ढीठ की तरह इन्तजार करती रही कि जब समय दिया है तो अवश्य ही आएँगे।

और सच ही थोड़ी देर बाद मन ये अपराध-बोध लिए लम्बे-लम्बे डग भरते मैथ्यू आ रहे थे।

"सॉरी दिमाग से एकदम उड़ गया था, आप बैठिए मैं दस मिनट में अन्दर आता हूँ।"

उस समय मैथ्यू बिना कैसॉक के थे। उन क्षणों में उसे लगा जैसे वह पादरी नहीं, किसी दूसरे व्यक्ति से बतिया रही थी। वेशभूषा भी आदमी को किस कदर बदल देती है।

दस मिनट बाद जब वे वापस आए तो अपने परम्परागत वेश में थे—

लम्बे झक-झक सफेद चोगे में वे किसी दिव्यात्मा से इंच-भर ही नीचे नजर आ रहे थे।

"कहिए ..."

"फादर, आप भी सोच रहे होंगे कि मैं आपसे बातें करने को क्यों मरी जा रही हूँ। दरअसल फादर, मुझे आप जैसे लोग, आई मीन पादरी, डाकू, सैनिक, आतंकवादी, खूनी, साधु आदि लोग बहुत सम्मोहित करते हैं, बहुत रहस्यमय लगते हैं, मुझे ऐसे लीक से हटकर चलनेवाले लोग।"

"क्या ...?" पादरी अवाक थे। अभी तक सभी सांसारिक लोगों की गर्दन उसने अपने सम्मुख, कटी मुर्गी की तरह झुकी हुई ही देखी थी, यह पहली सांसारिक महिला मिली थी उन्हें जिसने उन्हें, डाकू और खूनी को एक ही तराजू पर तौल दिया था।

होंठों पर हल्का-सा स्मित फैल गया था उनके।

वह आश्वस्त हुई थी। शुरुआत बुरी नहीं हुई थी।

पादरी इन्तजार करते रहे थे, उसके अगले प्रश्न का।

"पादरी, कुछ वर्ष हुए, मेरी सगी बहन को आप लोगों ने धर्मान्तरण करके ईसाई बना डाला था। खैर, आप कहीं मुझे विश्व हिन्दू परिषद का एजेंट नहीं समझ लें, इस कारण मैं स्पष्ट कर दूँ कि मैं आपके पास उनकी कोई शिकायत लेकर नहीं आई हूँ क्योंकि मैं मानती हूँ कि धर्म व्यक्तिगत विश्वास की चीज है और जीवन चेतना सर्वोपरि है। पर उसकी जिस बात से मैं पीड़ित हुई वह यह थी कि—वह एम.एस.सी. है। फिर भी वह विश्वास करती है कि ईशु का जन्म

कुँवारी माँ के गर्भ से हुआ था। अब आप ही बताएँ। बिना पुरुष सम्पर्क के यह कैसे सम्भव है?"

शायद आप लोग सोचते हैं कि ईशु का जन्म यदि सामान्य शिशु के रूप में बताया जाए तो उनकी महिमा घट जाएगी ..."

पहली बार पादरी ने जवाब देने में उतावलापन दिखाया। चेहरे पर आस्था और विश्वास की एक गाढ़ी परत।

"ईशु एक सामान्य बच्चे नहीं थे। वे स्वयं ईश्वर के पुत्र थे और इस धरती पर वे हमें रोशनी दिखाने आए थे। ईश्वर के लिए कुछ भी सम्भव नहीं। उस ईशु-पुत्र ने किसी कुँवारी कन्या के गर्भ से जन्म लेने का निश्चय किया" कुछ देर रुककर वे फिर निर्णयात्मक एवं दृढ़ स्वरों में कहने लगे, "देखिए, कुछ बातें सिर्फ विश्वास की होती हैं, विज्ञान के पास उनका जवाब नहीं होता। आईंस्टीन तक ने सभ्यता के चरम सत्य के रूप में ईश्वर और धर्म की सत्ता स्वीकार की थी। और तो और, आप लोगों के वेदों तक में किसी सिद्ध आत्मा के अवतरण का यानी क्राइस्ट के जन्म का उल्लेख है। वेदों के एक विद्वान ने जब वेदों में क्राइस्ट के जन्म की भविष्यवाणी का चमत्कारिक उल्लेख पढ़ा तो खुद भी ईसाई बन गया।"

मैथ्यू आश्वस्त थे। अपनी बात वे ठीक से रख पाए थे।

वह भी धीरे-धीरे मुखरित होती जा रही थी। और खुलकर बोलने लगी थी।

"हाँ तो फादर, मैं जानना चाहती हूँ आपके उस रहस्य को जिसके चलते आप अपने मिशन में लगातार कामयाब होते जा रहे हैं। अब यही देखिए न, हमारा जैन धर्म कहीं बाहर नहीं फैल पाया और आपने पूरे यूरोप और अमेरिका को नाप लिया और अब एशिया की ओर कदम बढ़ा रहे हैं।"

पादरी हँस दिए थे—एक कामयाब हँसी।

"बात बहुत सिम्पल है मैडम, हम मनुष्य को प्यार करते हैं, उन्हें चेतना-सम्पन्न करते हैं और बड़ी रोशनी में लाते हैं। अब यही देख लीजिए, इंडिया में क्रिश्चिएनिटी सबसे पहले केरल में आई और इसी की बदौलत केरल आज पूर्ण शिक्षित है। हमारा विश्वास है ईशु सबसे बड़ी रोशनी है, और इसलिए अधिकतम लोगों को बड़ी रोशनी में लाने के लिए हम जहाँ जाते हैं वहाँ की परम्परा और संस्कृति को पहले समझते हैं। धीरे-धीरे आत्मसात् करते हैं। और उसी सामाजिक

और सांस्कृतिक चौखट में धर्म को डाल देते हैं। अब आप यही देखिए कि मैं जब किसी मूल ईसाई जोड़े की शादी करवाने जाता हूँ तो उनसे रिंग बदलवाता हूँ पर जब किसी धर्मान्तरित जोड़े की शादी करवाता हूँ, जैसे कि अपने पैतृक प्रदेश केरल में तो मैं दूल्हे को मंगलसूत्र पहनाने को कहता हूँ क्योंकि यही उनकी संस्कृति है। बेशक मंगलसूत्र पेडेंट के पीछे हमारी धर्मसत्ता का प्रतीक सलीब बना रहता है।"

"यानी आप संस्कृति और परम्परा के घोल में धर्म की पुड़िया घोल देते हैं।"

पादरी चौंक पड़ते हैं। कहीं यह किसी कट्टर हिन्दू संगठन की तो नहीं, जैसी भाषा वह बोल रही थी।

पादरी कुछ बोलें कि उसके पहले वह फिर बोल पड़ती है, "घबराइए नहीं पादरी, ईशु की मैं भी उतनी ही भक्त हूँ जितने कि आप। पर बिहार के लोहरदगा और गुमला जैसे आदिवासी इलाकों में मैंने अपनी आँखों से देखा है। भयंकर विपत्ति और दारुण अभावों के जंगल में जीवनयापन करते आदिवासियों को क्रोसिन की एक टेबलेट के प्रतिदान में ईसाइयत को अंगीकार करते...मैं नहीं सोचती कि उनका यह धर्मपरिवर्तन किसी आत्मिक उत्कर्ष, तत्त्वज्ञान आपके टेन कमांडमेंट्स या बड़ी रोशनी में आने के फलस्वरूप हुआ होगा...यह तो साफ कृतज्ञतावश या किन्हीं भौतिक सुविधाओं, मसलन नि:शुल्क शिक्षा या रोजगार की आकांक्षाओं से अपनाया हुआ धर्मान्तरण था।"

पादरी पहली बार प्रभावित हुए। युवती न सिर्फ प्रबुद्ध थी वरन् हालातों पर पैनी नजर भी रखी हुई थी।

"हाँ, यह भी सच है, पर मैं इस प्रकार प्रलोभन देकर करानेवाले धर्मान्तरण के सख्त विरुद्ध हूँ ..."

पादरी की स्वीकारोक्ति से नरम पड़ गई थी युवती।

तरल-तरल शब्दों में वह फिर कहने लगी—

"दरअसल पादरी, मैंने एक हिन्दू संगठन के एक नेता से भी पूछा था कि धर्म जबकि व्यक्तिगत विश्वास की चीज है तब आप किसी के भी धर्मान्तरण को लेकर इतनी हाय-तोबा क्यों मचाते हैं...कोई हिन्दू रहे या ईसाई क्या फर्क पड़ता है। वह रहेगा तो भारतीय ही न? जानते हैं। उन्होंने क्या जवाब दिया, उन्होंने कहा

कि—आप नहीं समझेंगी, धर्मान्तरण अपने में देशान्तरण की सम्भावना रखता है। जैसे ही व्यक्ति ईसाई बन जाता है उसकी आस्था पोप जॉन पॉल द्वितीय के प्रति हो जाती है। उसने मुझे कहा, अरे यह तो यूरोप की स्ट्रैटेजी है। जैसे हमारे यहाँ जल-थल-नभ तीन सेनाएँ हैं वैसे ही वहाँ इन तीनों के अतिरिक्त एक और सेना है और वह है चर्च। मैं उनकी बातों से सहमत नहीं हूँ, फिर भी मुझे इसमें उनके सोच के कई सूत्र अवश्य मिल गए। अब आप ही बताइए। आपकी भक्ति किसके प्रति अधिक है। देश के प्रधानमंत्री के प्रति या जॉन पॉल द्वितीय के प्रति।"

पादरी हैरान थे। युवती उनके अनुमान के विपरीत उनमें अपने प्रति दिलचस्पी जगा रही थी। आज की तरह सुदीर्घ एवं जीवन्त वार्ता उन्होंने पहले किसी युवती के साथ नहीं की थी।

वे अब कुछ-कुछ सँभलकर बोलने लगे थे।

"देखिए, जहाँ तक मेरी धार्मिक आस्थाओं का सवाल है, मैं जॉन पॉल द्वितीय की बात मानूँगा, पर जहाँ मेरी राष्ट्रभक्ति का सवाल आएगा मैं देश के प्रधानमंत्री की बात मानूँगा।"

युवती हँस पड़ी थी। पादरी उसे बहुत ही सुलझे विचारों के नजर आ रहे थे।

बात करते-करते पादरी इतना डूब गए थे कि उन्हें यह भी ध्यान नहीं रहा था कि शाम सात बजे की ग्रुप प्रेयर का समय हो गया था। जैसे ही घड़ी पर नजर पड़ी। वे सिर पर पाँव रखकर भागे थे। बाद में भी ऐसा कई बार हुआ था और हर बार उस युवती गुंजन ने ही उन्हें याद दिलाया था—घड़ी देखिए, आपकी प्रेयर का समय हो चुका है। दरअसल जब-जब वे उस युवती से सुदीर्घ संवाद करते उन्हें अद्‌भुत और असाधारण अनुभवों की प्रतीति होती। आज अकेले में भी, अपने उस प्रकार के अटपटाए से भागने को, यादकर हँस पड़े थे वे।

और इन्हीं कुछेक शामों में हुए संवादों के दौरान गुंजन किसी असावधान क्षणों में लट्‌ठे से रेशम-रेशम बन पादरी के भीतर उतर गई थी।

शाम। बादलों-सा बिखरा-बिखरा मन पादरी का।

सात बजे की ग्रुप प्रेयर के दौरान भी वे आँखें मूँदें आत्ममन्थन करते रहे, अपने को रेशा-रेशा जाँचते रहे। "ओह माई गॉड, टीच मी टू लव यू विद

ऑल माई हार्ट। स्ट्रैन्थ माई वीकनेस..." इधर ग्रुप प्रेयर चल रही थी। उधर पादरी का अपना चिन्तन और अन्वेषण जारी था, 'ये प्रार्थनाएँ, ये चर्च, विश्व शान्ति की बातें कर सकते हैं, दुनिया को बदलने का स्वप्न भी देख सकते हैं, पर अकेले व्यक्ति के भीतर क्या घटित हो रहा है, उसे नहीं समझ सकते। मोक्ष की राह चाहे ये बता दें, सन्यास को चाहे भरपूर धार दे दें, पर जिन्दगी का कोई हल नहीं है इनके पास, और इसीलिए आज ये मुझ पर बेअसर साबित हो रही हैं।'

मन-ही-मन उनकी जबर्दस्त तलब उठी। किसी से बतियाने की। अपना राजदार बनाने की। आँखों के आगे कई सूरतें घूम गईं। पादरी जोसेफ रेक्टर? नहीं...वे तो पहले से उनके खिलाफ हैं, पादरी पॉयस? नहीं, मैथ्यू की लोकप्रियता उन्हें फूटी आँखों नहीं सुहाती। ले देकर एक न बचा, पॉल मंगलम्। हाँ वे ठीक हैं। काफी दिनों का साथ है, गम्भीर व्यक्ति हैं। शायद वे ही कोई रास्ता सुझा दें। इस मानवीय समस्या का।

जैसे ही ग्रुप प्रेयर खत्म हुई। मैथ्यू ने चैपल के बाहर ही रोक लिया मंगलम् को—"सुनो, मुझे तुमसे कुछ जरूरी बातें करनी हैं, क्या तुम थोड़ी देर के लिए आ जाओगे मेरे कमरे में?"

और कमरे में घुसते ही मैथ्यू ने बिना किसी भूमिका के अपना हृदय यूँ खोलकर रख दिया—पॉल मंगलम् के समक्ष जैसे कभी शिष्य आनन्द ने बुद्ध के समक्ष रखा था—"सुनो, एक युवती ने मुझे एक गहरा प्रेम पत्र लिखा है, जिसने मेरी आन्तरिक सत्ता को हिलाकर रख दिया है। मुझे अशान्ति, अतृप्ति और प्यास के पहाड़ों पर लिटा दिया है—नहीं अब ये प्रार्थनाएँ, मेडिटेशन, चर्च की धरती और आकाश मुझे प्रेरणा, शान्ति, सुकून और स्फूर्ति नहीं देते। मुझे वैरागी और वीतरागी बनने में सहायता नहीं देते... पत्र की एक-एक पंक्ति ने डायनामाइट की तरह मेरे आत्मसंयम के सशक्त दुर्ग को मलबे में बदल डाला है। तुम्हीं बताओ, अपनी इन नवजात कामनाओं का मैं क्या करूँ?"

कुछ पल स्तब्धता...इतनी बड़ी बात को पचाने में वक्त लगा मंगलम् को।

लगा जैसे पास से ही बिजली उन्हें छूते हुए निकल गई है। सहसा विश्वास नहीं हुआ मैथ्यू जैसे तप: पूत पादरी भी इस भाषा में बात कर सकते हैं।

कनखियों से कुछ देर तक ताकते रहे वे मैथ्यू को...शायद चेहरे पर उस क्रिया-प्रतिक्रिया की कुछ आहट मिल जाए जो उनके अन्तर में घटित हो रही थी। पर वह चेहरा स्थिर था और अपनी साँवली रंगत में दमक रहा था। क्योंकि अपनी बात कहकर मैथ्यू तूफान के बाद की क्षणिक शान्ति को प्राप्त कर अपनी स्वाभाविक लय, ताल और गति में लौट आए थे। इन क्षणों में उन पर न प्रेम का तनाव था और न ही भावनाओं का दबाव।

एकाएक दोनों की आँखें मिलीं।

मैथ्यू मुस्करा दिए...मंगलम् ने देखा वह मुस्कराहट जाते-जाते उदासी में परिणत हो गई थी।

मैथ्यू की भीतरी पीड़ा की टोह लेते हुए, उनसे सहानुभूति रखते हुए उनके कन्धे पर अपना हाथ रखकर वे कहने लगे—"देखो मैथ्यू, एक इनसान के नाते तुम्हारा इस कदर विचलित होना, भावुक होना, आकांक्षी होना बहुत स्वाभाविक है और इसमें अनुचित भी कुछ नहीं, पर तुम सोचो कि तुमने कौन-सा जीवन चुना है। हमारे इस पादरी जीवन में इस प्रकार की भावनाओं का कोई भी स्थान नहीं है। प्रेम की इन लहरों को मानव-सेवा के विशाल समुद्र में डुबो दो। अपनी इस चेतना और यातना को जन-जन से जोड़ दो... यही मुक्ति दिलाएगी तुम्हें। याद है, कभी तुम्हीं ने मुझे कहा था, गॉड हैज डाइड फॉर मी, बट अनटिल आई एड माई सफरिंग—टू हिज, माई सालवेशन इज नाट कम्पलीट। (ईशु मेरे लिए मृत्यु को प्राप्त हुआ और जब तक मैं अपनी यातनाओं को उसकी यातनाओं से नहीं जोड़ दूँ, मेरे लिए मुक्ति के द्वार सम्भव नहीं है।) मेरी एक बात याद रखना, यातनाओं के रास्ते गुजरकर ही तुम्हें मुक्ति मिलेगी।"

पादरी मंगलम् चले गए थे। और मैथ्यू अपने विचारों में फिर अस्त-व्यस्त हो गए थे।

इस बीच रात के खाने का समय हो गया था। मैथ्यू ने ईश्वर को धन्यवाद देकर खाना खाना शुरू कर दिया था। पूरे खाने के दौरान मैथ्यू एकदम शान्त और मौन रहे थे। जब-जब मंगलम् से उनकी आँखें मिल जातीं वे नजरें झुका लेते थे।

रात दस बजे, दस मिनट की ग्रुप प्रार्थना थी। हर दिन वह प्रार्थना कोई भी सुपीरियर आकर ले लेता था। इस प्रार्थना को व्यक्तित्व के विकास के लिए महत्वपूर्ण माना जाता था। उस दिन जैकब ने कोई प्रेरणादायक प्रसंग सुनाया था...पर उस पूरी प्रार्थना के दौरान मैथ्यू के अन्तर में फिर वही पाती फड़फड़ाने लगी थी। वही चेहरा झाँकने लगा था।

तुमने मुझे ईसाई कन्फेसन की महत्ता और गोपनीयता के बारे में इतना कुछ बताया है कि मैं आश्वस्त हूँ, तुमने कहा था कि जब कोई व्यक्ति तुम्हारे पास आकर कन्फेस करता है तो उस समय तुम तुम नहीं रहते, तुम ईश्वर के एजेंट बन जाते हो और वह व्यक्ति उस ईश्वर के एजेंट के सम्मुख कन्फेस करता है, इस कारण यदि वह अपने कन्फेसन में तुम्हारी माँ का हत्यारा भी निकल आए तो भी तुम उसका कोई भेद नहीं उजागर करोगे। तो पादरी, मैं उसी एजेंट ऑफ द लॉर्ड के सामने कन्फेस करती हूँ कि आई लव मैथ्यू।

'ओह नो' मैथ्यू ने मन-ही-मन खुद को सँभाला। जैकब की प्रार्थना का एक शब्द भी उसकी चेतना ने ग्रहण नहीं किया। जबकि वे अपनी प्रार्थना और प्रेरक प्रसंग खत्म कर चुके थे। मंगलम् ने फिर सहानुभूति और अपनेपन के साथ मैथ्यू की ओर देखा। आँखों-ही-आँखों में कहा, गॉड ब्लेस यू!

जोगन-जोगन रात और रेशमी यादें! अपने बिस्तर पर करवटें बदल रहे हैं मैथ्यू और यादों की चकरी घुमने लगी है उनके भीतर। व्यक्ति जब भी अपनी जिन्दगी में कोई क्रान्तिकारी निर्णय लेने की मानसिकता बनाता है तभी उसका पूरा विगत उसके सामने चलचित्र की तरह घूमने लगता है... कहाँ से चलकर वह कहाँ तक पहुँचा, कितने इस जीवन यात्रा में आए, कितने छूट गए जो जीवन आज वह जी रहा है, क्या उससे बेहतर भी कुछ हो सकता था?

सोच रहे हैं मैथ्यू। दृष्टि घूम जाती है पीछे की ओर। यादों के पक्षी उड़ रहे हैं चारों ओर। कुछेक पकड़ में आते हैं। कुछ हाथ आते-आते छूट जाते हैं।

मन भावनाओं में भीग जाता है।

केरल का पैश्यामोटम गाँव और पिता एक साधारण किसान, तीन बहन और चार भाइयों का धार्मिक आदर्श परिवार। पहला बिम्ब जो कौंधता है, उसमें

एक छह-सात वर्षीय बालक है। उसका सामने का दाँत टूटा हुआ है। एक बार उसके बड़े भाई किसी इटेलियन पादरी को अपने घर लाते हैं। वे इस बालक को अपनी गोद में बैठाते हैं और उसके रिक्त स्थान पर अपनी अँगुली लगाकर पूछते हैं—दाँत क्या हुआ। बालक को बहुत अच्छा लगता है पादरी का स्पर्श। घरवालों की आँखों में अपार श्रद्धा है उस पादरी के प्रति।

शायद कच्ची किसलय उम्र के उन्हीं क्षणों उनके मन में आकांक्षा जागी होगी पादरी बनने की।

पिता से ही सुना था मैथ्यू ने उनका परिवार तीन पीढ़ी पूर्व एक ब्राह्मण परिवार था और वे ब्राह्मण से ही ईसाई बने थे। ईसाइयों में भी निम्न जाति से जो ईसाई बनते थे वे दलित ईसाई कहलाते हैं।

आँखों में दूसरा दृश्य कौंधता है। रोजाना करीब साढ़े तीन किलोमीटर पैदल चलकर उन्हें अपने स्कूल जाना पड़ता था। उनका गाँव—खूब हरियाला था... ऊँचे-ऊँचे रबड़, मिर्च और नारियल के दरख्तों से भरा-पूरा प्रकृति जैसे अपने पूर्ण वैभव के साथ हर साँझ और सवेरे उस गाँव में उतर आती थी और मैथ्यू की जैविक अनुभूतियों को सींचती जाती थी। प्रकृति के साथ इसी अन्तरंगता ने उसके हृदय में प्रकृति और ईश्वर की अमिट छाप छोड़ी थी।

थोड़ा बड़ा होने पर उन्हें पता चला कि उनके पिता और दादा भी पादरी बनना चाहते थे। पर सांसारिक जिम्मेदारियों के चलते नहीं बन पाए थे। इसलिए जब पिता के सम्मुख उन्होंने इच्छा रखी, पादरी बनने की तो पिता ने नहीं रोका। मेरे और भी दो पुत्र हैं, वे सँभाल लेंगे, परिवार की जिम्मेदारी...तुम जाओ, ईशु ने तुम्हें जिस काम के लिए भेजा है इस धरती पर।

यादों की चकरी फिर उल्टी घूमने लगती है।

माँ बताती थी कि बचपन में वे बहुत पेटू थे। माँ जब अपनी थाली में भात डालती थी तब थाली में यदि थोड़ी-सी जगह बच जाती थी, तो वे परेशान कर डालते थे अपनी माँ को—माँ देखो यह जगह खाली पड़ी है, इसे भी भर दो।

बारह वर्ष की अवस्था में ही रोमन कैथोलिक सेलेसियन सोसायटी के निर्णय पर उन्हें बैंडेल (प. बंगाल) भेज दिया गया था। पहला वर्ष बहुत कष्ट

में बीता। रह-रहकर माँ की, घर की, यार-दोस्तों की याद आती। उस समय के नियम के अनुसार वे महीने में सिर्फ एक ही पत्र अपने घर लिख सकते थे। बड़ी बेताबी से वे नए महीने की प्रतीक्षा करते।

अठारह वर्ष की उम्र में पादरीत्व का पहला बाऊ (संकल्प) लिया—तीन वर्ष के लिए। तीन वर्ष के सफलतापूर्वक बीत जाने के बाद फिर अगले तीन वर्ष के लिए दूसरा संकल्प।

फिर छह वर्ष के लिए लिया गया अन्तिम संकल्प। इन सारे वर्षों के दौरान उन्हें कठिन परीक्षण और कड़ी निगरानी में रखा गया। हर बार ठकठकाकर देखा गया कि भीतर कहीं सांसारिक दुर्बलताओं की खोखल तो नहीं रह गई है ऐसे में प्राय: आशंकित रहता मन मैथ्यू का कि कहीं उन्हें पादरीत्व के लिए अयोग्य न घोषित कर दिया जाए। वापस न भेज दिया जाए। क्योंकि सत्तावन लड़के निकले थे उनके साथ पादरी बनने में संकल्प को लेकर। पर बन पाए महज आठ।

स्वयं उन्हें भी चार वर्षों तक अतिरिक्त प्रतीक्षा करनी पड़ी थी पादरी बनने के लिए प्रिस्टहुड के नियमानुसार पादरी बनने की न्यूनतम उम्र थी पच्चीस वर्ष, पर उन्हें यह सौभाग्य मिला उन्तीस वर्ष में। बाईस दिसम्बर तिरासी का वह स्मरणीय दिन जब बारह वर्ष की अवस्था का देखा हुआ स्वप्न पूर्ण हुआ था उनका। जब पादरी बनाकर कैसॉक पहनाया गया था उन्हें। और जिसे पहनकर उन्हें लगा था जैसे वे ईशु से जुड़ गए हैं। ईश्वरीय अंश हो गए हैं।

कट-कट! स्मृतियों की डोर झटका खाकर टूट गई, अकस्मात् कल्पना में, सोच में, स्वप्न में, फिर झूल गई गुंजन अपनी बाँहों का सहारा दिए हुए।

हिश...काश गुंजन और कैसॉक दोनों साथ-साथ चल सकते। सोचने के साथ ही मन फिर उदास हो गया उनका।

आँखें भर आईं। यह कैसी परीक्षा?

एक तरफ कैसॉक—उनकी उच्चतम आध्यात्मिक महत्वाकांक्षा का प्रतीक। उनकी जीवन-भर की साधना।

दूसरी तरफ वह चिट्ठी पाँच पन्ने की—जीवन को पुकारती। जीने और भोगने का आमंत्रण देती। जीवन-स्वप्न जगाती। कौन सत्य? शायद दोनों ही आंशिक सत्य।

क्या यौवन के उद्दाम आवेग को झेल पाएगा उनका यह कैसॉक?

उन्मत्त की तरह चीख पड़े वे—कौन कहता है कि मैंने नारी को जीत लिया है। नहीं मेरा पादरीत्व झूठा है। मैंने नारी को जीता नहीं था। बस उसे परे धकेल दिया था, इसलिए मैं आज उसके सम्मुख हार गया हूँ। सत्य और ईश्वर को पाने की मेरी आज तक की यात्रा महज एक छलावा थी क्योंकि वह जीवन से होकर नहीं, जीवन से हटकर थी। आज मैं समझा हूँ कि जीवन के सभी अनुभवों से गुजरे बिना जीवन के अर्थ पूरी तरह नहीं खुल सकते। एक वृहत्तर सत्य उनके भीतर उतर रहा था।

चिन्तन और जीवन-अन्वेषण की प्रखर धाराएँ उन्हें सोने नहीं दे रही थी और दिन-भर की दौड़-धूप से उपजी थकान उन्हें जागने नहीं दे रही थी।

उनींदे से वे फिर अतीत की वादियों में खो गए।

पादरी बन जाने पर एक बार पिता से पूछा था उन्होंने—"चाचा बता रहे थे कि आपको शहर में बैंक की नौकरी मिली थी, सुविधा वाली, पर आपने वह नौकरी नहीं करके गाँव में रहना ही पसन्द क्यों किया?"

पिता हँस पड़े थे—"शायद इसीलिए कि तुम्हें पादरी बनना था, शहर आ जाता तो यहाँ की भौतिक चमचमाहट, प्रलोभन तुम्हें घेर लेते तब शायद तुम सादगी और त्याग का वह रास्ता चुनने का संकल्प नहीं लेते ..."

आज भी जब-जब वे साल-भर में एक बार जाते हैं अपने गाँव, गाँव के सभी पास-पड़ोसी आशीर्वाद लेने आते हैं उनसे।

अब यदि वे उस युवती के साथ विवाह बन्धन में बँध जाते हैं तो क्या प्रतिष्ठा रह जाएगी उनके पिता की? क्या सामना कर पाएँगे वे अपने माँ-बाप का? याद आया पिता ने बताया था उन्हें एवीलार्ड सन्त के बारे में जिन्होंने अपने सन्त जीवन की मर्यादा को बचाये रखने के लिए अपनी जननेन्द्रिय को काट डाला था।

अन्तरात्मा फिर लहूलुहान हो गई मैथ्यू की। लगा कोई चाकू गहरे तक अन्दर धँसा पड़ा है, जिसे न निकालते बन रहा है, न अटकाते।

अस्त-व्यस्त विचारों की भूलभुलैया में चक्कर काटते कब आँख लग गई पता नहीं चला।

सुबह जब आँख खुली, चौकीदार ने कहा, "फादर रात शायद आप बहुत देर तक प्रार्थना करते रहे थे। मैंने बाहर सोते हुए सुना आप नींद में चिल्ला रहे थे, आई लव मैरी, आई लव मैरी।"

झेंप गए मैथ्यू। अन्दर का चोर सतर्क हो गया। प्रत्यक्षत: कुछ नहीं कहा, बस मुस्कराकर रह गए। पर समझ गए नींद में आई लव मैरी नहीं, आई लव गिलहरी बोला होगा। उस पत्र वाली युवती का नाम यद्यपि गुंजन था, पर उसकी चंचलता और चपलता को देखकर वे उसे गिलहरी बुलाने लगे थे।

सुबह!

उठते ही फिर तलब उठी, एकान्त प्रार्थना के लिए नहीं, वरन् एक बार फिर उस पत्र से गुजर जाने के लिए।

प्राय: हर दिन दो-तीन बार वे उस पत्र को पढ़ डालते।

खोलते ही बोलने लगी चिट्ठी—"जानते हो मैथ्यू, जीवन को गहराई से महसूसने के लिए प्यार बहुत जरूरी है, बिना इससे गुजरे आदमी का श्रेष्ठ कभी नहीं उभर पाता है। इसके अभाव में व्यक्तित्व को अनेक कुंठाएँ और असंगतियाँ घेर लेती हैं। तुमने कहा था, तुम सौन्दर्य का साक्षात्कार करना चाहते हो, पर बिना प्रेम से गुजरे उस परम सौन्दर्य का अन्वेषण करना क्या सम्भव है? जवाब दो, तुम!"

पत्र को पढ़कर इन पंक्तियों को रेखांकित किया उन्होंने—'बिना प्रेम से गुजरे व्यक्तित्व को अनेक कुंठाएँ और असंगतियाँ घेर लेती हैं।'

सोचने लगे मैथ्यू, सच ही तो लिखा है गुंजन ने हर दिन की यह दो-दो तीन-तीन बार, अढ़ाई-अढ़ाई, तीन-तीन घंटे तक की प्रार्थना क्या दर्शाती है? क्या इसी प्रकार प्रार्थनाओं और मेडीटेशन का एंटीबायोटिक दे देकर सेहत को नहीं सँभाला जा रहा है। मन को भटकाने से नहीं रोका जा रहा है? काम को जबरन नहीं दबाया जा रहा है?

बारह वर्ष की उम्र में लिया गया प्रात:कालीन प्रार्थना का वह नियम आज छत्तीस वर्ष की उम्र में आकर पूरी तरह टूट गया मैथ्यू का।

पूरी सुबह वे सोचते रहे। पत्र को उलटते-पलटते रहे और जिन्दगी पर अपनी राय बदलते रहे। पहली बार महसूसा उन्होंने कि वे किसी नियम से बँधे, साँचे में ढले पादरी नहीं, वरन् पहाड़ी झरने की तरह एक मुक्त आत्मा हैं, जिसकी अपनी स्वायत्त सत्ता है।

ठीक आठ बजे दरबान उन्हें एक बन्द लिफाफा दे गया। खोला तो देखा, मंगलम् ने उन्हें तीन-चार पंक्तियों की एक उद्धरण लिख भेजी थी। शायद मैथ्यू की बदलती मानसिकता और हाव-भाव को पहचानने में उसकी दोस्ताना आँखों ने कोई भी भूल नहीं की थी, इस कारण उन्होंने अपनी अन्तिम चेष्टा स्वरूप यह चिट्ठी भेजी थी—

प्रिय मैथ्यू,

लग रहा है कि एक बड़ी रोशनी से तुम वापस अपनी सीमित रोशनी की दुनिया में लौटने का मन बना चुके हो। मानव मन सचमुच अद्‌भुत, जटिल और रहस्यमय है...खैर निर्णय लेने को तुम स्वतन्त्र हो। फिर भी मैं तुम्हें टर्टयुलिशन का यह उद्धरण अन्तिम भेंट स्वरूप भेज रहा हूँ, 'जहाँ शैतान सीधा आक्रमण करने में हिचकता है, वहाँ वह औरत का सहारा लेकर पुरुष की मिट्‌टी में मिला देता है।'

गॉड ब्लेस यू।

तुम्हारा

मंगलम्

बड़ी देर तक पत्र को उलटते-पुलटते रहे मैथ्यू। फिर किंचित भारी मन से जवाब दिया चिट्‌ठी का—

"मैं तुम्हारी नजर में भले ही एक कमजोर इनसान हो सकता हूँ, पर मैंने हर जीवन को पूरी सत्यता और ईमानदारी के साथ जिया है, मैंने महसूसा है कि कोई भी सत्य सार्वकालिक नहीं होता, जो कल मेरे लिए सत्य था, वह आज नहीं है, मैं यदि आज संसार में लौटना चाहता हूँ तो इसीलिए कि आज संसार मेरे लिए सत्य है। क्योंकि मैं मानता हूँ कि ज़िन्दगी का हल खुद जिन्दगी है और प्यार का जवाब खुद प्यार है। और कोई विकल्प नहीं है मेरे दोस्त! तुमने सही लिखा है कि मैं बड़ी रोशनी की दुनिया से छोटी रोशनी की दुनिया में लौट रहा हूँ...पर यह भी सत्य है कि सागर की विशालता की अपनी सीमा है, वहाँ कभी प्रेम के कमल नहीं खिलते।

गॉड़ ब्लेस यू।

तुम्हारा मैथ्यू।

सुबह।

मैथ्यू निश्चित भाव के साथ पॉल मंगलम् के कमरे की तरफ बढ़ रहे हैं। मंगलम् अपनी प्रार्थना समाप्त कर उठे ही हैं।

मैथ्यू को देखकर चौंक जाते हैं वे।

"आज इतनी सुबह?"

"हाँ, आज पादरी जीवन की अन्तिम मुलाक़ात करने आया हूँ। कल से मेरी लाईफ लाईन बदल जाएगी। अपना कैसॉक उतारकर मैं भी एक ले-मैन (साधारण आदमी) बन जाऊँगा। मैंने लाईसेजेशन (पादरीत्व से त्यागपत्र देने की ईसाई औपचारिकता) के लिए सारे पेपर्स तैयार कर लिए हैं। मैंने रोमन कैथोलिक चर्च के हैड को वजह बता दी है। आज ही मैं सारे पेपर्स जॉन पॉल द्वितीय को भेज रहा हूँ।"

"पर तुमने अभी तक लाईसेजेशन पर हस्ताक्षर नहीं किए हैं, और जब तक तुम उन पर हस्ताक्षर नहीं कर देते, मेरे लिए पादरी ही हो, और कौन जाने उस वक्त तक तुम्हारा मन फिर बदल जाए..."

मैथ्यू मुस्करा पड़े, उदासी में लिपटी एक क्षीण मुस्कराहट—उनके मित्र ने

अब भी आशा नहीं छोड़ी है, उन्हें 'पथ-भ्रष्ट' होने से बचा रखने की।

कुछ जवाब नहीं दिया उन्होंने, बस मंगलम् के हाथों को अपने हाथों में लिए खड़े रहे कुछ देर तक ...

खामोशी बतियाती रही...कुछ पलों तक।

फिर धीरे से, मन्थर गति से आगे बढ़ गए मैथ्यू।

पॉल मंगलम् जाते हुए देखते रहे उन्हें, जैसे कोई डूबते हुए जहाज को देखता है। उनके भीतर प्रार्थना थी।

फाइल

परीकथाओं सी मोहक तारों-भरी वह रात इतनी सम्पूर्ण और जादूभरी थी कि उसके आकर्षण की डोर में बँधे हम सभी गोल-गोल घेरा बनाकर बैठ गए। मन्द-मन्थर बहती हवा, महकते बेला फूल और देवदारू के झुटपुटों से छनकर आती चाँदनी... हम पर अलौकिकता का वह दौरा पड़ा कि हम सभी रोटी-लंगोटी की बात भूल जीवन और अनुभूतियों की बातें करने लगे। एकाएक श्यामली दी ने मुझसे पूछा, "जानते हो दुनिया का सबसे बड़ा सुख क्या है?" मैं गोबर गणेश की तरह आसमान की ओर ताकने लगा, जैसे वहीं से उतरेगा कोई जवाब। वे मुस्कराईं और बोलीं, "दुनिया का सबसे बड़ा सुख है निःस्वार्थ सात्विक सुख।"

हमारी टोली के सबसे छोटे सदस्य श्रीकान्त के माथे पर सिलवटें गहराईं—"यह किस चिड़िया का नाम है?"

ज़िन्दगी का सारा रहस्य जान लेनेवाले आत्मविश्वास के साथ वे मुस्कराईं—"जिसने यह नहीं जाना, जानो उसका जीवन डस्टविन पर मँडराते आत्मतृप्त कॉकरोच-सा।"

श्रीकान्त ताव खा गया—"तो बताइए, आपने ही कब भोगा इसे?" कुछ उस रात का तिलिस्म, कुछ हमारा आग्रह... रफ्ता-रफ्ता श्यामली दी पीछे घूम गईं। रसीले फानूस आम की

तरह टप-टप टपकती स्मृतियाँ। चाँदनी-सी एक उज्ज्वल रेखा उनके अधरों पर उभरी।

सरसराते पत्तों की आवाज़ों के बीच गूँजने लगी उनकी आवाज़—

"मेरे जीवन के सबसे मचलते हुए दिन थे वे। पक्षी की पहली उड़ान की तरह ही रोमांचित। मैं उन दिनों सिनी आशा में थी।"

"सिनी आशा? वह क्या?" मैंने और श्रीकान्त ने एक साथ पूछा।

"कोलकाता में रहते हो और 'सिनी आशा' का नाम नहीं जानते?"

स्ट्रीट चिल्ड्रेन के लिए सबसे नामी स्वयं सेवी संस्था है यह सिनी आशा। उन्होंने दाएँ हाथ की चूड़ियाँ ऊपर खिसकाईं और फिर प्रवाह में बहने लगीं—

"हाँ, तो मैं बता रही थी कि अनुभवों की पूँजी बटोरने के वे मेरे सबसे समृद्ध दिन थे...हर दिन कुछ-न-कुछ अजूबा देखने को मिलता। पहले दिन ही मज़ा आ गया। जैसे ही सिनी आशा की दहलीज पार करने लगी कि देखा बाहरी दीवाल पर किसी मसखरे ने लिख मारा था—'देखो, देखो, गधा मूत रहा है।' मैं अवाक इतनी साफ़-सफ़ाक सफेद दीवाल पर कोयले से यह किसने लिख मारा? सुरक्षा गार्ड ने हँसते हुए बताया—"यह 'तपती' दी की खोपड़ी से निकला है। जिसको देखो जिप खोलता और गंगाजल बहा देता... रात को मारे बदबू के हम लोग सोने न सकता। कितनी ही बार लिखा, 'पिसाब' करना मना .. पर कौन सुनता...सो तपती दी ने गुस्साकर ऐसा लिख मारा।"

बहुत खूब, मैं ऊपर पहुँची तो देखा झुंड के झुंड में पसीने की गन्ध से बजबजाती उठंग साड़ी पहने क़रीब चालीस-पचास महिलाएँ एक बड़े से कमरे में उजबक की तरह बैठी हुई हैं। पता चला सियालदह प्लेटफार्म, झुग्गी-झोपड़ियों और फुटपाथों पर रहने वाली ये वे महिलाएँ हैं जिनके बच्चे सिनी आशा द्वारा किसी चैरिटेबिल या अर्द्ध चैरिटेबिल हॉस्टल में भेज दिए गए हैं। इन सबके बीच तृप्ति दी बड़े तृप्त भाव से उन्हें समझा रही थीं—"दया करके आप लोग महीने में कम-से-कम एक बार अपने बच्चों से अवश्य मिलने जाएँ...आपको ताकते-ताकते आँखें बाहर निकल आती हैं बेचारों की।"

इधर माताएँ मुड़ीं कि उधर तृप्ति दी फिर चालू—"अब इन्हें भी क्या दोष दूँ...यहाँ हर चीज़ का टोटा, अब बच्चों को मुफ्त हॉस्टल में डाल भी दिया तो

जाने-आने के भाड़े का जुगाड़ मुश्किल...और किसी के पास भाड़े का जुगाड़ हो गया तो दिन-भर की खटनी से समय निकाल पाना और भी मुश्किल। तो यह तो है हाल।" कमर में पल्लू खोंसते हुए तृप्ति दी ने चिन्ता भरे स्वर में कहा।

'यह तो है हाल' तृप्ति दी का, सबसे प्यारा जुमला था, जिसे वे गाहे-बगाहे जब-तब हर व्यक्ति और स्थिति पर जड़ दिया करती थीं, उस दिन शाम को वे घर के लिए मेरे साथ ही निकलीं। मौक़ा पाकर मैंने पूछा, "यह सिनी आशा क्या किसी बंगाली बाबू की देन है?" वे फिर चालू हो गईं—"अरे नहीं, यह तो किसी आयरलैंडवासी ने बनवाया था। अब देखो, यह तो है हाल, आया तो था यहाँ तफरीह करने, आत्मा-परमात्मा, जन्म-पूर्वजन्म, मन्दिरों और विभिन्न आस्थाओंवाले इस देश को जानने-बूझने, पर मन रमा यहाँ की कालाहाँडी में। कहते हैं कि धूल में रेंगते-रिसते, फुटपाथों पर रोते-कलपते, बच्चों, नशे एवं कुटेवों के शिकार किशोरों और लालबत्ती इलाक़ों की ज़ख़्म खाई किशोरियों को देख वह विचलित हो उठा और उसने इस संस्था की नींव डाली और जाते-जाते कह गया...जिस परम तत्त्व और परमात्मा की खोज में मैं आया था, उसके मर्म को पा लिया।

पान की गिलौरी को दाएँ से बाएं घुमाते हुए वे फिर चालू हो गईं "अब तुम्हीं देखो, इतने बड़े कोलकाता में जितने भी नशेड़ियों, फुटपाथियों और अनाथ बच्चों, दबे-कुचले बच्चों या वासना की शिकार हुई युवतियों के लिए स्वयंसेवी संस्थाएँ हैं वे सब ईसाइयों द्वारा स्थापित हैं। यह तो है हाल...हम भारतीयों को तो पूजा-पाठ, धर्मशालाएँ, तीर्थ-यात्रा और मन्दिर-निर्माण से ही कहाँ फुरसत है।"

"इन्हें विदेशों से फंड मिल जाता है।" मैं बीच में ही बोल पड़ी थी। मुझे तेजी से काटते हुए कहा—"न...न...ऐसी बात नहीं, वरन् मुझे तो लगता है कि यह इसलिए है कि इन्होंने धर्म को जीवन और रोटी से सीधा जोड़ इसे फुटपाथों और झुग्गी-झोपड़ियों तक पहुँचाया है जबकि हमने धर्म की ऊँची उड़ानें भरी हैं। अपने परिष्कृत रूप में हमारे यहाँ धर्म की शुरुआत अन्तर्यात्रा से होती हुई अन्त:करण की शुद्धता और परम तत्व की प्राप्ति पर ख़त्म हो जाती है। अब तुम्हीं देखो .. उस आयरलैंडवासी के हृदय में कितनी मानवीय और महान बात आई कि जिन किशोरियों को हम भविष्य नहीं दे सकते कम-से-कम रात-भर के लिए नाईट-शेल्टर की व्यवस्था कर उन्हें भविष्य के लिए बचाकर तो रख सकते हैं।"

पान की गिलौरी को बाएं से दाएँ घुमाते हुए किसी तत्व-दर्शक की तरह फिर उन्होंने एक पते की बात कही, "जानती हो श्यामली, मैं कई बार सोचती हूँ कि हमारे यहाँ क्रिश्चिएनिटी जैसे स्थूल धार्मिक सिद्धान्तों की ज़रूरत है क्योंकि हम तो अभी तक रोटी और लंगोटी की ज़रूरत से ही ऊपर नहीं उठ पाए हैं और उनको चेतना, अन्तरात्मा, वेदान्त और उपनिषद् की...जिससे अतिभोग और अतिचार के मारे वे यहाँ की त्याग और तपस्या की अवधारणा से सन्तुलित और अनुशासित हो सकें।"

बात पूरी कर भी नहीं पाई थी तृप्ति दी कि तभी हल्का सा हो-हल्ला सुनाई दिया। एक फील्ड वर्कर दौड़ती आई—"तृप्ति दी, तृप्ति दी, झुनिया और मंगला के माई-बाप आए हैं।"

कमर में पल्लू खोंसे जीवन से झल्लाई किसी बूढ़ी की तरह तृप्ति दी फिर बड़बड़ाईं—"जीना हराम कर रखा है इन लोगों ने।" सीढ़ी की रेलिंग को पकड़े किसी बोरी की तरह लुढ़कते-टुमकते तृप्ति दी नीचे ऑफ़िस में।

ज़िन्दगी का बोझ ढोती पसीने से लथपथ एक देह। बरसाती फफूँद-सी बढ़ी दाढ़ी। जैसे ही तृप्ति दी घुसीं झुनिया के पिता ने हाथ जोड़े। थोड़ी ही देर बाद खोखले तने की तरह सूखी एक मरगिल्ली स्त्री भीतर आई और उस पुरुष के पार्श्व में सहमी-सी सिमटी बैठ गई, हवा में कड़ुवे तेल और पसीने की मिली-जुली गन्ध फैल गई।

अपनी भेदती तिरछी आँखों से तृप्ति दी ने दोनों का ऊपर से नीचे तक मुआयना किया। उनकी बदहवासी और घबड़ाहट देख तृप्त हुईं और फिर कड़कती आवाज़ में गरजीं—बेटियाँ हैं या शैतान की औलाद! क्या खाकर पैदा किया था? दुर्गा-दुर्गा, हमारे तो स्टाफ की जान ही चली जाती...आपनि एक्खुनी निये जान...दरकार नहीं बाबा (आप अभी तुरन्त ले जाइए इन्हें...हमें ज़रूरत नहीं इनकी।) मां गो कि दुस्साहस! (बाप रे! कितना दुस्साहस।)"

दोनों के चेहरों पर काली रात का अँधेरा पसर गया। आखिर उस पुरुष ने हिम्मत कर हाथ जोड़ते हुए मुँह खोला—"माई-बाप बस एक बार दया करें, इन लड़कियों का उतना दोष नहीं, हम लोगन ने ही उन्हें समझाया था कि किसी भी अनजान आदमी के साथ मत निकलना—वे बच्चा-चोर होते हैं, बच्चों को मार

डालते हैं..." बोलते-बोलते वह अपनी उठंग धोती के छोर से माथे पर उग आए पसीनों को पोंछने लगा।

सामने से टूटा हुआ दाँत और चेहरे का पिलपिलापन उसे अजीब ढंग से दयनीय बना रहा था। इस कदर कि तृप्ति दी कड़की भूल ढीली पड़ीं। आँखों में नमी उभरी। अपनी हिन्दी बांग्ला, मिश्रित भाषा में वे कहने लगीं—"ठीक है, एक बार माफ किया...पर आगे से उन्होंने ऐसी हरकत की तो कान धरे बेर कोरे दिबो (कान पकड़ बाहर कर दूँगी।)"

क़िस्सा कोताह यह कि मंगला और झुनिया का पिता रंग मिस्त्री था और माँ सब्जी बेचती थी। दोनों बच्चियाँ घर में अकेली रहती थीं, इस कारण उनके पिता ने उन्हें समझाया था कि वे किसी भी अनजान स्त्री-पुरुष के साथ नहीं हो लें। इस बीच पाड़ा (मुहल्ले) के किसी ने रंग-मिस्त्री को सिनी आशा के बारे में बताया। सिनी आशा द्वारा उसकी दोनों बेटियों को लक्खीपुर स्थित काकदीप हॉस्टल (सियालदह से 90 किलोमीटर दूर, अर्द्ध चैरिटेबल हॉस्टल) में भेज दिया गया। माँ-बाप भी हॉस्टल साथ गए। माँ-बाप को वापस लौटते देख दोनों फूट-फूटकर रोने लगीं तो रंग मिस्त्री ने दोनों बेटियों के हाथ में दस-दस का एक-एक नोट थमा दिया और खुद सियालदह लौट आए।

आज़ाद परिन्दे की तरह दिन भर सड़क पर गश्त लगाने की दोनों की आदत ...और हॉस्टल की नियमों वाली सख़्त ज़िन्दगी। उस पर वार्डेन की मार-पीट, डाँट-फटकार और चौबीस घंटों की झिकझिक-झिकझिक। दोनों बच्चियों को घर बुरी तरह पुकारता और उस पर हाथ में बीस रुपये की पूँजी का भोला विश्वास। एक शाम दोनों हिम्मत कर हॉस्टल से भाग खड़ी हुईं। जैसे-तैसे वे स्टेशन तक पहुँची, पर स्टेशन पर भीड़-भाड़ और ट्रेनों की कतार देख रोने लगीं।

बच्चियों को रोता देख किसी ने उन्हें थाने तक पहुँचा दिया। थाने वालों ने बच्चियों से पूछताछ की। उन्हें सिनी आशा की हॉट लाईन की जानकारी थी। पिछले बीस वर्षों में सिनी आशा ने अच्छा-खासा नेटवर्क तैयार कर लिया था। ओ.सी. ने नम्बर घुमाया—1098 और झुनिया और मंगला के बारे में जानकारी दी। सिनी आशा वालों ने लड़कियों को थाने में ही रुकवाकर रखा और अपनी एक महिला स्टाफ को भेज दिया उन्हें लाने के लिए। महिला कार्यकर्त्ता दोनों लड़कियों को लेकर ट्रेन में बैठी, जैसे ही ट्रेन छूटी दोनों लड़कियाँ भयभीत हो

गला फाड़ने लगीं—"हम इस मैडम को नहीं जानते, पता नहीं ये हमें कहाँ ले जाएँगी। ये हमें बदमाशों को बेच देंगी।" ट्रेन यात्रियों ने भी अपना 'यात्री-धर्म' निभाते हुए 'बच्चा-चोर' का हल्ला मचाया और देखते-देखते महिला की जूते-चप्पलों और घूसों से ठुकाई होने लगी। उत्तेजित और विचार शून्य भीड़ से महिला ने हाथ जोड़कर विनती की—"मुझे थाने ले चलिए। सच्चाई का पता चल जाएगा।"

"थाने-वाने में कुछ नहीं होता, वहाँ तो कुर्सी पर चोर-डकैतों की माएँ बैठी हैं, जो होना है यहीं हो जाए, फेंक दो साली को चलती ट्रेन से।"

पर उसी भीड़ में एक-दो का विवेक भी उनके साथ था। उन्हें लगा, महिला निर्दोष है। उन्होंने किसी प्रकार बीच-बचाव करते हुए महिला को थाने तक जिन्दा रखा।

घटना का बखान करते-करते तृप्ति दी फिर अपने मूल एजेंडे पर आ गईं और मुझसे कहने लगीं—"श्यामली, तुम इन सब बच्चों की केस हिस्ट्री लिखो। कुछ की तो लगभग तैयार है, बस तुम्हें उन्हें फिर से टाईप करवाकर फाइल करनी है। पर कुछेक की केस हिस्ट्री आधी परती है। तुम्हें उनकी फाइल पूरी करनी है। पर इन बच्चों में सबसे टेढ़ी लकीर है पिंकी। बाप रे! साल भर हो गया उसे यहाँ आए पर उसकी फाइल अभी तक आगे नहीं बढ़ी। अरे, पलक झपकते जितना आसान नहीं है उसकी फाइल तैयार करना।"

"पिंकी? पिंकी कौन? वही घुंघरूवाली?"

तृप्ति हँस पड़ीं। आँखों में मद झलका—"हाँ, हाँ शेई, घुँघरूवाली।" (हाँ, हाँ वही घुंघरूवाली।)

ध्यान आया, जब पहली बार पिंकी के दीदार हुए तो उसके पाँवों में घुँघरू बँधे हुए थे। नृत्य और संगीत जैसे उसकी रगों में था। दिन में एक बार वह नृत्य अवश्य करती थी और तब पूरा सिनी आशा उसकी रुनझुन की मादक-मादक झंकार से गूंज उठता था। यहाँ के फुटपाथी बच्चों के बीच किसी दूसरे सौर मंडल की नक्षत्र सी अलग से झिलमिलाती थी वह। हरेक हृदय में यौवन और सौन्दर्य के स्वप्न जगाती वह जिधर से भी गुजरती, दिलचस्प आँखें उठ जाती थीं उसकी ओर।

वह मूक-मौन, पर चेहरा बोलता हुआ।

थोड़ी देर बाद ही किसी भारी भरकम बोरी की तरह लुढ़कते-ठुमकते तृप्ति दी फिर मेरे पास आईं और गुलाबी रंग की एक फ्लैट फाइल पकड़ाते हुए मुझसे बोलीं, "लो पढ़ लो इसे, पिंकी के बारे में हम लोगों ने जो कुछ भी जाना है, वाया दिस फाइल।"

वे फिर फुसफुसायीं—"यह लड़की अपने कूल-किनारे छूने तक नहीं देती, बहुत सावधानी से बात करना इससे। भई, सभी अपने हगे-मूते पर मिट्टी डालते हैं। पिंकी भी क्या करे। इसकी माँ सोनागाछी में रहती है। अरे माँ क्या माँ के नाम पर कलंक है। खुद रंडी बनी और पिंकी को भी उसी नरक में घसीटा। पिंकी की फाइल में स्पष्ट लिखा है कि 11 वर्ष से 14 वर्ष की उम्र तक उसके साथ कई बार बलात्कार हुआ और वह भी उसकी माँ के ग्राहकों द्वारा ही। सबसे पहले वह 'ऑल बंगाल चिल्ड्रेन वेल्फेयर होम' में थी। वहाँ पर उसकी किसी सहेली को पिंकी की माँ के बारे में पता चल गया था। एक दिन उसने पिंकी से पूछ डाला—तोर माँ की वेश्या छीलो। (तुम्हारी माँ क्या वेश्या थी)। बस पिंकी के चोले को फाड़कर एक नई पिंकी निकली और गुस्से में उस लड़की का सिर दीवाल से भिड़ा दिया। इस घटना के बाद उसकी फाइल में लिख दिया गया—मेंटल केस और उसी आधार पर उसे अन्ताराग्राम मेंटल हास्पिटल में भेज दिया गया। वहाँ उसे विक्षिप्तों और मन्दबुद्धियों के साथ रखा जाता। पर पिंकी मानसिक रोगी तो थी नहीं। फिर भी कुछ दिनों तक खामोशी ओढ़ी रखी उसने, पर जब स्थिति नाकाबिले बर्दाश्त हो गई तो उसने चेक करने आए डॉक्टर से कहा—मुझे नहीं रहना इन पागलों के बीच। दिन भर ये लोग लड़ती-झगड़ती हैं और मेरे बिस्तर पर थूक देती हैं।"

एक-एक शिफ्ट में दर्जनों विक्षिप्तों को निपटानेवाले डॉक्टर की सारी संवेदनाएँ सूख चुकी थी। उसका सिर्फ़ दो ही काम था, हर महीने वेतन का चेक उठाना और पागलों को नियंत्रित रखना...इस कारण जब-जब पिंकी कहती—वह उसे डपट देता—"बेशी कोथा कोरले चेने बेन्दे दिवो।" (अधिक बक-झक किया तो चेन से बाँध दूँगा)। एक बार गुस्से में आकर पिंकी ने डॉक्टर का हाथ काट लिया। उस दिन उसे दिन भर कुत्ते की तरह चेन से बाँधकर रखा गया।

फिर किसी चमत्कार की तरह जाने किस बुद्धिमान और सहृदय साईकियाट्रिस्ट की मेहरबानी से उसे हमारे यहाँ भेज दिया गया।

मैं अवाक। यह जानकारी की नई परत थी और अभी जाने कितनी परतें और खुलने वाली थी। एकाएक मैंने पूछा, "आपने क्या कभी उसमें कोई पागलपन का लक्षण देखा?"

अपने दाएँ हाथ के पंजे निकाल-निकालकर तृप्ति दी ने कहा, "अरे नहीं, वह तो खुद मानसिक रोगियों को ठीक कर दे। उसका नृत्य, उसका सेवा-भाव, उसका व्यवहार देख सभी निहाल हैं यहाँ। बस ज़रा सी प्रॉब्लम चाईल्ड है...विशेषकर यदि कोई उसके अतीत को छूना भी चाहे तो काटने दौड़ती है। माँ का नाम तक सुनना नहीं चाहती...इसीलिए उसकी फाइल अभी तक अधूरी पड़ी है। इस संस्था का नियम है—जितने बच्चे उतनी फाइलें। वे फिर मेरी ओर आशा-भरी निगाहों से देखने लगीं, तूमि पारबी तो!" (तुम सकोगी तो)।

मैंने आत्मविश्वास से सिर हिलाया—"अरे, इतने उग्रवादियों का, नक्सलवादियों का, साधुओं का, तवायफों का—इंटरव्यू लिया तो यह किस खेत की मूली।"

वे आश्वस्त हुईं—"खूब भालो!" (बहुत अच्छा)। और ग्रहों की अँगूठीवाली अपनी उँगलियों से मेरे गाल को हल्के से थपथपाया।

उस दिन अपने विलक्षण रूप में थी पिंकी।

समय और सृष्टि के बाहर खड़ी प्रेम पुजारिन मीरा की तरह नाच रही थी वह। सिनी आशा में वार्षिकोत्सव की तैयारियाँ चल रही थीं। मैं भी फाइलों को परे खिसकाकर नृत्य देखने पहुँच गई।

ऐसा स्वाभिमानी सौन्दर्य! ओस बूँद की तरह शीतल और अग्नि की तरह दहकती हुई। लगा जैसे कोणार्क के सूर्य मन्दिरों की दीवारों पर उत्कीर्ण कोई रूपसी ज़मीन पर उतर आई है। उसके प्रभा-मंडल से चौंधियाए पास ही हैप्पी होम और सिक विंग के कई बच्चे बुखार में भी आकर खड़े हो गए। मस्त मोरनी

की तरह अपने मन के मधुवन में नाच-नाचकर पूरे वातावरण को मीरामय बनाने के बाद जब वह थककर बैठ गई तो जाने किस ईर्ष्यालु लड़की ने गुस्ताखी से पूछ डाला—बिना नृत्य स्कूल में दाखिला लिए इतना भव्य नृत्य तो तुमने अपनी माँ से सीखा होगा...बस देखते ही देखते उल्लास, सौन्दर्य और उमंग की वह देवी जंगली बिल्ली बन चीं चीं करने लगी। श्वेत कण से चमकता उसका चेहरा गोबर के अधजले उपले की तरह बदरंग हो गया। उसकी गुलाबी आँखों से चिनगारियाँ फूटने लगीं। वह अपनी सहेली पर टूट पड़ी और उसका बायाँ हाथ इतनी जोर से मरोड़ा कि यदि पास ही बैठी गिटारवादिका ने उसे नहीं छुड़ा लिया होता तो हड्डी ही टूट जाती उसकी।

इस घटना के बाद पिंकी फिर सिकुड़ती गई। खामोशी उसके भीतर फैलती गई। आहिस्ता-आहिस्ता।

उसे फिर मानसिक अस्पताल में भेजने की बात होने लगी।

तृप्ति दी के घोड़ा छाप लम्बोतरे चेहरे पर विषाद की हल्की परत फैल गई। उन्होंने फिर मुझे आगाह किया—"अभी तक आपने पिंकी की फाइल पर काम करना शुरू नहीं किया...यह तो है हाल पिंकी का...कभी भी उसे मेंटल हॉस्पिटल में भेजा जा सकता है। नहीं, यदि दूसरे बच्चों को उससे खतरा हो तो उसे कैसे रखा जा सकता है?"

कुछ दिनों बाद ही दुर्गापूजा आ गई। कोलकाता का सबसे बड़ा जातीय त्यौहार। पूरे चार दिनों तक दुल्हन की तरह सजा-धजा कोलकाता और रोशनी के झालरों से झिलमिल-झिलमिल करते यहाँ के पंडाल। कोई पंडाल ताजमहल की अनुकृति तो कहीं दिल्ली का संसद भवन तो कहीं हाईकोर्ट तो कहीं जयपुर का हवा महल। पूजा की वह धूम कि जिसने पूजा नहीं देखी वह अजन्मा। कोलकाता ही नहीं, आसपास के गाँवों, क़स्बों से भी लोग बहते हुए चले आते यहाँ, ज़िन्दगी का स्वाद लूटने के लिए।

हमारी सिनी आशा के भी अधिकांश बच्चे घर चले गए थे, अपने परिवार के साथ पूजा मनाने। घने पेड़ों के झुरमुटों के बीच इक्के-दुक्के ठूँठ की तरह

गिने-चुने वे ही बच्चे रह गए थे जो या तो बेहद बीमार थे या जिन्होंने दुनिया में अपने लिए बहुत ही कम जगह घेरी थी। ऐसे बे-ठौर-ठिकानों वाले बच्चों को सम्भालना बहुत जानलेवा होता था क्योंकि सावन की घटाओं की तरह हर पल इनके भीतर अपने उजड़े घर की धुँधली यादें उमड़ती-घुमड़ती रहतीं। ये छुट्टियाँ उन्हें खुशनसीबों से अलगकर लहर-दर-लहर इनकी उदासी बढ़ाती जाती। सिनी आशा के बरामदे में खड़े ये बच्चे पथरीली आँखों से अपने हमउम्र बच्चों को अपने माँ-बाप और भाई-बहनों के साथ जश्न मनाते देखते और लहुलुहान होते रहते थे। हम चाहकर भी उन दिनों उनके चेहरे पर हँसी नहीं उगा पाते थे।

ज़िन्दगी के जाने कितने रहस्यों को अपने भीतर समेटे पिंकी भी अपनी वीरान आँखें और ग़मगीन चेहरा लिए बरामदे में खड़ी थी।

मैंने पीछे से उसके कन्धों पर हाथ रखा—वह चिहुँकी।

"ओह, आंटी!"

"चलो, पूजा दिखा लाती हूँ।"

पूजा? क्षण-भर के लिए उसकी आँखें चमकीं। पर अगले ही क्षण उनमें सयानापन भर आया।

"नहीं आंटी, आज मैं खाली नहीं हूँ..." उसने किसी बेहद व्यस्त गृहस्थिन के अन्दाज़ में कहा।

"तुम्हें क्या काम है?"

उसने उँगली 'सिक विंग' की ओर उठाई। जहाँ कोई नया परिन्दा जगह घेर रहा था। भोला। सिनी आशा के फील्ड वर्कर उसे सियालदह स्टेशन के प्लेटफार्म नम्बर पाँच से उठा लाए थे। उसके घुटने फूले हुए थे। वह दर्द के मारे ऐंठ रहा था। वह पत्ताखोर (नशेबाज) था। उसके पिता वैन चलाते थे। सियालदह स्टेशन के पास ही पुल के नीचे उसकी खोलाबाड़ी थी, जहाँ उसकी माँ पाँच-पाँच रुपयों में पत्ताखोरों को नशे के सेवन के लिए खोलाबाड़ी किराये पर देती थी। भोला—पत्ताखोर को पन्नी, ब्लेड, मोमबत्ती, दियासलाई पकड़ाते-पकड़ाते स्वयं कब कश लेने लगा, उसे भी पता नहीं चला। देखते-देखते यह लत बन गई। पत्ता (नशे की एक डोज) नहीं मिलता तो वह नशे की तलब मिटाने के लिए डेनड्राइट का सॉल्युशन ही खाने लगा।

ओ माँ, माँ गो! भोला दर्द से ऐंठ रहा था। पिंकी उसे प्यार से डाँट पिला रही थी—"और टान पत्ता। कर टपोरीगिरी।" (और कर नशा और कर टपोरीगिरी)।

पिंकी ने हाथ के सहारे से उसे उठाया और उसे पेन किलर दी और फिर उसे सुलाते हुए डाँट पिलाई—"चोक मूँदे सुए थाक।" (आँख बन्द कर पड़ा रह)।

"तो तुम कब चलोगी?"

"जब तक इसका दर्द कम नहीं हो जाता।"

चीं-चींकर दरवाज़ा बन्द हुआ और मैं झल्लाती हुई बाहर।

तीसरे दिन भोला को आराम मिल गया था और पेन किलर के प्रभाव से वह जमकर सो रहा था। उसके सिरहाने बैठी थी पिंकी—उदास और अवसन्न आँखों से टपकते टप-टप आँसू—जैसे महाकाल के कपोल पर लुढ़कती कुछ बूँदें।

मुझे देखते ही वह फफक पड़ी—आप मुझे पूजा दिखाने ले चलने वाली थीं न मुझे पूजा नहीं देखनी। मुझे अपनी ठाकुर माँ (दादी) से मिलना है, वे बहुत बूढ़ी हैं, मुझसे मिलने नहीं आ सकतीं...आप मुझे मेरी ठाकुर माँ के पास ले चलिए...मुझे मिलना है उनसे। उन्हें देखे चौदह महीने हो गए। जाने किस हाल में होंगी वे।

पिंकी के दिल में अपनी ठाकुर माँ की यादों का इकतारा बज रहा था! पर मैं उसे कैसे समझाती कि तृप्ति दी ने मुझे पिंकी को ठाकुर माँ के पास ले जाने को मना किया है। उसकी ठाकुर माँ के घर के पास ही उसकी माँ का भी घर है। उसकी माँ को भनक पड़ते ही वह पिंकी को लेने वहाँ आ सकती थी—तृप्ति दी की चेतावनी मेरे कानों में गूँज रही थी—आप नहीं जानती उसकी माँ को, किसी भी प्रकार बहला-फुसलाकर वह वापस पिंकी को उसी गन्दगी में धकेल सकती है। आप नहीं जानती उसकी माँ को, यदि सप्ताह भर भी पिंकी रह जाए अपनी माँ के साथ तो, उसी की भाषा बोलने लगेगी। यहाँ आई थी पिंकी तो बड़ी गन्दी जुबान और आदतें थीं उसकी। बिना भोंसड़ी के और मादर...के बात ही नहीं करती थी। और कमीज के गले तो इतने गहरे पहनती थी कि आधा माल बाहर से ही दिखे। हमने उसे सरस्वती वन्दना सिखाई। उसे अच्छे भावों के नृत्य सिखाये।

पिंकी लगातार झँझोड़ रही थी मुझे—आंटी मुझे ले चलिए अपनी ठाकुर माँ के यहाँ। एकाएक मुझे एक उपाय सूझा। मैंने सोचा कि कुछ ऐसा किया जाए कि पिंकी भी खुश हो जाए और मुझे भी इस खूबसूरत शाम की कुछ मलाई हाथ लगे।

मैंने पिंकी से कहा—"पिंकी, नेई मामा थेके काना मामा भालो (बिना मामा के काना मामा अच्छा)। मैं ऐसा करती हूँ कि टैक्सी में तुम्हारी ठाकुर माँ को ही लेकर यहाँ आ जाती हूँ क्योंकि मुझे तुम्हें वहाँ ले जाने की इजाजत नहीं है। तुमसे मिलवाकर मैं तुम्हारी ठाकुर माँ को वापस वहाँ छोड़ आऊँगी। पर इसके बदले तुम्हें भी मेरा एक काम करना होगा।"

"हाँ, हाँ क्यों नहीं बोलिए मुझे क्या करना होगा?"

पिंकी मचल उठी थी।

मैंने कहा, "पिंकी मैं जो कुछ भी तुमसे पूछूँ, तुम्हें उसका जवाब देना होगा...देखो, मुझे तुम्हारी फाइल तैयार करनी है, तुम्हारी पूरी केस हिस्ट्री... ई..."

मैं बात पूरी कर भी नहीं पाई थी कि उसकी आवाज़ अकस्मात रामपुरी चाकू की तरह धारदार हो गई—"क्या फाइल?"

और देखते-देखते लोकगीत सी लुभावनी पिंकी शोक-गीत में बदल गई।

मैंने हिम्मत कर कहा, "तुम्हारी भलाई के लिए ही तो तैयार की जा रही है यह फाइल।"

वह धम्म से बैठ गई, जैसे कोई बुलन्द इमारत ढह गई हो।

ज़ाहिर था ज़िन्दगी से लड़ते-लड़ते वह जैसे थक गई थी।

उसे ढहते देख मेरी हिम्मत इंच भर और बढ़ी। मैंने फिर उसे कुरेदा—"देखो, माँ के प्रति तुम्हारी नफरत तो समझ में आती है पर इन फाइलों ने क्या बिगाड़ा है तुम्हारा।"

मेरी बात सुन रेत पर पड़ी सोन मछली सी वह तड़पी। सुरमा सजी उसकी आँखें मिचमिचाईं। एक दीर्घ निश्वास छोड़ते हुए उसने कहा, "अब कैसे समझाऊँ आपको कि जितना नुकसान मेरी माँ ने मेरा नहीं किया उससे ज्यादा फाइलों के इन खुले जबड़ों ने किया है। निगल ली है इसने मेरी सारी खुशियाँ। आप इज्ज़त की डाल पर झूलते लोग क्या कभी सोच भी सकते हैं यह सत्य कि 11 से 14 वर्ष तक मेरा कई बार बलात्कार हुआ, जब तक इन फाइलों में दर्ज रहेगा, समझ

लीजिए यह मेरे माथे पर दर्ज रहेगा। जो मेरे साथ हुआ उसके लिए मैं दोषी नहीं, यह सोच मैं अपने अतीत को भूल ज़िन्दगी में रुचि लेने लगी थी। एक लड़के से प्रेम भी करने लगी थी। वह सचमुच मेरी ज़िन्दगी का उजाला था। उसे देख मैंने पहली बार महसूसा कि आदमी जीना तभी सीखता है जब किसी से प्यार करता है। वह भी मुझे बेइन्तहा चाहने लगा था। मैंने उसे बताया कि मेरी माँ सोनागाछी में रहती अवश्य है पर वह बुरा काम नहीं करती...वह आसपास के घरों में खाना पकाती है। मेरी ठाकुर माँ बहुत बूढ़ी हैं इस कारण माँ ने मुझे सिनी आशा में रख रखा है। वह मुझे प्यार भी करता रहा, पर भीतर ही भीतर मेरे बारे में खोज-खबर भी करता रहा। एक दिन मेरी अनुपस्थिति में उसने ऑफ़िस के क्लर्क को घूस-वूस देकर पटा लिया और मेरी फाइल पढ़ डाली। उसके बाद से उसने मुझसे मिलना छोड़ दिया।"

कई दिन की छटपटाहट के बाद एक बार मैं उसके घर पहुँची तो उसने मुझे बाहर से ही चलता किया। मैंने जब इस बेरुखी का कारण पूछा तो उसने मुझे ऐसी नज़र से देखा जैसे मैं कितनी गन्दी और घिनौनी जानवर हूँ। उसका शब्द-शब्द मेरी आत्मा को दाग गया। उसने मुझसे कहा, "मैंने तुम पर कितना विश्वास किया...पर तुम...रंडी की बेटी रंडी ही निकली।"

उसके बाद वह मुझे फिर कभी नहीं मिला। मेरे जीवन में काली रात का अँधेरा भर वह सदा के लिए चला गया।

भीगे कबूतर की तरह मैं बैठी रही। मूक-मौन। कनखियों से देखा मैंने, बूँद-बूँद उदासी पिंकी के चेहरे से टपकते हुए अनन्त में डूबती जा रही थी। लगा जैसे यह पिंकी नहीं, कोई आदिम शकुन्तला थी। फ़र्क़ बस इतना ही कि वह अपनी अंगूठी और यह अपनी फाइल वापस माँग रही थी मुझसे।

पिंकी से बिना कुछ कहे मैं वहाँ से खिसक गई। धीरे-धीरे और बेआवाज़। पतझड़ के सूखे पत्ते की तरह।

पूजा की छुट्टियाँ अभी चल ही रही थीं। दूसरे दिन मैं फिर पिंकी के पास। पर आज मुझे देख उसमें कुछ भी नहीं जागा। उसके भीतर की बुलबुल मर गई थी।

वह वैसे ही बैठी रही। खामोश, अडोल। मैंने फिर उसके कन्धे पर हाथ रखा और उसे उत्तेजित करने को कहा, "मैंने तो तुम्हें होशियार समझा था, पर तुम तो मूर्ख निकली। महामूर्ख।"

वह सचमुच भड़क उठी जैसे वामपंथी कांग्रेस की आर्थिक नीतियों से भड़क उठते हैं।

"क्या...क्या मतलब?"

"यह देखो तुम्हारी फाइल...बताओ कहाँ लिखा है इसमें तुम्हारे या तुम्हारी माँ के बारे में।"

क्षण भर के लिए पिंकी सोच में पड़ गई...पर दूसरे ही पल उसने फिर पलटवार किया—"यदि इसमें नहीं लिखा होता तो समीर, हाँ वही लड़का, को मेरी माँ का नाम, मेरे पाड़े (मुहल्ले) का नाम का पता कैसे चलता? उसे यह भी पता कैसे चलता कि 11 वर्ष से 14 वर्ष के बीच ..."

"बताओ कहाँ लिखा है?" मैंने फिर उसे कुरेदा।

पिंकी ने फाइल उलटाई। और एक जगह उँगली दिखाई—बैक ग्राउंड हिस्ट्री...देखिए आंटी यहीं कहीं लिखा होगा...उतनी अंग्रेजी मुझे नहीं आती।

कहाँ...और देखते-देखते मेरे फाउंटेन पेन की स्याही ने उसकी पूरी बैक ग्राउंड हिस्ट्री को काली स्याही में बदल दिया।

पिंकी भौंचक्की—"यह क्या किया आंटी!"

"कुछ नहीं! ज़िन्दगी की जंग ऐसे भी लड़ी जाती है। यह भी एक दुर्घटना थी। ठीक वैसे ही जैसे तुम्हारे साथ हुई थी। अब तुम्हीं बताओ... दुर्घटनाओं के लिए भी कोई दोषी हो सकता है क्या?"

"पर तृप्ति दी को आप क्या जवाब देंगी?" पिंकी मेरी चिन्ता में डूबने लगी थी।

मन ही मन मैं सोच रही थी। भले ही तृप्ति दी के समक्ष मैं लाजवाब हो जाऊँ...पर इतिहास ने मेरे सिरहाने खड़ा होकर कभी यदि पूछा कि तुमने क्या किया? तो मैं उसे कुछ जवाब दे पाऊँगी। पर प्रत्यक्षत: यही कहा, "जवाब क्या देना है, फाइलों का यह देश, यहाँ फाइलें सिर्फ़ तैयार की जाती हैं, पढ़ी कहाँ जाती हैं। पहले भी तीन बच्चों की फ़ाइल निपटा चुकी हूँ—उन्होंने पलटकर भी

नहीं देखा, मैंने कह दिया...पूरी हो गई और फ़ाइल को रैक में लगा दिया...तुम्हारे साथ भी वैसा ही होगा।"

बतलाते-बतलाते श्यामली दी का चेहरा भोर की किरणों सा जगमगा उठा था... भाव-विभोर हो वे बोलीं...वह एक अतीन्द्रिय अनुभव था। लगा, जैसे मैंने धरती के एक घिनौने धब्बे को साफ कर दिया है। और पिंकी...वह तो जैसे सेमल के फूल की तरह हल्की हो आसमान में उड़ रही थी।

हम सब उठ गए थे पर श्यामली दी के मन का पर्दा अब भी उन्हीं चित्रों से भरा हुआ था।

रहना नहीं देश बिराना है

उतरती शाम में बॉलकनी से कपड़े उतार रही थी कि देखा वह सामान रखवा रहा था टैक्सी में। नीचेवाली आंटी और सरदार जी अंकल हाथ हिला रहे थे। घर की बूढ़ी महरी भी छोड़ने आई थी बाहर तक। उसकी हथेली पर भी जाते वक्त कुछ नोट धर दिए थे उसने...दस-दस के कुछ नोट दमक रहे थे। ऊपर से अच्छी तरह नहीं देख पा रही थी।

एक बेमतलब-सी, महीन एवं कोमल-सी उदासी छा गई थी मन पर...जो किसी भी थोड़े-बहुत आत्मीय को भी दूर जाते देखकर छा जाती है। या कहिए हर उसके लिए...जिस किसी ने भी आपके निस्संग जीवन में कुछ क्षण हँसते-बोलते गुजारे हों, दुख-सुख की बतकही की हो आपके साथ।

फिर वह...वह—दीप ज्योति तो कलकत्ते से ही नहीं, इस देश की सरहद से भी बाहर जा रहा था...शायद—एक लम्बे अरसे के लिए।

अधिक नहीं, साल-सवा साल का ही परिचय रहा होगा उससे लेकिन फिर भी लगता रहा मेरा एक अंश ही जा रहा हो, जैसे उसके साथ।

कुछ था उसमें जो धीमे-धीमे-सा खींचता था उसकी ओर...हर बार। खामोश-खामोश एवं उदास-उदास-सा वह दीप

ज्योति। जब पहली बार भेंटाया था मुझसे तो किसी भी कोण से नहीं लगा था—डॉक्टर जाति का।

"दीदी, आज मेरा दिल्ली से फोन आ सकता है, प्लीज बुला लीजिएगा। मेरी मम्मी का होगा। हर तीन-चार दिन में एक बार या तो मैं करता हूँ या वे कर लेती हैं। जब तक आवाज नहीं सुन लेतीं, चैन ही नहीं पड़ता उनको।"

मेरी आँखों में उठते प्रश्नचिह्न को भाँपकर फिर खुलकर कहने लगा था, "दिल्ली से आया था...डॉक्टरी की पढ़ाई के लिए...यूँ तो पिछले तीन सालों से हॉस्टल में ही रह रहा था...साल भर से आंटी का पता लग गया। जी, बरेली में पास-पास ही मकान थे पापा के और आंटी के, तो बीच-बीच में छुट्टियों में नीचे भी रहने आ जाता हूँ। मम्मी अकेली रहती हैं दिल्ली में, घबड़ा जाती हैं।"

और शाम को ही फोन था उनका। एकदम ठिठकी, ठहरी, कँपकपाती- सी आवाज..."जरा नीचे से बुला दीजिए...दीप को...दो मिनट बाद फिर मिलाती हूँ ..."

लाईन कट ...

बुलाने की जरूरत ही नहीं पड़ी थी।

देखा वह खुद ही ऊपर चला आ रहा था।

"हाँ जी मम्मी, सत् श्री अकाल...सब ठीक चल रिहा है। तूसी बोहत चिन्ता करते हो। हॉस्टल बिच खाना चंगा मिल जान्दा है। फल भी ले लेन्दा। लो, गल कर लो" रूमाल से माथे का पसीना पोंछता हुआ वह बोल कम पुचकार ज्यादा रहा था। और अन्त में फोन उसने मेरी ओर बढ़ा दिया था। "मम्मी बात करेगी आपसे।"

"बहनजी, जरा चेहरा गौर से देखकर बताइए, देखने में कैसा लग रहा है, दुबला तो नहीं दिख रहा है...फल खाने के लिए टोकते रहिएगा।" काँपती हुई आवाज धीरे-धीरे उठ रही थी, जिसके पीछे जाने कैसा इतिहास होगा...आदत के मुताबिक मैं फिर सोचने लगी थी। हजारों मील दूर बैठी एक माँ का कलपता चित्र आँखों में आकार-सा लेने लगा था।

और उसके बाद प्राय: ही हर सप्ताह उसका फोन आ ही जाता तभी उससे चलताऊ बातचीत भी हो जाती।

"मम्मी बहुत चिन्ता करती है।"

"चिन्ता नहीं...एक प्रकार का डर बैठ गया है मम्मी के दिमाग में कि कहीं मुझे कुछ हो न जाए...। दरअसल जबसे पापा गुजरे हैं, जिन्दगी के सारे रंग और अर्थ ही बदल गए मम्मी के लिए। जाने कितना डर और असुरक्षा जमा हो गया है मम्मी के भीतर और ऊपर से चौबीस घंटों का अकेलापन। पिछली बार गया था तो कुत्ता दे आया था मम्मी को कि कुछ तो चहल-पहल रहेगी लेकिन मम्मी ने उसको भी किसी को दे दिया...अब यही डर कि कहीं मेरे एकाएक आ जाने पर अजनबी समझ मुझे ही न काट ले कुत्ता।"

और आँखों में उभर आई भरी-भरी सी बदली को जबरन सोखने की चेष्टा करने लगा था वह।

उस दु:खद प्रसंग को वहीं विराम चिह्न देकर मैंने बातों का रुख फिर पलटा ...।

"कितने भाई-बहन हो ..."

"जी, एकदम अकेला हूँ।"

"मेरे लायक कोई काम हो तो बता देना..."

और सहानुभूति का ताप पाकर उसके भीतर जमा कुछ-कुछ पिघलने-सा लगा था। चेहरा मोम-सा हो गया था—"जी...जरूर...पर आंटी मेरा बहुत खयाल रखती हैं, प्राय: कहती हैं बोरिया-बिस्तर लेकर यहीं आ जाओ..."

"हॉस्टल में कोई तकलीफ नहीं होती?"

"तकलीफ..." लगा जैसे होठों की कोर में विद्रूप-सा कुछ उभरा था उसके। कुछ देर पूर्व के नरम-नरम भावों पर पोंछा लगा दिया हो जैसे किसी ने। विकृत-सा मुँह बनाते हुए कहने लगा—"जी कलकत्ता का मेडिकल हॉस्टल गैर कलकतिया और राजनीति से बचकर चलने वालों के लिए जिन्दगी का एक जबर्दस्त पाठ है। आप किसी से मतलब नहीं रखें, सिर्फ पढ़ाई से वास्ता रखो तो भी जीने नहीं देते लोग।"

"क्या नहीं देखा यहाँ। हॉस्टल के किचन में भात के भगोने में मुँह मारते कुत्ते को देखा। दाल में कॉकरोच के बच्चे देखे। इन सबको भूला नहीं कि एस.एफ. आई. और छात्र परिषदवाले पीछे पड़ गए। दोनों ही धमकाते कि यूनियन के

इलेक्शन में उन्हें ही वोट दूँ। मैं भी शुरू में झमेले से बचने के लिए दोनों को ही कहता रहा—"दूँगा"। फिर ऐसा हुआ कि चुनाव में एस.एफ.आई. एक वोट से हार गई। घेर लिया चेंगड़ों ने मुझे... मारा-पीटा, जलील किया...धमकी दी कि हॉस्टल छुड़वा देंगे। एक बार तो मैंने भी सोच लिया था कि नहीं बनना है डॉक्टर-वाक्टर...ऐसे कमीनों के बीच रहकर। आठ किलो वजन घट गया था... चिन्ता के मारे। पर तभी किसी दोस्त ने हिम्मत बँधाई कि हॉस्टल छुड़वाना इनके बाप के भी वश का नहीं...यूँ ही धमकाते हैं, गैर कलकतिया पाकर...तब कहीं थोड़ा चैन मिला।" बोलते-बोलते उदासी एवं आक्रोश की गाढ़ी परत चेहरे पर उभरने लगी थी उसके। "उन दिनों लगता था जैसे सिर झुकाए एक बैल भर रह गया हूँ...लगता था जिसको पीटो...मारो और जोतो। मेरे रूममेट ने शराब के नशे में सिगरेट पीते हुए मेरा आधा गद्दा जला दिया...आधी रात को नींद खुली तो बुरी तरह घबड़ा गया...लेकिन कर कुछ नहीं सका।"

"अब कैसी हालत है..." कुछ बोलने की गरज से मैं बोलने लगती हूँ। मेरी तरफ से एकदम चुप्पी उसे हतोत्साहित कर सकती थी।

अब तो बेहतर हूँ। दरअसल साल भर के भीतर ही मैं पक गया था जब फिर इलेक्शन का समय आया तो साफ कह दिया मैंने कि—जब तक मेरा कमरा नहीं बदल जाता मैं उन्हें वोट नहीं दूँगा।

"बदल गया...?"

"हाँ, अब तो अच्छा कमरा मिल गया है। दोस्त भी कई ...।" बात पूरी कर भी नहीं पाया था कि नीचे से 'खाना ठंडा हो रहा है...' आंटी की आवाज गूँजने लगी ड्राइंगरूम में। बात को वही टाँगकर चला गया था वह।

बीच में कई दिनों तक फोन नहीं आया था उसका। पता चला वह दिल्ली चला गया है, माँ से मिलने।

कुछ दिनों बाद फिर वैसी ही ठहरी-ठहरी-सी मरी हुई आवाज—"जरा बुला दीजिए...कैसा लगता है...कपड़े ढीले तो नहीं पड़ गए हैं उसके ..."

आवाज जैसे साक्षात् पीड़ा।

लाईन कट।

बाल्कनी से ही एक बार टेर लगाई कि भागता दौड़ता वह ऊपर।

"फोन है न!" खुद ही समझ गया था।

और तभी लाईन भी आ गई थी।

"जी...सत श्रीअकाल मम्मी...नहीं तूसी बिलकुल घबड़ाना नहीं...मैंनू पापा दे दिन दा पता है...तूसी हिम्मत रखो...वाहे गुरु सब ठीक करेगा ..." और बोलते-बोलते फिर आवाज भर्रा गई थी उसकी।

तो सिर्फ माँ ही नहीं, इधर बेटा भी कलप-कलप उठता है, माँ के लिए। बहुत अच्छा लग रहा था मुझे। आजकल के लड़कों के जैसा नहीं है दीप ज्योति कि प्रगति का ग्राफ ज्यूँ-ज्यूँ आगे बढ़ता जाए...माँ दिल के पिछवाड़े में त्यूँ-त्यूँ नीचे सरकती जाए।

"अकेली रहती माँ घबड़ा जाती होगी" मैं उसके दुख को बाँटने की चेष्टा करने लगती हूँ।

"बस क्या बताऊँ दीदी...अकेलापन तो मम्मी ने जान-बूझकर ओढ़ रखा है। आसपास इतने पड़ोसी हैं पर किसी के यहाँ आती जाती नहीं अब कोई कितना आए। बस दिन भर सबद (सिक्खों का धर्म ग्रन्थ) सुनती रहती है या फिर घंटों गुरु ग्रन्थ साहिब को लेकर बैठी रहती है।

सामने तला हुआ चिवड़ा और चना-बादाम रखा हुआ था। चना-बादाम के एक-दो दाने टूँगते हुए फिर कहने लगा—"दरअसल मम्मी डैडी के मर्डर के बाद ऐसी हो गई है। पहले ऐसी नहीं थी। खूब घुलती-मिलती थी लोगों से...।"

"क्या...मर्डर...?" मुझे पता था सिर्फ इतना ही कि 84 के हिन्दू-सिक्खों के दंगों में दीप ज्योति के पिता मारे जा चुके थे, नीचे आंटी के मुँह से ही सुना था मैंने फिर भी जाने क्यों उस महाक्षण में मैंने ऐसे ही दिखाया जैसे यह हृदय विदारक घटना मैं पहली बार सुन रही हूँ...कि कहीं...यह बता देने से कि मुझे पता है, उसके दु:ख की पवित्रता...गहनता कम न हो जाए।

"जी दीदी—मैं तब सिर्फ आठ साल का था...धुंधली-सी याद है। पापा तब अकसर इंग्लैंड वापस जाने की सोचते थे..."

सामने रखे पानी के गिलास को खाली करते हुए वह कुछ पल खामोश सा रहा...शायद सोच रहा होगा कि अतीत के बिखरे-रिसते सूत्रों को किधर से पकड़ा जाए...और मैं उन पलों को गौर से देखने लगी उसके चेहरे को...शायद

उस पीड़ा के चिह्नों को ढूँढ़ने के लिए जिसे आज से चौदह वर्ष पूर्व झेला था उसने और जिसके अवशेष आज भी अंकित थे वहाँ।

कत्थई रंग के सोफे के कवर पर उँगलियों से लकीरें खींचता कहने लगा था वह। शुरू में बहुत ही धीमे से शब्द टपक रहे थे, गर्म-गर्म मोम से—"मेरे पापा बहुत ही टैलेंटेड थे। यहाँ से एम.बी.बी.एस. करते ही सीधे इंग्लैंड चले गए थे...जी पोस्ट ग्रेजुएट भी उन्होंने वहीं से किया था। वहाँ पर काफी ऊँची पोस्ट थी पापा की...सब कुछ था...फिर भी बीच-बीच में अनमने हो जाते थे। दादाजी से भी पापा ने वादा किया था कि स्वदेश लौटकर जरूर जाएँगे...सो पिचहत्तर में वापस बरेली आ गए थे। दादा जी की तबीयत खराब सुनकर। साल भर के भीतर ही दादाजी गुजर गए। जी, पैतृक सम्पत्ति के झगड़े में कुछ मुकदमेबाजी भी गले पड़ गई थी लेकिन तो भी विचलित नहीं हुए थे...

दिल और हौसला दोनों ही बड़ा था पापा जी का। लेकिन असली दुख तब हुआ पापाजी को जब यहाँ पर उनकी पोस्ट ग्रेजुएशन की डिग्री को मान्यता नहीं मिल पाई थी। इससे टूटने लगे थे वे क्योंकि कोई बड़ा ओहदा मिल नहीं पाया और बरेली जैसे छोटे शहर में प्रैक्टिस मन लायक जमी नहीं। एक रुके हुए आदमी की-सी जिन्दगी हो गई थी पापा की। अब यह तो भाग्य की बात...कि पापा के गुजरने के बाद जब एटी सिक्स में रानी विक्टोरिया यहाँ आई तो दोनों देशों की मेडिकल कौन्सिल ने मिलकर एग्रीमेंट कर लिया और पोस्ट ग्रेजुएट की डिग्री को मान्यता मिल गई—पापा रहते तो बड़े खुश होते ...।" बोलते-बोलते वह फिर भर गया था। भरे-भरे बादलों सा। किचन में गैस पर कुकर चढ़ाकर आई थी मैं, जिसकी सीटी मुझे बुला रही थी। उसको भी कुछ पल व्यवस्थित होने का समय देते हुए मैं किचन की तरफ मुड़ी कि देखा—पीछे-पीछे वह भी आ रहा था। शायद उसे भी किसी धैर्यशील श्रोता की जरूरत थी। वह भी शायद हल्का हो जाना चाहता था।

मम्मी बताती है कि उन दिनों बहुत ही तंग हाल में थे हम लोग। पापा को अपनी जापानी टोयोटा भी बेच देनी पड़ी थी...और भी कई कीमती सामान बेच डाले—छोटे-मोटे एसेट्स को बेच बाचकर दिल्ली आए...दिल्ली में पूरी तरह जम भी न पाए कि यह हादसा हो गया।

फिर कुछ पल मौन...।

"शर्बत बनाकर लाती हूँ..." उसे सहेजने का मौका देने के बहाने मैं कुछ देर के लिए वहाँ से खिसक जाना चाहती थी...जानती थी आगे क्या आनेवाला है। पर उसने मेरा हाथ पकड़ लिया था—"नहीं आप बैठो..." शायद वह नहीं चाहता था कि भावनाओं और संवेदनाओं का जो झीना-सा पर्दा बन गया है हमारे बीच...उसमें मेरे उठ जाने से किसी भी प्रकार का व्यवधान पड़े।

"उस हादसेवाले दिन की धुँधली-सी याद है। बस इतनी कि स्कूल का बस ड्राइवर कोई लम्बतड़ंग राजपूत था। सारे रास्ते मुझे अपनी सीट के नीचे छुपाकर लाया था—लेकिन जैसे ही घर पहुँचा—कुहराम मचा हुआ था। मम्मी बताती हैं कि पापाजी भी सीधे घर चले आते तो उन्हें कुछ नहीं होता लेकिन वे निकल गए ट्रांस जमुना की ओर, आसपास के दुकानदारों ने देखा था, एक ने अपनी शॉल दी थी जिससे पापाजी अपनी पगड़ी छिपा लें। कहते हैं, उसी शाल में लपेटकर ले गए थे पापाजी को दंगाई। बाद में वे नहीं, बस उनके समाचार आए..." और बोलते-बोलते वह एकदम खामोश हो गया था जैसे सितार का तार टूट गया हो। आँसुओं से तर-बतर चेहरा...और निःशब्द क्रन्दन करता वह। बाइस वर्षीय युवक। उस क्षण की महाचेतना से पराभूत मैं कुछ भी सान्त्वना नहीं दे पाई थी उसे ...।

सोफे के एक ओर वह था...असाधारण रूप से शान्त या अशान्त और दूसरी ओर मैं। कुछ दिन पूर्व की पढ़ी एक फ्रान्सीसी पुस्तक का एक पृष्ठ मेरे अन्दर फड़फड़ाने लगा था—"बुरे अनुभवों को रेत पर लिख दें और अच्छे दयापूर्ण अनुभवों को संगमरमर पर खोद लें..." मन किया उसे कहूँ लेकिन फिर हिम्मत नहीं जुटा पाई। जिस दुख ने उसकी आत्मा में सुराख कर दिया था क्या इतना ही आसान है उसे भुलाना।

नीचे आंटी आवाज पर आवाज दिए जा रही थी खाना लग गया है...और उस दिन पहली बार देखा बिना नमस्कार किए ही चला गया था वह—खामोश-खामोश-सा। रिसती पीड़ा लिए।

इस बीच ढेर सारे दिन निकल गए। कभी बाल्कनी में कपड़े सुखाते कभी बाजार के लिए निकलते मिल जाती आंटी तो दीप ज्योति की खबर भी मिल

जाती। "दिल्ली चला गया है, हॉस्टल में जमकर पढ़ाई कर रहा है...एग्जाम चल रहे हैं।" टुकड़े-टुकड़े खबरों से जो भी वृत्त बनता वह यही कि उसने अपने आपको पूरी तरह आनेवाले एग्जाम के लिए झोंक दिया है।

और एक दिन करीब साल भर बाद सब्जी लाने के लिए बाहर निकल रही थी, दरवाजा खोला ही था कि देखा वह खड़ा है, मन्द-मन्द मुस्कराता शर्माता-सा।

"नमस्ते दीदी ..."

"आज इतने दिनों बाद...कैसे हुए एग्जाम?"

"अब तो रिजल्ट भी निकल गया है। अपने कॉलेज में रैंकर रहा हूँ...गोल्ड मैडल भी मिला है...और सबसे बड़ी खबर कि अगले सप्ताह कैलिफोर्निया जा रहा हूँ। वहाँ की मेडिकल काउन्सिल से बात पक्की हो गई है। परसों दिल्ली के लिए निकल जाऊँगा..." कुछ-कुछ गर्वित-सा बोल रहा था वह।

"कैलिफोर्निया? कितने सालों के लिए ...?"

"क्या बताऊँ आंटी—वैसे लौटकर भी शायद ही आना हो ..."

और बोलते-बोलते वह फिर भावुक-सा हो गया था।

"लेकिन पीछे तुम्हारी मम्मी, वे रह जाएँगी एकदम अकेली?" लगा जैसे मैंने उसकी कमजोर रग पर अँगुली धर दी हो। ममता में पके तरल-तरल एवं भावदार शब्द टपकने लगे थे उसके होठों से—

"पाँच साल तक तो यह दुःख झेलना ही पड़ेगा मम्मी को...जब तक कि मुझे ग्रीन कार्ड नहीं मिल जाता—फिर तो बुला लूँगा।"

एक बात मेरे अन्दर उमड़-घुमड़ रही थी...पूछूँ नहीं पूछूँ का अन्तर्द्वन्द्व चलता रहा जाने कितनी देर। हिम्मत की आखिरकार। पूछ ही डाला, बहुत ही पुचकारते शब्दों में...

"एक बात बताओ, दीप ज्योति...क्या तुम्हें नहीं लगता कि जिन्दगी की जानी हुई और सुरक्षित रोशनी में जीने का जो सुकून और मजा है वह अनजान देश की सड़कों पर कहाँ है...कि खनकते सिक्कों के शोर में क्या अपनी माटी की गन्ध और पुकार अनसुनी हो सकती है?"

लगा, मेरी बात ने एक बार जड़ से हिला दिया था उसे। बहुत कड़ुवा निवाला निगलने के से पीड़ा के भाव छा गए थे मुँह पर। ठुड्डी पर हाथ धरे विचारमग्न मुद्रा में बैठा रहा—बहुत देर जैसे मेरी बात का अर्थ धीमे-धीमे भीतर उतार रहा हो...बोलने की चेष्टा में आँखें सिकुड़-सी गईं थी उसकी। दूर देखता हुआ कहने लगा...“जानती हैं दीदी, औरों की नहीं जानता जिन्हें विदेश की भूख के आगे यहाँ का अच्छा कुछ दिखता ही नहीं...पर मुझे तो हर पल यही लगता है कि खुद को देश निकाला दे रहा हूँ। माँ यहाँ, मैं वहाँ, पता नहीं कैसे जी पाऊँगा। पर नहीं जाऊँ तो भी मुझे चैन नहीं पड़ेगा...पापा का हाल सुन चुका हूँ सबसे...। शुरू-शुरू में यहाँ आए थे पापा तो मंत्र-मुग्ध से रहते थे...कि यहाँ की माटी में अकेलापन जैसी भयावहता पनप ही नहीं सकती। यहाँ तो आदमी अपने आप फैलता जाता है मन्दिर, गुरुद्वारा, गंगा स्नान...तीर्थ सब कुछ से सहज ही जुड़ता जाता है। यहाँ बुढ़ापा ओल्ड हाउस की मनहूस छाया में नहीं वरन् बाबा दादा जैसे गरिमामय शब्दों की गूँज में कटता है। यहाँ की संस्कृति ही सबको जोड़कर चलती है। न सही कोई जान पहचान, जै राम जी की...या सत श्री अकाल बोल दीजिए...लीजिए आप जुड़ गए। जिस दिन पापा—बरेली में उतरे कि अनजान पड़ोसी के यहाँ से ही प्रसाद लेकर कोई आ गया था। अभिभूत हो गए थे, पापा, बरसों लग जाते हैं इंग्लैंड में और ऐसी आत्मीयता नहीं बन पाती और वह भी बिलकुल सहज एवं स्वाभाविक ढंग से। गद्गद् रहते थे पापा, यहाँ की जीवन शैली और संस्कृति से। लेकिन जब बाद में दिल्ली में जम नहीं पाए तो उखड़ गए थे पापा, विशेषकर जब अपने से भी कम प्रतिभावालों को तिकड़मबाजी से धन और सत्ता दोनों को हथियाते देखते। मम्मी बताती है कि उन दिनों पापा के एक यहूदी मित्र थे जिनके पत्र पापा के लिए बहुत बड़े सम्बल थे। उन्होंने एक बार लिखा था—“अपने देश की व्यवस्था और भ्रष्टाचार को देख कुढ़ने से कुछ हासिल नहीं होनेवाला। करो यह कि अपने बच्चों को बेस्ट तालीम दो...जिससे वे जहाँ भी जाएँ उसी देश की इकॉनामी को रूल करें...यहूदियों को देखो आज अमेरिका की चालीस प्रतिशत इकॉनामी को वे ही रूल कर रहे हैं।”

और अपनी बात की प्रतिक्रिया में वह मेरी ओर ताकने लगा था...

टुकुर-टुकुर।

"तो खूब पढ़-लिखकर रूल तो तुम इस देश की इकॉनामी को भी कर सकते हो।"

बात मैं खत्म भी नहीं कर पाई थी कि वह टप्प से कूद पड़ा था...बीच में ही अधैर्य दिखाता और संक्षिप्त-सी किन्तु कुछ भद्दी हँसी हँसता जो कि उसके स्वभाव के विपरीत था।

"यह तो देश ही विचित्र है दीदी! बाकी देशों के फार्मूले यहाँ काम नहीं करते। यहाँ पर तो प्रतिभा के साथ-साथ गॉडफादर चाहिए या शार्टकट के हथकंडे और तिकड़मबाजी। खालिस प्रतिभा और मेहनत यहाँ टके सेर बिकती है।"

महज बाइस वर्ष की उम्र और देश के प्रति इतनी कटुता...ऐसी विरक्ति। शायद उसकी इस मोहभंगता के पीछे उसका खुद का अनुभव उतना नहीं था जितना उसके पिता का इतिहास...ऐसा ही मैं सोच रही थी कि बात को एकदम नए कोण से ही उठा दिया उसने।

"जानती हो दीदी...मैं कलकत्ता क्यों आया था...शायद यहाँ जम सकूँ। क्योंकि दिल्ली ने मुझसे मेरा पापा छीन लिया था। लेकिन बंगाल की भूमि ने भी मोह ही भंग किया मेरा...हॉस्टल में जो भोगा उसके बाद यहाँ से भी दिल उखड़ गया है।"

यह तो आप कलकतिया होते तो भी हो सकता था, विशेषकर इन वर्षों में जिस प्रकार छात्र स्तर पर ही राजनैतिक गुटबन्दी होने लगी है। मैं उसके दंश को हल्का करने की चेष्टा करती हूँ कि वह और भी भड़क उठता है। जाने कितने ज्वालामुखी दुबके बैठे थे उसके कलेजे में कि लफ्फाजी की हल्की-सी छेड़-छाड़ हुई नहीं कि पलटवार करने को उतारू...मरने मारने को तैयार।

"क्या-क्या गिनाऊँ...1947 के दंगे में चाचा का कत्ल किया जाना...चाची का विक्षिप्त हो जाना...मौसा जी के बेटे का बिनापराध टाडा में गिरफ्तार कर लिया जाना। उसे सैकेंड डिग्री तक का टार्चर दिया जाना। जानती हैं पहली बार कानपुर में माचिस फिल्म दिखाई जा रही थी तो पूरा हॉल सिसक पड़ा था—अधिकांश सिक्ख थे...सबके घाव हरे हो गए थे...क्या नहीं सहा इस कौम ने...अब यह देश अपना सा नहीं लगता। बोलते-बोलते खाली कटोरे-सा उसका

चेहरा फिर उदास, रक्तरंजित और चुप-चुप सा हो गया था। मैं जानती थी कि मैं उसे किसी भी प्रकार सान्त्वना नहीं दे पाऊँगी—क्योंकि 20-22 वर्ष की उम्र में ही उसने वह सब कुछ देख लिया था जिसने एक पूरे देश को ही उसके लिए नकारात्मक उपस्थिति बना दिया था।

पैंट की जेब में सफेद रूमाल निकालकर चश्मे को पोंछते हुए वह मुझसे जाने की आज्ञा माँग रहा था। दोनों हाथ जुड़े हुए। मैं उसे बहुत देर तक रोकना चाह रही थी क्योंकि मुझे पता था कि उसे शान्ति वहाँ भी नहीं मिलेगी क्योंकि देश जितना उसके बाहर था, उससे कहीं ज्यादा फैलाव लिए उसके भीतर पसरा पड़ा था। हिन्दू-सिक्खों के चौरासी के दंगे की बात करते हुए या हॉस्टल में हुए अपने प्रति दुर्व्यवहार को याद करते हुए या टाडा में गिरफ्तार अपने मौसेरे भाई की बात करते हुए मैंने गौर से देखा था उसकी आँखों में—वहाँ जो जलवे थे वे यही कह रहे थे, चीख-चीखकर कि उसे शान्ति यहीं मिल सकती थी क्योंकि किसी भी रूप में सही वह यहीं से, इसी मिट्टी से शिद्दत से चिपका हुआ था।

"तो चलूँ!...चिट्ठी लिखूँगा—आपको...आप भी कभी-कभी मम्मी से बात कर लिया करना ..." वह मुझसे जाने की आज्ञा माँग रहा था।

मेरी आर्द्र और तरल हुई आँखों को देख उसके भीतर भी शायद कुछ उमड़ने घुमड़ने लगा था। नेह से देखता मुझे सान्त्वना देता सा कहने लगा, "जानता हूँ दीदी, इस प्रकार अपने देश से प्रतिभा को खाली होते देख सभी को दुख होता है।" "लेकिन मैं देश की प्रतिभा के बाहर जाने से इतनी दुखी नहीं हूँ, जितनी कि एक कलपती माँ के इकलौते बेटे के दूर चले जाने से ..." —मैं अपनी बात स्पष्ट कर देती हूँ।

हिल गया था वह।

वार शायद उसकी जड़ों पर था।

जमीन की ओर देखते हुए धीमे-धीमे शब्दों में कहने लगा—"मैं मौज-मस्ती के लिए नहीं जा रहा। मैं-मैं तो...मोहभंग होने के कारण दुखी और विरक्त होकर निकल रहा हूँ यहाँ से। मेरी इच्छा रिसर्च में स्वयं को मैक्सीमाइज करने की है पर यहाँ रिसर्च लायक सुविधा मिलने की नहीं मुझे। यहाँ तो सालों निकल जाते हैं, पी.एच.डी. तक नहीं मिलती। यहाँ रह जाऊँगा तो मैं भी पापा की तरह एक रुका हुआ आदमी-भर रह जाऊँगा। जानती हैं, मेरे एक दोस्त के मौसेरे भाई

ने मुझसे कहा था...यहाँ अंग्रेजों से लेकर आज तक सियासत की सारी ऊर्जा, कार्यपद्धति, चेष्टा एक फार्मूला से निकलती है और वह है 'क्रिएट दि माइनोरिटी, मेक इट मिलिटेंट, डिवाइड दि कंट्री एवं रूल द वर्ल्ड। उनकी बात सुनकर जो कुछ धुँध की शक्ल में था। अब विश्वास में बदल रहा है। इस कारण रहा-सहा भी उठ गया है यहाँ से। यूँ मम्मी के लिए भी कम दुखी नहीं हूँ...उन पर तो गाज ही गिर पड़ेगी...। अभी तो फिर भी इन्तजार है उनके जीवन में...लेकिन बाद में..." और सहसा वह सिसक पड़ा था।"

देश की युवा-शक्ति का क्रीम, गोल्ड मैडेलिस्ट, रैंकर...मेरे सामने था... देश को नकारता हुआ। मायूस और सिसकता हुआ...। क्या कहती मैं उससे कि तुम जाओ...। खूब आगे। वहाँ सुखी और चैन से रहो...। लेकिन मैं यह भी कैसे कहती उसे क्योंकि मैं जानती थी—शान्ति और सुकून उसे वहाँ भी नहीं मिलेगी।... उसकी आत्मा वहाँ भी कलपेगी। सरहद पार से गए किसी भी प्रवासी की तरह वह भी पूछेगा...किसी अमरूद के पेड़ के बारे में किसी पुराने यार के बारे में... पकवान बनाते किसी हाथ के बारे में...किसी की मुसकान के बारे में। एक प्रवासी ने मुझे बताया था कि विदेश जाने पर उसे प्राय: हर रात गाँव का अपना कुँआ स्वप्न में दिखाई देता था और प्रत्येक सुबह उसकी आँखें जब तब दिल्ली का तापमान जानने को उत्सुक रहतीं। दीप ज्योति भी इसी प्रकार छटपटाएगा। उसकी आत्मा में गहराई तक ठुकी मातृत्व की कील...यहाँ की सुखद-दु:खद स्मृतियों के दंश...इन सबसे वह इसी प्रकार जुड़ा है जिस प्रकार समुद्र से खारा पानी और इन सबसे ऊपर उठना भी—उसके लिए नामुमकिन था...क्योंकि उसका अहसास...उसकी महसूस करने की शक्ति...उसकी संवेदनशीलता सभी कुछ अभी जिन्दा थी।

लोड-शेडिंग

मध्य कलकत्ता के सबसे भीड़ भरे इलाके बड़ा बाजार की एक बहुमंजिली इमारत का वह एक आधुनिक ऑफिस था। जिसके तीन मालिकों में से एक मालिक वह था, वह यानी छोटा बाबू। जो हर वक्त आवेग और उतावली में रहता। भड़-भड़ करता वह आता—आँधी-तूफान सा।

धकियाता-कुहनियाता-फड़फड़ाता-सा वह चलता। चेहरे पर आक्रोश का वितान जमाने भर के लिए। हिकारत की हल्की-सी चादर हर उसके लिए, जो उसकी जिन्दगी में आया। बोलता तो डंक मारता। दरवाजा खोलता तो भड़-भड़ भड़ाक। बन्द किया तो सट-सट सटाक। उसके आते ही पंखे जोर-जोर से घूमने लगते। प्रिंटर दहाड़ने लगते। कम्प्यूटर दमदमाने लगते। गरज यह कि सारा स्टॉफ सहमा-सा एक ओर—और अपने अहं में ऐंठा वह एक ओर। शोर ही शोर उसके चारों ओर। सवा पाँच फुटिया-एक कड़ियल लड़कीनुमा लड़का। अठाईस साल का योगेश।

वह एक शेयर ब्रोकर फर्म। जहाँ औसतन करोड़ों रुपयों के शेयर रोज खरीदे और बेचे जाते। इस कारण ऑफिस अच्छा खासा भटियारखाना। हर वक्त छोटे-मोटे दलालों का आना-जाना। ग्राहकों की लेवाली बिकवाली। चेकों का आदान-प्रदान। चिल्ल-पों।

और जब तक शेयर बाजार चलता रहता, लोग जैसे एक उत्तेजना में बहते रहते। आदमी से ज्यादा व्यस्त फोन। चार-चार टेलीफोन लाईन। मिनट-मिनट टँन्-टन् टिरिन-टिरिन लिया पाँच सौ टिस्को—बेचा दो हजार मोटर—हजार टेल्को पोता—दो हजार रिलायन्स मत्था।

बोलते-बोलते गला बैठ जाता उसका। नसें खिंचने लगतीं।

और जैसे स्टॉक एक्सचेंज की हॉट लाईन आती—सबकी चेतना-सिमटकर कानों में। चढ़ गया—बढ़ गया—आग लगी है बाजार में—भाव छू रहे हैं आसमान को—कर लो पोता। पोता करनेवाले यानी खरीदने वालों की पौ बारह। न

हींग लगा न फिटकरी न हाथ हिलाया न पाँव और लीजिए बैठे ठाले हो गई हजारों की कमाई। एक से एक फटकेबाज। हरामखोरी की लत। खेलते लाखों में—लाख के नीचे बात ही नहीं। हर तेजी पर फुदक-फुदक पड़ते मेढकनुमा फटकेबाज। सटोरिए!!

यह रोज का दृश्य। जो जितना बड़ा फटका लगाता—जीतता—वह उतना बड़ा सूरमा। हीरो, सबकी आँखों का केन्द्र। और ऐसा ही एक महाबली वह योगेश—सबकी आँखों का नूर। जबर्दस्त फटकेबाज।

आज से करीब पाँच वर्ष पूर्व उसके पिता ने एक किताब दी थी उसे, साउथ कोरिया के उद्योगपति किम वी चूंग की जीवनी, जिसने सिर्फ पच्चीस वर्ष की उम्र में ही बिलियन सम्पत्ति अर्जित कर ली थी। किताब देते हुए पिता ने कहा था—'तुम्हें भी शेयर मार्केट का किम वी चूंग बनना है।' पितृत्व की चासनी में पगे जाने कैसे शब्द निकले थे पिता के मुँह से कि कॉलेज से निकले उस ताजे-टटके युवा मन में इबारत की तरह खुद गए थे वे शब्द। और तब से उसने स्वयं को सम्पूर्णत: उस अनुभव सिद्ध एवं ठस्स कमाऊ पिता के हवाले कर दिया था। पिता उसके भविष्य के मानचित्र में रंग भरते जाते और वह उन्हें आत्मसात करता, अपने यौवन की सारी पुलक, सारी मिठास, सारी शक्ति और उत्साह को अपनी फर्म की बढ़ोत्तरी के लिए होम करता जाता और उसी का यह परिणाम था कि आज वह भीतर से शून्य, किन्तु उसकी फर्म महानगर की गिनी-चुनी शेयर ब्रोकर फर्म थी।

उस पर इस बार की अप्रत्याशित तेजी। आसपास सब कुछ कितना तेजी से उठता हुआ। नीचे चायवाला—पानवाला सबकी पौ बारह... सब एक का डेढ़

वसूलने में मशगूल। अब एक का डेढ़ तो उन्हीं से वसूला जा सकता है जो बिना हाथ-पैर हिलाए कमाएँ। मेहनत-की कमाई यूँ सर्र-सर्र पॉकेट से नहीं सरकती।

योगेश के अधीनस्थ सब-ब्रोकर्स के दिमाग अलग आसमान पर।

फटका तो फटका, डिलिवरी के शेयरों का भी सौदा पाँच सौ से कम नहीं। जब चाँदी यूँ ही बरस रही हो, सूरमाओं के चलते तो छुटपुट, टूटपुँजिए, ग्राहकों की चिन्ता कौन करे?

फिजाँ में खुशहाली ही खुशहाली चहुँ ओर। झमाझम बरसाता पैसा—और उसकी मौज में ऐंठते अकड़ते चलते दलाल-फटकेबाज, ग्राहक, जिन्हें लगता परमात्मा की सर्वश्रेष्ठ कृतियाँ वे ही हैं। बाकी सब निकृष्ट बकवास!

और ऐसों का सिरमौर योगेश! पर तेजी जहाँ कइयों को रिझाती, बहुतों को रुलाती, भी थी। सबसे ज्यादा माटी पलीद होती, श्रम और बुद्धि से रोजी-रोटी कमानेवालों की। इस लपक-झपक में उन्हें हाथ तो कुछ लगता नहीं, उलटा दूसरों को इस प्रकार बैठे ढेर सारा कमाता देख उनका मनोबल और टूट जाता। कई बार निराशा का दौरा तक पड़ जाता। असमय बुढ़ाया शरीर और हताश तन टूट-टूट जाता। अपनी शिक्षा और अथक श्रम पर अर्जित की गई गिनी-चुनी कमाई उन्हें मुँह चिढ़ाती-सी लगती, जवानी और अक्ल पर लानत भेजती-सी। कुढ़ते-कुढ़ते सिकुड़ जाते वे।

योगेश के ही हमउम्र के तीन-चार स्टॉफ...जिन्हें बुरी तरह तोड़ देता तेजी का माहौल। इन दिनों जब-जब वे इकट्ठे होते। अकसर एक-दूसरे को सान्त्वना देते हुए मन की भड़ास निकाला करते।

'टेल्को का फुल फार्म पूछो तो धोती खिसक जाए गधों की। चबर-चबर पान चबाते, सू-सों कर चाय सुड़कते, दाँत कुरेदते, तोंदों पर हाथ घुमाते कैसी घिन फैलाते हैं लेकिन रौब ऐसे गाँठते हैं जैसे बुद्धि नामक सारा तत्व बस इन्हीं के पास है...ब्लडी...बास्टर्ड...गधे,' खार खाया शुभाशीष आयातित लाईटर-सा भभक पड़ता। चेहरे के भाव विकृत हो जाते। आँखों में ईर्ष्या और हिकारत के मिले-जुले भाव। आज सुबह कांट्रैक्ट नोट नहीं दे पाने के कारण एक ग्राहक ने हाथ नचा-नचाकर, आँखें काढ़-काढ़कर भरे ऑफिस में सबके सामने लताड़ दिया था उसे। उसी की आँच में सुलग रहा था वह, अभी तक।

"मन की चाहे कितनी भड़ास निकाल लो बच्चू लेकिन बड़ी ताकत है इन लक्ष्मी वाहनों में। एक बार पैसा आ जाए तो पैसा से पैसा बनाने में कितनी देर लगती है। शेयर मार्केट में बुद्धि नहीं, घाटा सह सकने की कूबत चाहिए। मिनटों में लाखों कमाने और लाखों गँवाने का जिगर खून-पसीना बहाने वालों का नहीं हो सकता," यह शैवाल था, जो इस बाजार के तिलिस्म से ऊपर उठ चुका था। करीब दो वर्ष पूर्व जब अपने गाँव से नया-नया ही आया था तब लोगों को इस प्रकार फटाफट कमाते देख अपना लोभ संवरण नहीं कर पाने के चलते छोटी-सी पूँजी को फटके में स्वाहा कर लुटा-पिटा फिर अपनी श्रम की दुनिया में वापस आ गया था।

'दुर मोशाय सब समय शेयर-शेयर...जानिस आजके माजरा हाटे एकटा दस वर्षीय छैले अदभुत काज करेछे ...' यह राजीव था। जो जबर्दस्त भाग्यवादी था...इसी कारण परम सन्तोषी और सभी प्रकार की हाय-हाय से दूर, हर पल जीने का मजा लेनेवाले राजीव के पास अद्‌भुत कथाओं और घटनाओं का अक्षय कोश हमेशा तैयार रहता जिसे चटकारे ले-लेकर वह प्राय: अपनी मित्र मंडली के बीच सुनाया करता और कुछ पलों के लिए ही सही, उसके आते ही वातावरण की एकरसता, उबासी और उदासी छँट जाती...और मधुर हास्य लहरी से सब सराबोर। आज माजराहाट में एक दस वर्षीय लड़के ने अपनी सूझ-बूझ के बल पर एक रेल दुर्घटना बचा दी थी। स्कूल जाते वक्त उसने देखा कि रेलवे लाईन की फिश प्लेट उखाड़ ली गई है। उसने पहले हाथ हिला-हिलाकर ट्रेन को रोकने की चेष्टा की और जब उसमें सफल नहीं हो पाया तो अपनी पतलून जो लाल रंग की ही थी, उसे ही उतारकर जोर-जोर से फहराने लगा। ट्रेन रुक गई...इसी घटना को राजीव उत्साहपूर्वक सुना रहा था। और इस प्रकार बतियाते-गपियाते ही टिफिन का समय शेष हो गया था। दूर से ही योगेश और उसके पिता आते दिखे। राजीव ने शैवाल को इशारा किया। शैवाल ने शैलेन्द्र को कुहनियाया और शैलेन्द्र ने शुभाशीष को आँख मारी और आनन-फानन में ही सभी अपने-अपने कर्म की दुनिया में वापस। यथास्थान।

कुछ दिनों तक ऑफिस का जीवन इसी प्रकार चलता रहा। शेयर मार्केट की तेजी के साथ ताल में ताल मिलाता तेज-तेज चकाचक और मार्केट की इस तेजी ने सबसे अधिक चौंधाया था योगेश को, जो अपनी जिन्दगी की

इतनी ताबड़तोड़ तेजी पहली बार देख रहा था। यूँ डेढ़-दो वर्ष पूर्व भी उसने अच्छी तेजी देखी थी। उन दिनों भी तेजी का नशा सम्पूर्णता से छाया था उसके मस्तिष्क पर। यहाँ तक कि स्टॉक एक्सचेंज का मार्केट बन्द हो जाता तो भी उसके भीतर का मार्केट चलता रहता। कौन-कौन शेयर आनेवाले दिनों में बढ़ेंगे, किसका फटका किया जाए...किसको उलटा बेचा जाए, किसको बदले पर लिया जाए...सब कुछ उसके अन्दर बहता रहता। कई बार तो खाते-खाते फोन बज बजा जाता तो अधूरा खाना छोड़ उठ जाता। कई बार आधी रात को नींद उचट जाती तो अधजगा-अधलेटा ही बढ़ते मूल्य और मुनाफे का ग्राफ बनाने लगता। और ऐसे माहौल में बॉलकनी में बाट जोहती खड़ी पत्नी की प्रतीक्षातुर बेचैन निगाहें कब पथरा जाती, कब तीज-त्योहार पर किया पत्नी का उबटन भरा श्रृंगार और हाथों की चटक मेंहदी अनदेखी, अप्रशंसित रह जाती। कब घंटों की मेहनत और चाव से बनाया पकवान अधखाया और सराहे बिना ही रह जाता, कब संग-संग सिनेमा देखने की पत्नी की मासूस इच्छा दम तोड़ने लगती, कब तक बेटे की मुस्कान, लहराते हाथ अनुत्तरित ही रह जाते, उसे भान तक न होता।

और इस बार की तेजी तो आँधी की तरह एकदम उड़ा ही देनेवाली थी। पिछली तेजी का जमकर फायदा नहीं ले पाया था वह, इस कारण इस तेजी में जमकर खरीदारी की थी उसने और अब जब छोटा-मोटा किम वू चूंग बनने का उसका सपना साकार होने जा ही रहा था कि पासा उलटा पड़ गया था। जितनी जोर की हँसी आने वाली थी, उतने ही जोर का तमाचा पड़ गया था। हुआ यह था कि अमरीका ने एकाएक इराक पर धावा बोल दिया था। और दूसरे ही दिन शेयर मार्केट धड़ाम से जमीन पर।

पोतेवालों (खरीदनेवालों) के होश फाख्ता। बाजार जो लुढ़का तो लुढ़कता ही गया। एक ही दिन में सेनसेक्स अढ़ाई सौ प्वाइंट नीचे। बम्बईवालों ने जमकर बिकवाली की। अजय समझे जानेवाले शेयर भी धराशाई। दम साधे भाव सुनते रहे लोग। जैसे भाव नहीं, शोक गीत सुन रहे हों। जहाँ पल-पल आवाजाही, चहल-पहल, वहीं एक मृत सन्नाटा प्रेत की तरह डोलता रहा—परिन्दा तक पास नहीं फटका। बेचो-बेचो का स्वर चारों ओर लेकिन जब खरीदार ही नहीं तो शेयर बिके भी कैसे—लिहाजा मार्केट और डाउन। कल के सूरमा आज के शून्य। जो

बेच-बाचकर निकल गए थे। वे बाढ़ में बच निकलने जैसा महसूस कर रहे थे और खुश थे। लेकिन जिनका सौदा खड़ा था। उनका ब्लडप्रेशर बेकाबू।

ऐसे में योगेश, जिसकी संरचना ही गरम तत्वों से हुई थी और जो रोजमर्रा के जीवन को भी युद्ध की तरह लेता था, एकदम गरम इस्त्री बन गया था। जिसे देखता जलाने को तत्पर। अपनी जिन्दगी में पहली बार उसने इतना लम्बा घाटा देखा था। इस कारण दिमागी परखच्चे ही उड़ गए थे। "साला सब खत्म..." वाली मानसिकता दिन-रात।

लेकिन इसके एकदम विपरीत थे योगेश के पिता। यह जितना पस्त-पस्त... वे उतने ही मस्त-मस्त। एकदम पका-पकाया घड़ा। घाट-घाट का पानी पीये हुए। काफी कुछ बेनामी सम्पत्ति भी थी टेंट में। इस कारण इतने घाटे में भी दिमाग फ्रिज में रखे दही की मानिन्द ठंडा-शान्त। कुछ उलटा-सीधा हो भी जाए तो भी हाथ खड़ा करने की कूबत।

योगेश को इसी बीच कई बार समझा भी चुके थे। गौतम बुद्ध की मानिन्द शान्त मुद्रा और थिर आवाज—"बिजनेस का पहला गुर है कि भीतर की असलियत बाहर नहीं आ पाए...एक बार मालूम पड़ जावे कि दम निकल गया है...तो धक्का देनेवालों की कमी नहीं रहती और थारा तो मुंडा भी बता देवेगा कि मैदान में जूत खाके निकले हो...।"

पिता का प्रवचन भी हौसला अफ़जाई नहीं कर पाया था योगेश का। दरअसल पिता द्वारा सफलता के जिस बने-बनाए ढाँचे में ढाल दिया गया था कि उससे आज तक समरस नहीं हो पाया था वह। इस कारण आक्रोश ही आक्रोश हरेक के लिए। हर वक्त उसे लगता जैसे उसके भीतर का आकाश धू-धू कर जल रहा था और उस दमघोटू धुँए को बाहर निकालने के लिए कोई गवाक्ष भी नजर नहीं आता था उसे। खुद को कोई समझ थी नहीं, कोई और समझा सके ऐसा सहृदय मित्र, नारी, साहित्य या कविता थी नहीं जिन्दगी में। जिन्दगी में था तो सिर्फ तेजी-मन्दी का खेल। तेजी में खनकते सिक्कों की ठनकती आवाज गूँजा करती वजूद में तो मन्दी में नस तोड़ हताशा और दिवालिया हो जाने की दहशत। ऐसे में पत्नी...बच्चे...मित्र...साहित्य...संगीत कहाँ समाता। इस कारण एक अजीब किस्म की घुटन-असुरक्षा एवं अतृप्ति फड़फड़ाया करती...रह-रहकर।

अभी तुरन्त ही बाहर से आया था वह। उखड़ा-उखड़ा मिजाज। झल्लाया-सा थका-थका चेहरा...वीरान। आते ही बिना हाथ धोए ही टिफिन् खोलकर चभर-चभर भकोसना शुरू किया भकोसते-भकोसते ही खयाल आया कि किसी ग्राहक का चेक आज तक नहीं आया है तो सारा गुस्सा उँगली में धरे निवाले पर निकालकर उन्हीं जूठे हाथों से ही फोन मिलाया और फोन पर ही झाग उगलने लगा..."यह स्टॉक एक्सचेंज किसी के बाप का नहीं...यहाँ बाप भी मरा पड़ा हो तो भी पहले चेक भिजवाना पड़ता है...मुझे कल बैंक आवर्स में चेक मिल जाना चाहिए..." और खाना बीच में अधूरा छोड़कर दनदनाता वह यह जा, वह जा। और योगेश बाहर क्या गया, पिंजरे में बन्द, पक्षी की तरह शुभाशीष लपककर राजीव के पास। इन दिनों शुभाशीष एक अलग ही किस्म की आग में जल रहा था। उतनी ही तीव्र, आकंठ लेकिने कितनी भिन्न थी वह आग...जिसमें, योगेश जल रहा था।

पिछले पाँच वर्षों से वह इसी फर्म में कम्प्यूटर ऑपरेटर था। बिहार के राँची शहर में पला-बढ़ा। लेकिन नौकरी लगी कोलकाता में। साल-भर पूर्व ही शादी हुई थी उसकी। पत्नी राँची में उसके पिता के यहाँ। बढ़ती मँहगाई और घटती आमदनी ने मजबूर कर दिया था। पत्नी एक छोर पर और वह दूसरी छोर पर। कलपता...कसकता।

शादी के तुरन्त बाद कुल नौ दिनों का ही संसर्ग हो पाया था पत्नी के साथ, उसके बाद छुट्टी ही नहीं मिल पाई थी घर जाने की। उन्हीं मुट्ठी भर दिनों की रेशमी-रेशमी और मुलायम स्मृतियों में जब तब डूबता-उतराता वह। एक और चीज थी जो कोंसों दूर रहती पत्नी वियोग की पीड़ा को सह्य बना रही थी। वह थी पत्नी की अन्तरंग एवं भावाकुल चिट्ठियाँ ये चिट्ठियाँ नहीं, प्रेम का अक्षय कोष थीं जिनके चलते उदासियाँ, परेशानियाँ, जीवन की एकरसता एवं ऊबाऊपन के बीच भी प्रेम का दीप प्रज्ज्वलित था, इसलिए जीवन खिंच रहा था।

मन के खाली कोने को भर देती थीं ये चिट्ठियाँ। योगेश की डंक मारती आवाज को सह्य बना देती थीं। निरन्तर डाटा-एंट्री करने से थक आई आँखों पर ठंडे पानी का छिड़काव। अथक श्रम से ललाट पर उभर आए स्वेद बिन्दुओं पर कोमल उँगलियों की छुअन थीं ये चिट्ठियाँ।

प्राय: पन्द्रह दिनों में एक चिट्ठी मिल ही जाती थी उसे। पत्नी की चिट्ठी को वह दर्जनों चिट्ठियों में भी दूर से ही पहचान लेता था। हाथ के बने सफेद लिफाफे पर हिन्दी-अंग्रेजी दोनों ही भाषाओं में लिखा रहता था पता (पत्नी को सदैव आशंका रहती थी कि कहीं डाकिया एक ही भाषा न जानता हो, इस कारण सावधानी के तौर पर वह दोनों ही भाषाएँ लिख देती थी)।

जब कभी पन्द्रह दिनों के भीतर चिट्ठी नहीं मिल पाती तो उसकी बेचैनी आसमान छूती। जीने का उत्साह नदारद। जीवनहीन जीवन। चिट्ठियों के प्रति उसकी इस कदर बेचैनी को देख दोस्त मजाक में कहा करते, एक राक्षस था—पुराने युग में जिसके सूक्ष्म प्राण बसते उसके तोते में...यहाँ भी एक मजनू... जिसका चित्त बसता राँची से आने वाली...बात पूरी भी नहीं होती कि सब हो-हो कर हँस पड़ते।

... वह भी उदास-सा हँस पड़ता। जीवन वाटिका में सदैव लू के झोंके ही आते रहे थे...खूबसूरत झोंका तो यही आया था।

आज बीसवाँ दिन। लेकिन आज भी कोई चिट्ठी नहीं। दोस्त उसे देख-देख गाते 'खत लिख दे...साँवरिया के नाम...'

बौराया-बौराया मन। उड़ता-उड़ता सा। कहीं टिकाव नहीं। कहीं खिंचाव नहीं। कम्प्यूटर पर डाटा-एंट्री की तो वह भी भूल-भाल। सुबह से कई बार लताड़ा जा चुका था...योगेश से।

जाने कितनी बार दिन गिन चुका था। उँगलियों पर। वही बीस दिन। क्या बात हुई? इतना विलम्ब तो पत्नी ने कभी किया नहीं चिट्ठी देने में। कहीं नाराज तो नहीं ...? पिछले पत्र में तो हल्की गुस्सा-गुस्सी हो गई थी। कई बार लिखा था उसने...घर आ जाने के लिए। मन-ही-मन अटकलें लगा रहा था। वह तभी खयाल आया कि इन बीस दिनों में दो दिन सार्वजनिक छुट्टियों के पड़ गए थे। सोचकर राहत मिली। आँखें चमक उठीं...तब तो आज चिट्ठी मिल ही जानी चाहिए थी...हर हालत में।

पिछले तीन चार दिनों से आँख गड़ाए चिट्ठी की ताक में ही बैठा रहा था वह। जैसे ही डाक का समय होता...बेचैन हो उठता वह। आँखों में आशा-निराशा के रंग जलते-बुझते। चेहरे का कसाव ढीला पड़ता तो आशा का लेप छा जाता मुख पर। पर जैसे ही डाक सामने फैलती...उसके दिल की धड़कन कई गुना बढ़

जाती। साँस रोके नजरें पोंछा लगा देती सभी चिट्ठियों पर। चिट्ठी नहीं आने पर वहीं ढेर हो जाता वह। कफन पड़ जाता मन पर। हर आने वाली सुबह आशा का भुलावा देती और शाम मायूस-सा सुला देती। जब-जब चिट्ठी नियत समय के बाद मिलती, यही होता उसके साथ।

आज भी दिन भारी पड़ रहा था। अब और इन्तजार असह्य था। मन भी कह रहा था...कि डाक विभाग चाहे कितना भी सुस्त हो, आज चिट्ठी जरूर मिलनी चाहिए उसे...पर आज किस्मत दोगलई कर रही थी बार-बार। सुबह से ही डाक के इन्तजार में हिला भी नहीं था ऑफिस से वह। सबसे मेल-मिलाप कर रखता था। इस कारण आवश्यकता हुई तो भी किसी और को भेज देता। सुबह की डाक में उसकी कोई चिट्ठी नहीं थी फिर भी निराश नहीं हुआ था वह। अभी तो दोपहर की डाक आनी थी। कौन जाने उसी में आ जाए। लेकिन दोपहर आने से पहले ही मँझले बाबू ने किसी तकादे के लिए उसे बाहर भेज दिया था। मन्दी के चलते बाबू लोगों का दिमाग यूँ ही गरम तवा था...इस कारण बिना ना-नुच्चे किए मन मारकर निकल जाना पड़ा था उसे।

भागता-दौड़ता गया वह और भागता-दौड़ता वापस। नीचे सबकी पत्र मंजूषा में बाहर तक झाँकते बड़े-बड़े लिफाफों को देखकर समझ गया था कि इस बीच डाकिए ने अपना काम कर दिया है। उसने भी पहला काम यही किया था। योगेश से पूछने का। यूँ कसी मुट्ठी और भिंचे हुए जबड़े को देखकर हिम्मत नहीं हो रही थी उसकी योगेश से चिट्ठी के लिए पूछने की। लेकिन चिट्ठी आई या नहीं, यह जानने की इच्छा भी उतनी ही भीषण थी। अधपके अन्न-सी, अन्दर-ही-अन्दर खदखदाती। और इन्तजार था कि गर्मी की दोपहार-सा ना कटने पर आमादा। हिम्मत की...आखिरकार। जिगर को कड़ा किया, 'सर, ऑफिस की डाक में मेरा भी कोई लेटर था क्या...मेरे पत्र यहीं के एड्रेस पर आते हैं...' अन्तिम बात बोलते-बोलते जाने क्यों जबान तालू से चिपक गईं। गोला-सा अटक गया गले में।

'बाद में देखकर बता दूँगा...' किसी सरकारी बाबू की तरह बिना मुंडी उठाए ही जब ठंडे-ठंडे शब्दों में जवाब दिया छोटे बाबू ने तो रहा-सहा मन भी मर चुका था उसका। इसी कारण वह कभी भी अपनी चिट्ठियों के मामले में किसी भी प्रकार का खतरा नहीं उठाना चाहता था। जानता था कि एक बार उसकी

चिट्ठी यदि योगेश की ड्राअर में चली गई तो फिर मिलने की नहीं एक-दो दिन। और ध्यान जरा चूका तो चिट्ठी की सद्गति हो जाए या अज्ञातवास करने लगे तो भी बड़ी बात नहीं। जिन्हें चौबीसों घंटे अपने लन्द-फन्द और निजी हानि-लाभ के अलावा चाँद-सूरज भी नजर न आते हों, वे क्या समझेंगे चिट्ठी पढ़ने की किसी की बेताबी को।

और हुआ भी यही। बिना उसे बताये ही योगेश लम्बे-लम्बे डग भरते ऑफिस से बाहर और अधजला छूटा वह। आशा और निराशा के बीच झूलता। बेचैन। ऑफिस के अन्दर। अब आएँ...अब आएँ...कि घंटा भर और सरक गया। जनवरी की शीतकालीन सन्ध्या। मटियाले अँधेरे में घिरी शाम। तभी जेनरेटर भी दगा दे गया। पूरा ऑफिस अन्धकार में। रही-सही आशा भी दम तोड़ने लगी शुभाशीष की। जेनरेटर आज ठीक होने का नहीं, और योगेश यदि बाहर से आ भी गए तो इस मोमबत्ती की रोशनी में चिट्ठी छाँटकर देनेवाले नहीं।

क्या करे वह, लाख समझाया...लेकिन मन बेताब...बेलगाम...आखिर बिजली-सी कड़की कोई योजना मस्तिष्क में, ड्राअर की चाभी छोटे बाबू कभी साथ नहीं ले जाते। टेबल की भीतरी हिस्से के कोने में रखी रहती है चाबी, क्यूँ न हिम्मत की जाए? हिम्मत की आखिरकार। टार्च की रोशनी में ही कानी आँखों से देख ली थी उसने चाबी। बड़े से मेटल के बने रिंग में पिरोई हुई इकलौती चाबी। भली प्रकार सोच-विचार लिया। ड्राअर खोलकर बिना अधिक उलट-पुलट किए चिट्ठी (यदि आई होगी तो) निकाल लेंगे और ड्राअर वापस बन्द ज्यूँ-की-त्यूँ। क्या पता चलेगा?

... और पूरी सतर्कता के साथ बाहर दूर तक देख आया। दोनों बड़े बाबू पहले से ही तकादे पर निकले हुए थे और छोटे बाबू दूर-दूर तक नहीं नजर आ रहे थे। और मौके का फायदा उठाकर पूरा स्टॉफ गोल-गोल घेरे में गपियाने में मशगूल। बाएं हाथ में टार्च लिए दाएँ हाथ से चाबी घुमाई। हाथ कुछ कँपकपा रहे थे .. घूमी नहीं चाबी...खुद को सहेजा (कोई चोरी नहीं कर रहा हूँ)...फिर घुमाया...अबकी खुली ड्राअर। सामने ही ढेर सारे बड़े-बड़े भूरे रंग के लिफाफे थे...अधिकांश कम्पनियों के धड़कते हृदय से थोड़ा उलट-पुलट किया तो दिल उछलकर ऊपर आ गया। छुआरे-सा सूखा चेहरा सूरजमुखी सा खिल गया। बड़े-बड़े लिफाफों के बीच एक अदना-सा सफेद रंग का लिफाफा। दमदमाता-

सा। सब कुछ भूल गया वह उस क्षण। बड़े प्यार से लिफाफे को सिर आँखों से लगाया। और स्टॉफ से थोड़ी दूर बाथरूम की दाईं तरफ की निरापद जगह में बैठ गया चिट्ठी पढ़ने। चिट्ठी खोलने की उतावली और पढ़ने की उत्तेजना में ड्राअर बन्द करने की बात एकदम उड़न छू।

और इसी बीच आना हुआ योगेश का। कुछ चेक मिले थे, इस कारण उफनता मन थोड़ा काबू में। पाकेट से चेक निकाले और मोमबत्ती की मद्धिम रोशनी में उनकी रजिस्टर में एंट्री की और उन्हें ड्राअर में रखने के लिए अभ्यासवश जैसे ही चाबी की तरफ हाथ बढ़ाया तो चाबी नदारद। हाथ थोड़ा और गहरे तक बढ़ाया...इधर-उधर टटोला तो भी कुछ हाथ न लगा। आखिरकार...हाथ की बजाय गर्दन को तकलीफ दी...तो देखा ड्राअर अधखुली है और चाबी शान से लटक रही है ड्राअर के की होल से।

च...च च्च एक बार तो बोलती ही बन्द हो गई गुस्से से। नथुने फड़कने लगे। आँख के कोने मिचमिचाने लगे। दाँत भिंच गए जैसे शरीर का चौला फट पड़ा हो और उसके भीतर से कोई दूसरा ही दरिन्दा प्रकट हुआ...गुर्राता...अपने नख-दँतों से वार करता। और तभी विद्युत-सा दिमाग में कौंधा कि शुभाशीष चिट्ठी के लिए पूछ रहा था। हो न हो चिट्ठी के बहाने क्या भरोसा...किसी का भी...अभी पिछले वर्ष ही ऑफिस से कितने छोटे-मोटे सामान चोरी चले गए थे। अधिक छूट देने से यही होता है...औकात ही भूल जाते हैं...कमीने।

जूते को एक बार फर्श पर घसीटा और दनदनाते-फड़फड़ाते ही पूरे ऑफिस की परिक्रमा कर डाली। पर शुभाशीष था कि कहीं नजर ही नहीं आ रहा था। सारा स्टॉफ अँधेरे में घर जाने की तैयारी में व्यस्त। सबकी नजर घड़ी पर...सबके बस्ते गोल। कम्प्यटूर ढँके-ढूँके और रजिस्टर बन्द। सब साले निकम्मे...हरामजादे...मन-ही-मन गलियाते योगेश वापस जैसे ही लौटने को हुए तो कहीं उजास का-सा आभास हुआ। कोई परछाईं-सी डोली। कुछ कदम बाईं तरफ बढ़ाए तो अवाक। बाथरूम से थोड़ा हटकर, खुले में ठिठुरता-सिकुड़ा उकड़ूँ बैठा शुभाशीष दाएँ हाथ में पकड़े टार्च की एकदम हल्की मद्धिम रोशनी में आँख गड़ाए चिट्ठी पढ़ रहा था। चेहरा जगमग। आँखें नम। जैसे चिट्ठी नहीं, उन परम क्षणों में सारे ब्रह्माण्ड की कोमल भावनाओं एवं दिव्य प्रेम की अनुभूति को अपने भीतर सँजो

रहा हो। चिट्ठी में गूँजी पत्नी की आत्मा जैसे उसकी आत्मा से एकीकृत हो गई थी। वह बस पढ़ रहा था निर्निमेष...निस्पन्द...नि:शब्द... निर्विकार। प्राणों की पूरी शक्ति को आँखों में केन्द्रित कर उस हल्के उजास में सारे ब्रह्माण्ड से बेखबर ब्रह्म सत्य जगत मिथ्या का-सा समाँ।

उसे देखते रहे योगेश...चित्रवत्। अपलक। विमुग्ध। आए थे अच्छा-सा सबक सिखाने लेकिन वातावरण का प्रभाव कुछ ऐसा पड़ा कि खुद ही सीख गए कुछ सबक। चाहा तो था कि उसे उसी वक्त चोरी की नीयत से ड्राअर खोलने के अपराध में नौकरी से निकाल दें (यूँ भी इन दिनों स्टॉफ कुछ ज्यादा ही हो गया था ऑफिस में)। लेकिन अब भीतर कुछ पिघलता-सा लगा। कोमल-कोमल कुछ उगता-सा। मुँह खोलने की चेष्टा भी की तो जबान जैसे तालू से चिपक गई। मन के भीतर का मन और आत्मा की आत्मा जैसे बोली 'नहीं'। प्रेम में इस कदर पगी आत्मा चोरी नहीं करती।

मन में महसूसा...इन क्षणों में शुभाशीष किसी बहुत उच्च धरातल पर खड़ा है...बहुत सम्पन्न पवित्र, वैभवयुक्त एवं सुन्दर धरातल पर...और वह... वह है उसके सम्मुख एक दरिद्र, कंगाली...फुस्स। सदैव ही पेट की सरहद में जकड़ा... जीवन के बन्दोबस्त में लगा...भावहीन कीड़ा। भावशून्यता की बदबू छोड़ता।

शुभाशीष के हृदय में उसकी प्रियतमा विराजमान थी इस कारण पूजा-घर बन चुका उसका मन पेट की सरहदों से दूर, बहुत दूर था जबकि उसके हृदय में था सिर्फ धुआँ ही धुआँ। कितना सुन्दर लग रहा था शुभाशीष का चेहरा उन क्षणों क्योंकि उसके चेहरे से सुन्दर भावनाएँ एवं कविता झलक रही थी। वहाँ जीवन का उत्सव था। उल्लास था।

आज तक सैकड़ों चिट्ठियाँ खोली थी उसने, पर एक भी तो ऐसी मनभावन एवं जी-जुड़ावन चिट्ठी नहीं मिली कि इतनी व्यग्रता, नस-नस को चटका देनेवाली ऐसी आकुलता...इतनी छटपटाहट महसूसता...कि अपनी नौकरी तक दाँव पर लगा देता। एक भी तो चिट्ठी ऐसी नहीं मिली जिसे उसने इस प्रकार सम्पूर्ण एकान्त में इतनी पवित्र मानसिकता में, भावनाओं के आवेग में दम साधे पढ़ा हो।

एक तिहाई उम्र धुआँ की और खाते में एक भी ऐसी विलक्षण अनुभूति नहीं। कोई भी ऐसी साथी नहीं। यूँ होने को जीवन में सभी कुछ...पत्नी, पुत्र... माँ...बहन। लेकिन कब देखा उसने फुरसत से उनकी ओर। सदैव ही घिरा रहा वह हाय-हाय करनेवालों की सूअरबाड़ी में।

और अकस्मात उसके रेगिस्तान में भी गुलमोहर-सा कुछ खिला। मन में कोमल-कोमल कुछ उगा...कोई छवि कौंधी...कोई पाती फड़फड़ाई और पहली बार महसूसा उसने...फूलों की रंगत पर मुग्ध होना।

लेकिन कॉमरेड

मेरे सामने बैठे हैं गोपालीदा, एक बदरूप एवं बिना पीठ की छोटी-सी टेबुल पर। अपने मुचड़े और उठंग पायजामा की जेब से एक पहलवान छाप बीड़ी निकाल उसे सुलगाते हैं, तल्लीनता से पहला सुट्टा लिया, फिर मुखातिब होते हैं, मेरी तरफ—"जेल जीवन जानने के लिए मरे जा रहे हो ना, लो पढ़ो यह खत, शायद कुछ मिल जाए—कोई नई दृष्टि!"

अपने लगभग अवकाश प्राप्त अवस्था तक पहुँचे हुए मटमैले बुशर्ट की सामने की आयताकार जेब से, अँगुलियों की कोमल-कोमल पकड़ से, बहुत हिफाजत-नजाकत एवं मान-सम्मान के साथ फैला देते हैं पत्र को, गोया पत्र नहीं किसी इष्ट देवता का धर्मोपदेश या कोई धार्मिक तसवीर ही हो, पत्र इस प्रकार—

सर्वाधिक प्रिय सति,

तुमसे मीलों दूर रहते हुए भी, दीवारों से पार मैं सुन सकती हूँ, तुम कह रही हो—इस सावन में दो साल हो जाएँगे कॉमरेड मेरी को हमसे जुदा हुए। तुम्हारी दूसरी कैदी साथिनें सिर हिलाते हुए कहेंगी—तुम्हीं ने उसे सिखाया था, कॉमरेड शब्द का सही अर्थ। यद्यपि हमें दूर कर दिया गया है फिर भी यह कॉमरेडशिप ही है जो हम एक-दूसरे के बारे में सोच रहे हैं।

कैसी हो तुम? क्या तुम्हें अब भी जब तब बुखार चढ़ जाता है, जेल में आए दिन हुई अत्यधिक पिटाई के चलते? क्या उसके चलते तुम्हारे कान अब भी झनझनाते रहते हैं? मैं देख सकती हूँ। कैसे तुम खाने के लिए दिए गए भात में से कॉकरोच के अंडे, कीड़े, कंकड़ और फूस को छाँट-छाँटकर सड़ी गन्धाती दाल और काली कढ़ी के साथ खाने के लिए स्वयं को तैयार कर रही हो। मैं सुन पा रही हूँ तुम मुझे अपनी माँ और बाबा के बारे में बता रही हो, जो अपने अन्त समय में तुम्हें बिना देखे ही इस संसार से चले गए थे। क्या तुम अब भी अपने भविष्य और उस संकट के बारे में सोचती हो जो इन्तजार कर रहा है तुम्हारे जेल से बाहर आने का। भूमिहीन किसानों के बीच काम करते हुए तुमने जाने कितने जमींदारों को अपना दुश्मन जो बना लिया था। क्या पानी की किल्लत के चलते अब भी तुम्हारा कंठ सूखा रहता है और बदन गर्मी से झुलसता हुआ? या अब बरसात हो गई है? बरसात में क्या तुम्हारी छत चूना बन्द हो गई है? या अब भी टपकती चूती छत से तुम्हारा सेल, कम्बल और कपड़े पानी से भींग-भींग कर बदबू मारते हैं?

तुम्हारे केस का क्या हाल है? क्या अब भी वे तुमसे सिर्फ कागजी वादे कर रहे हैं? एक दिन तुम्हें धमकाएँगे—आजीवन कैद और दूसरे दिन तुम्हें आश्वासन देंगे कि उन लोगों को तुम्हें छोड़ना ही होगा। क्या सेल की गन्दगी, मक्खियों, मच्छर और शरीर पर जगह-जगह हुए फोड़ों, फुंसियों और लाल-लाल चकते, धीरे-धीरे तुम्हें पागल नहीं बना रहे हैं?

जेल बाबुओं का क्या हाल है? क्या अब भी वे तुमसे मिर्च पिसवाते रहते हैं जब तक कि तुम्हारी आँखें फूलकर लाल अंगारा न बन जाएँ, तुम्हारे शरीर की एक-एक हड्डियाँ चरमराने न लगें? क्या अब भी उबलती धूप में तुम उनके लिए गोश्त पकाते हुए स्वयं को झुलसाती रहती हो? वे गोश्त के टुकड़े जो कैदियों के आहार से चुराये गए थे। क्या अब भी तुम्हें बाजार से एक चौथाई दाम में अपने साबुन को बेचने के लिए बाध्य किया जाता है? वो भी अहसान जताते हुए?

मुझे पता है, सति आज भी तुम दीवार के उस पार से अपने पिटते हुए कॉमरेड की मारक चीत्कार को सुनकर आँसू बहाती रहती होगी और मेरे जाने के बाद जाने कितने और शव उस दरवाजे से गुजरे होंगे। हर आनेवाले दिन के

साथ तुम्हारा रक्तचाप खतरनाक ढंग से नीचे गिरता जा रहा होगा और तुममें खून की कमी बढ़ती जा रही होगी। लेकिन मुझे विश्वास है, इन सबके बावजूद तुम्हारे अन्दर आशा जीवित है। क्योंकि तुमने सर्वहारा, गरीब और उनकी यातनाओं में विश्वास किया है। उनके सुख-दुख में एकाकार हुई हो। तुमने मुझे लाखों लोगों की त्रासदी, जिन्दगियों के बारे में एवं अपने बारे में बताया है। तुम्हीं ने मुझे सिखाया है कि क्रूरता और अन्याय को खत्म करने के लिए व्यक्ति को अन्तहीन यातना भुगतनी ही पड़ेगी।

तुम सोच रही होगी कि कुछ होने पर भी सब कुछ समान है। नहीं, सब समान नहीं है। लोग पहले जैसे नहीं रहे हैं। वे उठ रहे हैं। जाग रहे हैं और एक दिन तुम देखोगी कि तुम भुलाई नहीं गई हो। तुम मुक्त कर दी गई हो। तुम मुक्त कर दी जाओगी।

मेरी टाइलर

27 मई, 1972

"मेरी टाइलर! कौन है यह? भारतीय तो नहीं लगती!"

"भारतीय होती तो लगती ना! 1971 की जून-जुलाई में बिहार के जमशेदपुर के पास जो कुछ नक्सलवादी पकड़े गए थे, उन्हीं में से यह भी थी, यह ब्रिटिश युवती!"

ब्रिटिश युवती और नक्सलवादी! जैसे दूध और छाछ, कालाहांडी और कैलीफोर्नियो—साथ-साथ विस्मय और अविश्वास से खुला का खुला रह जाता है, मेरा मुँह, पर अपनी उत्तेजना पर ठेपी लगाता मैं प्रश्न की दूसरी मिसाइल फेंक देता हूँ उन पर।

"सती! यह सती कौन है? कहाँ मिले थे उससे आप?"

जिस गति और तेजी से प्रश्न छोड़ा जाता है जवाब उतना ही धीमा-धीमा, ठंडा-ठंडा जैसे उनके सर्द-ठंडे पड़े वर्तमान से पीछे मुड़कर, उतरते, अतीत के गलियारे से आ रहा हो, धीरे-धीरे खिसककर।

"साथ ही साथ थे हम—बिहार के हजारीबाग जेल में, दीवार के उस पार

वह, इस पार पुरुष वार्ड में मैं, जमादार, वार्डेन और कभी-कभी जेल सन्तरी की कृपा से हम एक-दूसरे की खोजबीन ले लेते थे। चिट्ठियाँ भी एक-दो ली दी थीं।"

बोलना जारी है गोपालीदा का और उस खुले पत्र पर हाथ फेरना भी। कॉमरेडी गरमाहट भीतर उतरती जा रही है। चेहरा आभा युक्त, मुलायम आर्द्रता में लिपटा। पीला पड़ चुका पत्र का पन्ना एवं हर मोड़ कुछ कुछ फटेहाली की ओर अग्रसर, इस बात की गवाही देते कि इसी प्रकार जाने कितनों के समक्ष खोला गया होगा वह पत्र।

कोमल-कोमल हाथों से तहकर रख देते हैं उसे, जैसे कुछ लम्हों के लिए पत्र नहीं किसी निजी दु:ख की तह खोली हो। उससे दो-चार हो लिए हों और फिर तहकर रख दिया हो। यथास्थान।

आप बेशक जानना चाहेंगे...कौन हैं ये गोपालीदा!

तो किस्सा कोताह आज से 28 वर्ष पुराना!

कहानी प. बंगाल की। कलकत्ता की। बात उन दिनों की है जब प. बंगाल के क्षितिज पर एक नई विचारधारा देश के सर्वश्रेष्ठ एवं सम्भावनाशील-युवावर्ग एवं बुद्धिजीवियों के बीच मध्याह्न के सूर्य के समान जगमगा रही थी। 1970-71 के वे गरमागरम लाल दिन। मैं तब शिरीष के फूल-सा कोमल-शान्त एक पढ़ाकू। बारह वर्षीय। पिता असिस्टेंट कमिश्नर ऑफ पुलिस (ट्रैफिक) और उसी हैसियत से लाल बाजार की चौथी मंजिल पर स्थित कमिश्नरों के लिए बनाए गए क्वार्टरों में से एक बाशिन्दा।

उन्हीं दिनों एक मर्तबा भोर बेला में, परियों के ख्वाब देखने की उम्र में, तितलियों की ताजगी में सोया था कि नींद उचट गई। हवा में गूँजती कोई चीख कानों से टकराकर गई। कोई अपने दरकते प्राणों से कलप रहा था, बिजली की सी तड़प लिए—मारो, मार डालो बा...बा...ऊई माँ। भोर की प्रशान्ति, स्तब्धता एवं सन्नाटे को चीरती बड़ी ही मनहूस लगी थी वह आवाज—चेतना को सुन्न एवं जीवन-आस्था को लकवाग्रस्त करती सी। कौन मार रहा था उसे? इस कदर दरिन्दगी से! मिनट-मिनट में, रह-रहकर टकराती वह आवाज। मैं सिहर उठता... जैसे हर आवाज के साथ मेरा कुछ मेरे वजूद से झड़ रहा था। माँ और पिता जी

की भी नींद उचट गई थी। थोड़ी असुविधा वे भी महसूस कर रहे थे, पर जिस प्रकार घटना की भयावहता मेरे भीतर उतर रही थी, वैसी दहशत उनमें कहीं से भी नहीं व्यापी थी।

"कुछ नहीं, सो जाओ ..." और सामने पड़ी चिकनी सुराही से गटागट पानी पी पिता जी फिर नींद की मनावन-रिझावन में लग गए।

बहुत पहले, करीमपुर गाँव में कुछ दिनों के लिए घूमने गया था। वहाँ मेरे दादा की अपनी गौशाला थी। एक दिन अलसाई दोपहर की निस्तब्धता में सोया था कि प्राणों को मथ डालनेवाली ऐसी ही एक आवाज सुनी। माँ पास में ही थी, मुंडी हिलाती बोली, 'कुछ नहीं। गाय रो रही है, सो जाओ' पर मैं फिर सो नहीं पाया। बरामदे में झाँककर देखा, दादा गाय के मोटे-ताजे शिशु बछड़े को घसीटते हुए किसी कसाई के हाथों बेच रहे थे और खूँटे से बँधी गाय प्राणों की पूरी शक्ति से बिलख रही थी। लाल बाजार में भोर बेला की वह आवाज भी करीमपुर की उस दोपहर जैसी ही थी, बल्कि उससे भी ज्यादा दहशत पैदा करने वाली, प्राणों को कँपकपा देने वाली। भोर की प्रशान्ति में अपशकुन-सी, जीवन की सुन्दरता और आस्था को मटियामेट कर देने वाली वह चीख जो किसी के दरकते एवं चिथड़े हुए कलेजे से निकल रही थी।

मुझे फिर उसी प्रकार का आश्वासन दिया गया था, पर इस बार आश्वासन देनेवाले पिता थे—कुछ नहीं सो जाओ। बहरहाल...कुछ दिन और खामोशी के नाम। पिता की सख्त हिदायत थी कि मैं ऊपर, नीचे, दाएँ-बाएं कहीं भी ताक-झाँक न करूँ। कुछ देखकर भी न देखूँ। सुनकर भी न सुनूँ। घर से सीधा स्कूल और स्कूल से सीधा घर। बीच में विशेषकर डी.सी.डी.डी. (डिप्टी कमिश्नर, डिटेक्टिव डिपार्टमेंट) के रूम के सामने से या इंटेरोगेटिंग रूम, सेंट्रल लॉकअप की तरफ से गुजरूँ भी नहीं।

मैं नहीं गुजरा, पिता के प्रति आज्ञा भाव के चलते नहीं, वरन् मृग शावकी की तरह अपने ही भीतर दुबक बैठे डर से कि कहीं राह चलते फिर मुठभेड़ नहीं हो जाए उस कलपते आर्तनाद से।

लेकिन फिर ऐसा हुआ। एक सुबह घर की बालकनी में खड़ा ब्रश कर रहा था कि हठात् इंटेरोगेशन रूम की खिड़की पर नजर पड़ गई। किसी कुँवारी

कन्या की लज्जा की तरह हमेशा बन्द-बन्द रहने वाली वह खिड़की उस दिन खुली हुई थी। किसी शोध छात्र की सी एकाग्रता एवं जिज्ञासा से मैं अपनी पूरी चेतना को आँखों में समेटकर उसी ओर ताकने लगा था कि फिर एक बार वैसी ही कलपती-बिलबिलाती प्राणों के दरकते अंश से धरती को फाड़कर गूँजती आर्तनाद...! दो सिपाही दोनों ओर और दोनों के बीच करीब 20-22 वर्षीय एक युवक! इधर से भरपूर लाठी पड़ती; उधर जा गिरता...उधर से पड़ती, इधर जा गिरता। 'बाँ...बाँ...गों...गों...' की सी हिचकियाँ कुछ देर वातावरण में तैरती-सी और फिर धीरे-धीरे अवरोही मोड़ लेती और अन्त में धीरे-धीरे एकदम शेष होती हुई वे चीखें...वे आर्तनाद (शायद वह बेहोश हो गया था)। वे आवाजें शेष नहीं हुई थीं, मैं शेष हो रहा था। मेरी आँख, नाक, कान...सब जगह वे चीखें, वे आवाजें ही भर गई थीं। खड़ा का खड़ा ही रह गया था मैं—खंडित, विवश, भयभीत और सुन्न!

कौन था वह? हत्यारा, डाकू, खूनी? मन के बियाबान में जाने कितने प्रश्न जंगली पेड़ों से उग गए थे। जाने कितनी आड़ी-तिरछी रेखाएँ!

बाहर सब कुछ शान्त...लेकिन मेरे भीतर अब भी पूरे ब्रह्माण्ड का शोर। पिता से पूछ नहीं पाया था। लेकिन अम्मा और पिता की गुफ्तगू एवं खुसर-पुसर का एक जुमला उछलता-कूदता मेरे कानों में पड़ गया था। 'जीना हराम कर रखा है इन नक्सलवादियों ने!'

करीब छह महीने का अन्तराल...ग्रीष्म की एक सुबह!

बालकनी से नीचे की ओर झाँका तो सभी रेंक के आफिसर्स—ओ.सी., सब इन्स्पेक्टर, इन्स्पेक्टर, डी.सी.डी.डी. कांस्टेबुल आदि चुस्त कमांडो की तरह मुस्तैद। गदगदायमान सभी। हल्का-सा शोर और ढेर सारा उत्साह वातावरण में तैरता-सा। और तभी एक सिपाही उड़ता-सा हमारे यहाँ—"ध्रुपद मजुमदार के अरेस्ट करा होएछे ..." (ध्रुपद मजुमदार पकड़ा गया है)।

"कि? कोथाय?" (क्या! कहाँ?)

"एंटालीर काछे।" (एंटाली के पास)

चहकते पिता नीचे, पीछे-पीछे मैं। किसी विचित्र कौतुक एवं अजूबे की उम्मीद में खड़ा, कि तभी देखा, पुलिस की गाड़ी से दो सिपाही किसी एकदम

कृशकाय, करीब 60-62 वर्ष के, दमे से पीड़ित हाँफते हुए व्यक्ति को उठाकर ला रहे हैं। उनमें से एक के हाथों में आक्सीजन सिलिंडर था।

कौन था वह? इतना मरियल, लम्बा कृशकाय एवं नीले पपोटों के बीच दिपदिपाती आँखोंवाला वह वृद्ध जिसके पकड़ लेने पर पुलिसवालों में गजब का उत्साह, जैसे युद्ध जीत लिया हो! किस अपराध में पकड़ा गया था वह?

प्रश्न ! प्रश्न! और प्रश्न!

माँ से पूछता, तो माँ टाल देती। पिता से पूछता तो पिता भड़क उठते। एक बार बहुत पहले किसी गली से गुजर रहा था कि अकस्मात् कानों में रंडी शब्द पड़ गया था। पिता से पूछा था इसका मतलब, तब भी पिता इसी प्रकार भड़क उठे थे।

बहरहाल जीवन आगे चलता गया और मैं अपने बचपन की किशोर होती जिज्ञासाओं पर ठेपी लगाता गया। ऊपर से सब कुछ शान्त ठहरा पर ऊपर-ऊपर स्थिर जल के भीतर ही भीतर जाने कितने झंझावत थे, स्वयं मुझे भी पता तब चला जब गुजरते समय ने मुझे लेक्चरर बनाने के साथ ही साथ हाथों में लेखनी थमा दी। और जब लेखन में मैं गहरे और गहरे धँसता गया तो पाया कि सोते-जागते अतीत के वे शव, वे आर्तनाद, वे चीखें मन के समुन्दर पर तैरती किसी फूली लाश की तरह चीख रही हैं—'मुझे लिखो! मुझे लिखो! लिखना चाहा प्रेम की प्रथम फुहार पर, स्त्री की प्रथम छुअन पर, पर अतीत की जाने कितनी परतों को फोड़कर जो बाहर निकला वह तो लहूलुहान करता कुछ नारों का शोर था जो अन्तिम साँस छोड़ते समय दीपक बनर्जी ने लगाए थे—नक्सलबाड़ी लाल सलाम! जो परिमल सेन ने फायरिंग स्क्वाड के सामने ललकारते हुए कहा था—"यू कैन नॉट स्टॉप रेवोल्यूशन बाई किलिंग अस।" (तुम हमें मारकर क्रान्ति को रोक नहीं सकते)।

लौटता हूँ फिर वर्तमान की तरफ।

"क्या है नक्सलवाद?" मेरे पूछने पर गोपालीदा ने ही समझाया था—'जमीन उसी की, हल जिसका, जोते जो उसको...' की तर्ज पर 1967 की बसन्त में प. बंगाल के जलपाईगुड़ी जिले में स्थित छोटे से ग्राम नक्सलबाड़ी से शुरू हुआ एक आन्दोलन, जिसमें भूमिहीन किसानों ने भूमि पर जबर्दस्ती

कब्जा कर लिया था और जमींदारों के विरुद्ध सशक्त आन्दोलन छेड़ा था...उस आन्दोलन की चिनगारी को मशाल बनाने के लिए कृतसंकल्प पं. बंगाल, बिहार, आसाम, केरल और पंजाब के मध्यवर्गीय परिवार के हजारों हजार किशोर और युवक-युवतियाँ, जिन्होंने अपना सम्भावनापूर्ण कैरियर और खुशहाल जिन्दगी की सुख-सुविधाओं को ताक पर रख गाँवों में भूमिहीन किसान, छोटे किसान, मजदूर किसान, शेयर क्रॉपर्स एवं आदिवासियों के बीच उन्हें संगठित-सजग करने एवं उनके सुख-दुख के साथ एकाकार होने चले गए थे क्योंकि उनके क्रान्ति नेता ध्रुपद मजूमदार ने उन दिनों उनका आह्वान किया था—"ग्राम दिए शहर घेरो। पर शोषक और शोषितों की इस लड़ाई में सात समुन्दर पार भूतपूर्व मालिकोंवाले देश की उस मिल्की, चाकलेटी लेडी मेरी टाइलर का क्या काम?"

हँस देते हैं गोपालीदा, मेरे फार्मूले सोच पर—"एक धरती, एक योनि में जन्म लेने के रिश्ते क्या कम गहरे होते हैं पार्टनर? वैश्वीकरण जैसे भाव का उत्स यही तो रिश्ता है। विचार एवं सम्वेदना के स्तर पर अनन्त समाजिकता। पर आज के 'होनहारों' ने बाँधकर रख दिया है इस विराट भाव को भी, महज वस्तुओं के आदान-प्रदान से।"

बातों की धारा संवेदना से विचारों की गहराई की ओर जाने लगती है। मैं डूबने-डूबने को होता हूँ कि—तभी पिछवाड़े से कुछ गिरने की आवाज धड़-धड़ धड़ाम! चौकन्ने हो जाते हैं वे...शायद पिछवाड़े का दरवाजा खुला रह गया है।

जमती बातचीत...बीच में यूँ उठ जाने से कहीं कोई लय-तान टूट न जाए, मैं जरा भी खतरा उठाने के मूड में नहीं होता हूँ—"छोड़िए भी, सड़क पर कुछ गिर-गिरा गया होगा।"

"ना बाबा ना अभी थोड़े दिन हुए। पिछवाड़े से गाय घुस गई थी, खा डाला मेरे बेहद जरूरी कागजात को। लापरवाही नहीं माँगता, एकदम नहीं!" खास बंगाली मूड में बोलते गोपालीदा यह जा वह जा।

वापसी दो पल बाद ही।

"गाय नहीं बेटा था। स्कूल का भारी भरकम बैग गिर गया था उससे।"

बिखरी बातों का सूत्र थामते फिर बतियाने लगते हैं गोपालीदा—"वह विदेशी महिला आई थी इस देश को देखने, महसूसने जिसके बारे में उसने अपने

इतिहास की किताब्रों में बड़ी ही अजीबोगरीब बातें पढ़ रखी थी। चाय पीनेवालों, भूरे काले एवं गन्दगी पसन्द करने वालों का, जादू टोने में जीने वालों का एवं जगह-जगह मन्दिरोंवाला एक गरम, अजूबा धार्मिक देश। यहीं पर ट्रेन में ही उसकी मुलाकात हुई थी अमलेन्दु चक्रवर्ती से जो उसी साल प. जर्मनी से एम. टेक की भारी भरकम डिग्री हासिल कर भारत लौट रहे थे। दोनों की वेबलेन्थ मिल गई थी। तार जुड़ते गए। भारत के लिए अमलेन्दु की चिन्ता अपरम्पार पर साथ ही देश में बढ़ती उस नई मार्क्सवादी-लेनिनवादी विचारधारा के प्रति बहुत आश्वस्त एवं उत्साहित भी। बहुत शीघ्र ही अमलेन्दु को अपने जीवन की मुक्ति एवं सार्थकता इस नई विचारधारा के प्रति समर्थन में ही नजर आई। शीघ्र ही वह अपनी डिग्री अपना कैरियर, सब कुछ को भूल बिहार के आदिवासी अंचलों में भूमिहीन किसानों के बीच उन्हें संगठित करने एवं उनके दुख-सुख में एकाकार होने चला गया था।"

उसके इसी क्रान्ति रूप पर रीझी थी वह—मिल्की महिला!

"फिर?"

"फिर क्या ... चली गई वह भी अन्दर जैसे हम गए थे।" दाएँ हाथ को अन्दर जाने की मुद्रा में हिलाते हुए कहने लगते हैं गोपालीदा।

मैं ध्यान से देखने लगता हूँ, गोपालीदा का चेहरा। दोनों घनी भौंहों के बीच भूरा-सा एक चवन्नी के आकार का धब्बा। गोपालीदा के पाड़े (मुहल्ले) के देबू काकू ने बताया था कि दोनों भौंहों के बीच का वह निशान भी इन्हीं यातनाओं की सौगात है जो इंटेरोगेशन के दौरान उन्हें किसी इन्स्पेक्टर ने दिया था...जिसके बारे में कहा जाता था कि चुरुट पीते वक्त चंगेज खाँ की आत्मा उसमें घुस जाती थी और अपने चुरुट के आनन्द को कई गुना बढ़ाने के लिए वहाँ जो भी नक्सली उसके सामने होता था उसी के चेहरे को जगह-जगह से दाग देता था।

एक अन्तर्प्रेरणा बलवती हो उठती है और मैं पूछ बैठता हूँ ...

"पुलिस यातना के दौरान क्या आप भी उसी प्रकार चीखते चिल्लाते थे?" पूछते ही लगा, जैसे शान्त-सौम्य उनके चेहरे पर किसी ने राख पोत दी हो। अपने को गरियाता हूँ—मुझे इस प्रकार सीधे से ही नहीं पूछना चाहिए था। क्षणों के प्रवाह में, घटनाओं के बहाव में खुद-ब-खुद निकल आता सब कुछ। बहरहाल...

पूछे हुए की धार को भोथरा करने के लिए मैं कुछ कुछ उतावली से दूसरा प्रश्न फेंक देता हूँ उन पर।

"आप गिरफ्तार कैसे हुए थे?"

किंचित हँस देते हैं गोपालीदा।...दो पल मौन...बुशर्ट की पॉकेट के पास कोई कीड़ा रेंग रहा था, उसे झटकारते हुए बताते हैं—"खरिबरिया से आने के बाद ..."

"खरिबरिया? कब गए थे आप खरिबरिया...?"

आँखें मूँदे वे जैसे टाइम और स्पेस की चोटी पर खड़े होकर अपने को पीछे की ओर धकेल लेते हैं और परम फुरसती निश्चिन्तता में स्टूल से जमीन पर आलथी-पालथी मारकर बतियाने लगते हैं।

"किस्सा उन दिनों का है जब पूरा प. बंगाल विचारों के एक नए क्षितिज की ओर बढ़ रहा था। कृषि मुक्ति, श्रम-मुक्ति, क्रान्ति बन्दूक की नली से आती है। चीन का रास्ता हमारा रास्ता, सत्तर का दशक, मुक्ति का दशक...जैसे गरमा-गरम नारे फ़िजा में थे। चीन तब अपने ही देश की सांस्कृतिक क्रान्ति से गुजर चुका था...उन्हीं दिनों चेयरमैन माओत्से तुंग ने एक नारा दिया था—'ईच वन टीच वन'—कॉमरेड माओ से हमें वही ताकत मिलती जो किसी सनातनी को गीता के कृष्ण से। तो उसी से उत्साहित होकर मैं नक्सल भाव से उतर चौबीस परगना के खरिबरिया गाँव में लोगों को संगठित करने चला गया था। वहाँ करीब साल भर सन्थालियों के बीचों बीच उनका होकर रहा लेकिन विशेष कुछ भी नहीं कर पाया था। धर्म और भाग्य की अफीम की पुड़िया खाए एवं मूर्च्छित पड़े वहाँ के लोगों की सहन शक्ति गजब की। भूख की टीस मिटाने के लिए पानी में नमक डालकर पी लेते लेकिन, विद्रोह, तोड़-फोड़ एवं प्रतिरोध की बातें रास नहीं आती उन्हें। इन क्रान्तिकारी विचारों को उनके धर्म एवं भाग्य से जकड़े मानसिक दुर्ग में पहुँचाना लगभग असम्भव।"

"कलकत्ता लौटा तो यहाँ का परिदृश्य एकदम बदला हुआ...शहर की सभी दीवारें गरम-गरम नारों से रँगी हुई, क्रान्ति जैसे कहीं आसपास ही थी। हर दूसरा युवा कम्युनिस्ट...नक्सली ..."

पाजामा की पॉकेट से रूमाल निकाल चेहरा पोंछते हुए धारा प्रवाह बोलते जा रहे थे गोपालीदा। मैं आश्वस्त हो चला था, बातचीत के प्रवाह में अब वे

स्वयं ही उस बिन्दु पर आ खड़े थे, जहाँ मुझे अब और उकसाने या धकेलने की जरूरत नहीं थी। अन्दर की जाने कितनी दबी बातें, दबा ढका इतिहास स्वत: ही सर्र-सर्र बाहर चला आ रहा था।

"तब तक प्रथम पार्टी कांग्रेस की स्थापना एवं दार्जिलिंग कृषि समिति की स्थापना हो चुकी थी और हमारी पार्टी की सदस्य संख्या ताबड़तोड़ बढ़ रही थी। दरअसल प. बंगाल में सत्ता सुख भोगती, पर क्रान्ति और इन्कलाब की माला जपती इन पाजामा कम्युनिस्टों की जमात से सही मायने में क्रान्तिकारी कम्युनिस्टों का तब तक मोहभंग हो चुका था।"

पाजामा-कम्युनिस्ट!

हँसी आ जाती है मुझे उनके शब्द-गठन की सामर्थ्य पर ...

पर वे बुरा सा मुँह बना लेते हैं जैसे अभी-अभी ही उन्होंने मोहभंग की पहली कुनैन गुटकी हो। बतकही फिर आगे की ओर ...

"शोषित कृषक और श्रमिक मुक्ति की यह नई विचारधारा...प्राणों से लबालब उर्जीस्विन एवं जीवन की सुन्दरता में विश्वास करने वाली एवं इसी कारण इस व्यवस्था में आमूल परिवर्तन चाहने वाली नई पौध को किसी प्रेयसी की तरह ही लुभाने लगी थी। समुद्र में जैसे ज्वार आ गया था नक्सलबाड़ी हर कम्युनिस्ट के लिए मक्का-मदीना ही बन गई थी। बिहार, उड़ीसा, पंजाब, आसाम और केरल, सभी जगह दीवारें रँगी हुई। कॉलेज चाहे इंजीनियरिंग हो या मेडिकल या जेनरल, पूरा बैच का बैच ही नक्सलवादी। कहीं-कहीं स्कूल बच्चे भी। बदली हुई हवा। बदला हुआ सौरमंडल...कि देखते ही देखते परिप्रेक्ष्य बदल गया। सत्ता पुलिस और राजनैतिक भड़ुओं का बर्बर दमन चक्र और देखते-देखते ही फिजा में बारूद, पुलिस की सीटी और धरो-पकड़ो की दहशत-भरी गूँज।"

बीच का इतिहास गोपालीदा फास्ट फारवर्ड कर देते हैं। मैं समझ जाता हूँ...इसलिए 'नो मैन्सलैंड' पर खड़े किसी सिद्ध की तरह कहने लगता हूँ 'गोपालीदा, नक्सलवादी आन्दोलन की टूटती-मेरूदंड के पीछे प्रशासन का बर्बर दमनचक्र था, यह सही है, पर क्या नहीं लगता कि कुछ आप लोग भी जिस प्रकार इंडिविजुअल एनहिलेशन (व्यक्तिगत हिंसा) पर उतरे थे...आपके ये शॉर्टकट, ये रेडीमेड फार्मूला जनता में जड़ नहीं जमा सके। क्या ऐसा नहीं लगता

कि आप लोगों को अपने इतिहास अपनी धर्म और संस्कृति, अपने समाज एवं अपनी वर्तमान समस्याओं के आलोक में अपना माओ, अपना लेनिन एवं अपना चेग्वारा गढ़ना था?"

मेरी बातों से सहमत होते हुए भी बहस रास नहीं आ रही थी गोपालीदा को। दरअसल जो हुआ था और जो उन्होंने स्वयं देखा था, भोगा था उसको उघाड़ने की मन:स्थिति में आ गए थे। सम्पूर्णत: इस कारण झुँझला से पड़े— "इतने सरल ढंग से इस प्रकार नहीं समझा जा सकता, सात साल मैं जेल में यही सोचता रहा था, भूल कहाँ हुई? पर यह भी सोचने की बात है कि तूफानी वेग से आगे बढ़ता वह विप्लव महज चार सालों में किस प्रकार इतना सिकुड़ सिमट गया ...?"

मैं समझ जाता हूँ, इस कारण जबरिया चुप्पी लगा जाता हूँ।

हवा में खिंची किसी अदृश्य लकीर की ओर ताकते हुए कहने लगते हैं वे।

"हाँ तो मैं बता रहा था, मैं गिरफ्तार कैसे हुआ?"

'5 जनवरी, 1971 की एक सामान्य सुबह करीब छह बजे के आसपास मैं छत पर सोया हुआ। नीचे का दरवाजा खुला हुआ क्योंकि कुछ समय पूर्व ही माँ गंगा स्नान के लिए निकल चुकी थी।'

"नींद में झकझोरते हुए किसी पुलिस अधिकारी ने मुझे उठाया, अधखुली पलकों से वह मुझे किसी पहाड़ी चूहे की शक्लवाला ही लगा और अभी मैं बाहरी संसार से तालमेल बैठा ही रहा था कि उसने पूछा, "आपनी की गोपाली सील?" (क्या आप गोपाली सील है?)

"हाँ।"

"आपना के थानाए जेते होवे।" (आपको थाना में चलना होगा)।

"केना?" (क्यों)

"तूमि नोक्सल।" (तुम नक्सल हो।)

"और साथ ही हथकड़ी। बाद में मुझे पता चला कि उस दिन गली के तीन चार मकानों को कँटीले तारों से घेरकर, उनमें विद्युत प्रवाहित कर दी गई थी, यों कि कोई आगे बढ़े तो भी वहीं ढेर हो जाए। सीधी विद्युत समाधि! बहरहाल... दर्पणा सिनेमाघर के पास ही नीले रंग की जालीदार पुलिस जीप थी जिसमें मुझे

धकेल दिया गया था। गिरफ्तार करनेवाला आफिसर ड्राइवर के बाएं तरफ बैठा हुआ था। भीतर कई पुलिस हवलदार थे। मैं भी उन पुलिस हवलदारों की पाँत में ही बैठने को हुआ कि मुझे जबरिया नीचे धकेल दिया गया जिससे मैं उनके चरण पखारता रहूँ और वे अपने बूटों, राइफलों के कुन्दों एवं लाठी से मेरी आवभगत करते रहें।"

बोलते हुए कुछ थके से दिखने लगते हैं गोपालीदा। मेरे भीतर का कथाकार फिर चाक-चौबन्द! चौकन्ना! कहीं आने वाली घटनाओं को भी फास्ट फॉरवर्ड नहीं कर दें वे जबकि उनकी जेल कहानी का असली अध्याय तो अभी शुरू होना है। शायद उन्हें चाय की तलब महसूस हो रही हो—सोचता हुआ मैं, उनसे मिनट भर का समय ले, पास ही की दूकान से दो कुल्हड़ चाय की ले आता हूँ।

चाय की चुस्कियाँ के बीच कुछ पलों के लिए रुकी बतकही आगे बढ़ी कि तभी आदत से मजबूर अपने शक्की मिजाज का परिचय देते मैं फिर खोंचा लगा देता हूँ उन्हें। —इंटेरोगेशन रूम की घटनाओं को एकदम कतर ब्यौत नहीं करना गोपालीदा ...

हँस पड़ते हैं वे—एक घायल और टप्पा खाती हँसी!

लेकिन कुछ क्षण बाद ही चेहरे के भाव में विद्रूपता के काँटे।

"ऊँची ध्वनिवाला सिर्फ एक एंटीसेप्टिक नाम है...इंटेरोगेशन रूम, वरना वह तो सीधा सादा जानलेवा यातना घर था जिसका हेड पुलिस सुपरिटेंडेंट की रेंक का कोई ऑफिसर था और उसके साथ दो सब इन्स्पेक्टर और दो पुलिस कान्स्टेबल। पुलिस लॉकअप से निकालकर मुझे सीधे उस छोटे से इंटेरोगेशन रूम में ले गए थे। नहीं, वहाँ कोई फर्नीचर नहीं था बस लेनिन की एक बड़ी-सी पोर्टेट थी जिसे देखकर मैं उस क्षण बुरी तरह चौंका था। लेकिन तुरन्त ही समझ में आ गया था। मेरे अन्दर घुसते ही इंटेरोगेशन रूम का दरवाजा बन्द कर दिया गया था। उस क्षण पहली बार स्वयं को आतंकित महसूसा था। जैसे उस दरवाजे को नहीं वरन् मुझे ही बाहरी दुनिया से काटकर मेरी चेतना और मेरे मनुष्य होने को बन्द किया जा रहा है। मैं स्वयं को कुछ भी हो जाने के लिए मानसिक रूप से तैयार कर रहा था कि तभी चूहे की शक्लवाले उस इन्स्पेक्टर ने अपने काले-काले मसूढ़ों को दिखाते हुए गर्दन से पकड़कर लेनिन की पोर्टेट को दिखाते हुए

कहा—'ओर ऊपर फेलो थूथू' (उस पर थूको)। और मेरे नहीं थूकने पर उस इन्स्पेक्टर ने अभद्र घृणा से अपने कीड़े लगे दाँतों को पीसते हुए कहा,

"केनो...ओकि तोमार बाप होये? फेल थू थू।" (क्यों, वह तेरा बाप होता है? थूको)।

"उस समय मेरी बलबलाती-उफनती इच्छा हुई कि उसी इन्स्पेक्टर के मुँह पर थूक दूँ। मेरे एक जांबाज कॉमरेड ने किया भी ऐसा था। और उसकी इसी बहादुरी के चलते उसकी छाती पर पुलिसवालों ने अपने भारी बूटों को पटक-पटककर उसे रौंद डाला था। बाद में उसके शव को विरूपित कर मामले को रफा-दफा कर दिया गया था। बहरहाल मेरे नहीं थूकने के साथ ही थप्पड़, गाली और घूँसों से शुरू हुई यातना का तापमान क्रमश: बढ़ता गया और बढ़ती पूछताछ के साथ ही बूट, बन्दूक की नुकीली नोक और लाठियों के जानलेवा प्रहार में बदलता चला गया।"

"गढ़े बदन और चूहे की शक्लवाला वह इन्स्पेक्टर मेरे बालों पर जोर आजमाता हुआ किसी प्रचंड राष्ट्र के झंडे की तरह फड़फड़ाया—

"मजिस्ट्रेट वरुण घोष पर किन-किन नक्सलों ने हमला बोला था?" मुझे उसी समय मालूम पड़ा कि मुझे मजिस्ट्रेट वरुण घोष पर हुए कातिलाना हमले के केस में कॉगनिजेबल अपराध, यानी संगीन अपराध जैसे देशद्रोह आदि के तहत पकड़ा गया था।

"तन्मय चक्रवती, परिमल सान्याल कोथाये लुकिय आछेन?"

"तीसरी दुनिया के राष्ट्रों वाली करुणा ओढ़ते हुए मैंने कहा—'मुझे नहीं मालूम।' 'दे बेटा के'...और उसके बाद ही डोरी से मेरे हाथ पैरों को बाँधकर और मेरे घुटनों के नीचे लाठी को स्थित कर उसी के सहारे मुझे उलटा लटका दिया था। मैं सेंट्रल कमिटी का सदस्य था, इस कारण मुझे पुलिस शब्दावली में जिसे थर्ड डिग्री टॉर्चर कहते हैं वही दिया गया था। पुलिस संस्कृति में उन दिनों यातनाओं का एक नया संविधान ही रचा जा रहा था। कुछ प्रमुख यातनाओं के नाम थे चरखी, सिकली, हैदराबादी गोली एवं डंडाबेरी आदि। मुझे जो यातना दी गई थी, उसे पुलिस शब्दावली में डंडाबेरी कहा जाता था, जिसके दौरान कॉमरेड व्योमकेश के सारे दाँत झड़ गए थे, प्रत्येक व्यक्ति को उसकी पार्टी की हैसियत

के अनुसार यातना दी जाती, जो जितना बड़ा नेता होता है उसकी यातना उतनी ही स्तरीय।"

"दोनों कान्स्टेबल मुझ पर लाठियाँ बरसाते रहे थे और दोनों के बीच कुशल समीकरण बैठाता लोमड़ी-सा वह इन्स्पेक्टर अपनी जिरह जारी रखते हुए...वह न मुझसे कुछ स्वीकार करा पाया और न ही कुछ उगलवा पाया क्योंकि मैं नितान्त अनभिज्ञ था। आखिरकार मूर्च्छितप्राय अवस्था में उन दोनों ने उठाकर मुझे लॉकअप में पटक दिया था।"

"पूरी तरह होश में आने पर मुझे ताज्जुब हुआ कि मैं अभी तक जिन्दा था। फर्क सिर्फ इतना आया था कि गैंडे सी मजबूत मेरी कदकाठी महज छह घंटे के भीतर हैडिंल विथ केयर में बदल गई थी। मैं अपने अंग प्रत्यंग को हिला-डुलाकर देख रहा था कि वे काम कर रहे हैं या नहीं? उस समय मेरे लिए यही सबसे बड़ा आश्वासन था कि मैं शत प्रतिशत साबुत था। सिर्फ मेरे पाँवों में पिंडलियों से ऊपर तक जगह-जगह आलू जितने बड़े गूमड़े निकल आए थे और मेरे मुँह, होंठ बुरी तरह सूजे हुए थे। मेरी आँखों के सूजे पपोटों ने मेरी पुतलियों को इस कदर ढाँप लिया था कि मैं पूरी तरह आँखें खोल भी नहीं पा रहा था। पलभर के लिए एक डर मेरे भीतर दुबक गया था—अब शायद मैं कभी चल नहीं सकूँगा—खत्म।"

पाजामा उठाकर दिखाते हैं गोपालीदा।

"देखो आज तक गट्टा बना हुआ है...चाल में लँगड़ापन है।"

ऊपर से स्वयं को पिघलता सा महसूसता मैं पूछ बैठता हूँ—

"पुलिस कस्टडी में कितने दिन रहे थे आप?"

"पन्द्रह दिन और इस दरमियान पाँच बार इंटेरोगेशन रूम में ले जाया गया था। हर बार नया ऑफिसर आता, एक-दो बार तो कमरा भी बदला हुआ था। सोलहवें दिन मुझे अलीपुर प्रेसीडेन्सी जेल को हैंडओवर कर दिया गया।"

"लेकिन कानूनन तो किसी भी आसामी को 24 घंटे के भीतर मजिस्ट्रेट के सामने हाजिर करना पड़ता है?"

"कानून?" व्यंग्य से होठों के कोने वक्र हो उठते हैं, आँखें मिच-मिचाने लगती हैं उनकी। बेबसी एवं अवसाद के मिले-जुले भाव उन पर कुछ उसी प्रकार

धावा बोल देते हैं जैसे कभी शिव सैनिकों ने फिरोजशाह कोटला ग्राउंड पर धावा बोल दिया था।

"जानते हो, किसी भागते हुए पर गोली चलाना कानून की मजबूरी हो सकती है। पर पकड़े हुए को गोली से उड़ा देना, यातना गृह में यातना दे-देकर स्थायी रूप से विकलांग या दिमागी तौर पर अव्यवस्थित कर देना कहाँ का कानून है? हजारीबाग जेल में कितने ही अपराधी ऐसे थे जिन पर ढाई तीन साल हो गए थे केस ही नहीं चलाया गया था। कहीं-कहीं तो पाँच साल तक गुजर गए थे। हजारीबाग जेल में मुझे तीन साल तक जेल के भीतर जेल बनाकर कंडेम्ड सेल में 24 घंटा भारी जंजीरों में जकड़कर रखा गया था।...क्या यह कानून है? फिर कोर्ट के हस्तक्षेप से ही मेरी डंडाबेरी खुलवाई गई थी। कई वकीलों ने काफी हो-हल्ला मचाया कि इस प्रकार कोर्ट में लाना अदालत की सरासर अवमानना है।"

गोपालीदा बोलते जा रहे थे और समानान्तर मेरे अवचेतन में दस्तक दे रही थी, कुछ अखबारी पंक्तियाँ जिन्हें मैंने उन्हीं दिनों पढ़ा था। ट्रूथ एंड रिकानसिलिएशन ने 1986 में एक दस्तावेज जारी किया था जिसमें यह जानकारी दी गई थी कि जेल से छोड़ने के पहले नेलसन मंडेला को दिमागी रूप से कमजोर करने का प्रस्ताव किया गया था, यह सिफारिश भी कि उनकी सेहत इस कदर बिगाड़ दी जाए कि एक नेता के रूप में वे काम ही नहीं कर पाएँ।

मन किया, गोपालीदा को यह बात बताऊँ लेकिन मैं देख रहा था कि माथे पर हाथ रखे, आँखें मूँदे वे जैसे अपने भीतर ही बहे जा रहे थे...शायद अतीत के कबाड़खाने से उस कुछ को पकड़ लेने के लिए जो तमाम जद्दोजहद के बाद उन्हें लग रहा था कि वह कहीं उनके हाथों से छूट न जाए, इसीलिए अचानक दार्शनिक जामा ओढ़ते हुए वे मुझे कहने लगे थे—"जानना चाहते हो उन दिनों हम सभी कॉमरेड किस प्रकार अपना मानसिक सन्तुलन बचा पाए थे? हम बचा पाए थे क्योंकि हमने शरीर के स्तर से स्वयं को एकदम ऊपर उठा लिया था। एक भाव और चेतना बनकर ही जी रहे थे हम। शरीर के स्तर पर तो हमने स्वयं को बैल ही बना डाला था। दरअसल जो कुत्ती जिन्दगी उस सुअरबाड़ी में जी रहे थे हम, सामूहिक रूप से हगना, क्षमता से पाँच गुना अधिक कैदी होने के कारण एक लम्बी बाँस की पट्टी के दोनों ओर ईंटें लगाकर एक अस्थायी

शौचालय बना दिया गया था। उसी के आमने-सामने सिर झुकाए, एक-दूसरे से नजर चुराते हुए हम मूत्र विसर्जित करते थे। एक ही थाली—उसी से हगते वक्त धोना और बाद में साफकर उसी में खाना। लेकिन हम टूटे नहीं क्योंकि हमारे टूटते हौसलों और जर्जर हुई काया में यह विचार जीवन भरता कि सारे संसार में सुप्त-शोषित जाग रहे हैं, एशिया उठ रहा है। अफ्रीका अँगड़ाई ले रहा है। लैटिन अमरीका, अर्जेंटाइना...वहाँ के काले भीरू आदिवासी, जिन्होंने सदियों तक अपना लहू बहाया लेकिन जिन्हें कभी इनसानी गरिमा नहीं मिली, अब हुंकार भर रहे हैं, मुट्ठियाँ भीच रहे हैं और हम भी उनमें से एक हैं। सोच और विचारों का आलोड़न हमारे भीतर की बत्ती को गुल होने से बचाये रखता था।" बोलते-बोलते कुछ थके से दिखते हैं गोपालीदा। थोड़ा-थोड़ा किफायती मूड। यद्यपि वह रविवार था। फुरसती निश्चिन्तता का दिन। फिर भी औपचारिकतावश मैं कह बैठता हूँ—"आज के थाक आरो कोनो दिन एशे जाबो (आज रहने दीजिए किसी और दिन आ जाऊँगा)।"

"ना...आज के और कोनो काजे मन बोसवे ना" (आज किसी दूसरे काम में मन नहीं लगेगा)।

मुझे अच्छा लगता है, बंगालियों की खाँटी अड्डेबाजी। कॉलेज में हम मजा लिया करते थे उनका—अड्डा ही धर्म अड्डा ही कर्म!

"लेकिन बन्धुजी, अब और बैठ नहीं पाऊँगा...चलो थोड़ी हवाखोरी हो जाए ..." और गोपालीदा मेरे साथ ही निकल पड़ते हैं मुहल्ले की सैर पर।

सामने ही पस्त-पस्त-सा बित्ते भर का मकान, उसी की ओर तर्जनी उठाकर बोलते हैं—"यहीं रहता था मिलन घोष, रास्ते से चाय पीते हुए खींचकर ले गई थी पुलिस, आज तक पता नहीं चल पाया उसका, थाना-थाना खोज मारा, कहीं कोई एंट्री ही नहीं है। पिता ने इसी गम में दम तोड़ दिया, माँ एक खामोश खोल भर रह गई है। बहुत ठेल-ठालकर बुलवाओ तो महज दो शब्द बोलकर चुप हो जाती है (उसका श्राद्ध) और तर्पण...।

जेहन में कौंधता है मेरे, इसी मुहल्ले के वाशिन्दा-बाबुलदा ने बताया था मुझे मिलन घोष के बारे में भी और यह भी कि 1971 की फरवरी में जेल भाग की जो वारदात हुई थी, चश्मदीद गवाह थे उसके गोपालीदा।

मेरे याद दिलाने पर कुछ क्षण देखते रहते हैं मुझे...स्थिर, शायद उन्हें अच्छा लगा कि इस बीच मैं उनके बारे में इतनी जानकारियाँ इकट्ठी करता रहा था।

खुलते थान की तरह परत-दर-परत खुलते जा रहे हैं वे।

"वह 4 फरवरी, 1971 की शाम चार बजे का समय था। उस दिन जेल के भीतर सभी दरवाजे खुले हुए लेकिन बाहर के प्रमुख तीन दरवाजे बन्द, वह समय कैदियों के टहलने का था। इस कारण सभी कैदी अपनी-अपनी बैरक से बाहर थे। जेल के भीतर एक बड़ा-सा कमरा था, जाने क्यों लेकिन उसे सभी सात खाना कहते थे, उसमें डेढ़ सौ नक्सली बन्द थे। उसी के पास 17 नम्बर कमरा था उसमें अनन्त सिंह ग्रुप के 22 नक्सली बन्द थे..."

"अनन्तसिंह ग्रुप..."

"हाँ वे भी क्रान्तिकारी थे। फर्क फकत इतना कि उनके प्रणेता चेग्वारा थे। जिनका विश्वास था क्रान्ति के लिए चाहिए एम.एम.जी. (मनी, माइंड और गन)। तब सभी कैदी खाना मिलकर बनाते थे। हठात् देखता हूँ कि अनन्तसिंह ग्रुप के 13 नक्सलियों ने किचन में घुसकर भीतर से दरवाजा बन्द कर लिया और चिमनी की फाँक से वे ऊपर उठने लगे। उसी समय बाहर से एक बम फेंका गया था। बाहर उनके साथी जीप लेकर तैनात। जेल दीवार के बाहर एक लैम्प पोस्ट था, पलक मारते ही देखा गया, उस लैम्प पोस्ट से रस्सी का एक सिरा बँधा हुआ और दूसरा सिरा चिमनी से बँधा हुआ और रस्सी के सहारे चलकर छह जन कूद पड़े। जेल दीवार और चिमनी के बीच लगभग आठ फुट की दूरी। तभी दूसरा बम धमाका...दो कैदी और निकले चिमनी से कि एकाएक सीटी और सीटी और पगली घंटी...वे दोनों कैदी रस्सी के टूट जाने से जेल की दीवार के भीतर ही गिर पड़े। अनुमान है तब तक मुख्य दरवाजे का सन्तरी लैम्प पोस्ट तक पहुँच गया था और रस्सी जो चिमनी की फाँक और लैम्प पोस्ट को जोड़े हुए थी, को उसने तोड़ दिया था। सिर्फ छह फुट की दूरी, और जीवधारा ही पलट गई थी। उन तेरह में से सिर्फ छह भाग पाने में कामयाब हुए। जेल की पगली घंटी और सभी सन्तरी वार्डेन, जेलर, उपजेलर सात खाने के बाहर एकत्रित। सात नक्सली जो भाग नहीं पाए थे। उनमें एक रसायन शास्त्र के प्रोफेसर असीम चक्रवर्ती थे, और एक बम्बई के आर्ट फिल्मों के निर्देशक थे। उन सातों को आनन-फानन में घसीटते

हुए केस-टेबिल पर लाया गया। साथ ही साथ कुछ दूसरे नक्सली नेताओं को भी सेल से घसीटकर वहीं ढेर में ठेल दिया गया, जिससे लगे हाथों उन्हें भी 'सबक' सिखा दिया जाए। और फिर शुरू हुई उनकी मारक पिटाई।"

"आप उस समय कहाँ थे...?"

"हम सभी नक्सलियों को सात खाने के भीतर बन्द कर दिया गया था और बाकी सभी को अपनी-अपनी बैरकों और सेल में। सिर्फ वे ही कैदी बाहर थे जिनको जेल प्रशासन को सबक सिखाना था।"

"एक तरफ निहत्थे वे थे और दूसरी तरफ लोहे के छड़ों और लाठियों से लैस सिपाही और मद खाये क्रिमिनल कैदी।"

रुई-भरे बोरे की तरह धुनाई किए जाते उन साथियों का चीत्कार हमें पागल बना रहा था। हमारी नस-नस फड़क रही थी। सात खाने जेल के भीतर हम सभी नक्सली अपने उफनते-बलबलाते आक्रोश में मुट्ठियाँ भींचे लगातार नारे लगा रहे थे और जब सभी कैदी लुंज पुंज लोंदे की तरह जमीन पर ढेर हो गए थे तब नाईट शिफ्टवाले डॉक्टर एवं कम्पाउंडर को बुलाया गया था। डॉक्टर के अन्दर का इनसान जिन्दा बचा था, इस कारण उनके अंग-भंग शरीर को देखकर उसका माथा चकरा गया था, उसने पुरजोर शब्दों में इस बर्बर पिटाई का विरोध किया था। लेकिन बाद में उसे भी धमका दिया गया था।

"उसी रात को जो सात कैदी भाग नहीं पाए थे, उनमें से तीन ने दम तोड़ दिया था। उनके शव इस कदर क्षत-विक्षत हो गए थे कि जेल प्रशासन तक उन्हें पहचान नहीं पाया था। सुबह उनकी पहचान करवाने के लिए उन कैदियों को बुलवाया गया जो चौबीसों घंटे उनके साथ एक ही सेल में रहते थे।"

बोलते-बोलते उनका स्वर एकदम बेजान होकर हाँफने लगा था। एक समूची धरती जैसे उनके भीतर हिल रही थी।

हम दोनों ही चुप थे। वे इधर, मैं उधर, एक गमगीन उदास सन्नाटा अतीत के गलियारे से आकर धम्म से पसर गया था हमारे बीच। मैं धीरे-धीरे मटमैले होते आकाश की ओर देख रहा था। उधर अपनी भीतरी बावड़ी में गहरे उतर गए थे गोपालीदा, शायद उन युवकों की स्मृतियाँ उन्हें उद्वेलित कर रही थी, जो कितनी थोड़ी मियाद के लिए आए थे यहाँ और जो गन्तव्य के पूर्व ही ज्वाला

बनकर भस्म हो गए थे। और जिनके नक्शे-कदम पानी में खिंची लकीरों की तरह कहीं नहीं थे।

कुछ बीते पल इस बीच और सरक चुके थे।

मैं इन्तजार कर रहा था कि पूरी तरह निचुड़े हुए गोपालीदा कुछ सामान्य हों तो फिर उनमें हवा भरूँ, कुछ और उगलवाऊँ क्योंकि कुछ अनकहा अभी भी रह ही गया होगा। जिसे उन्होंने अन्त तक पहुँचने की अधीरता में उतावले दर्शक की तरह फास्ट फॉरवर्ड कर दिया होगा। मेरे भीतर का रचनाकार उन फॉर्स्ट फॉरवर्ड किए प्रसंग को बार-बार रिवाइंड कर उन अज्ञात प्रदेशों के चप्पों-चप्पों से वाकिफ हो जाना चाहता था। अपनी इस टटोलने-टोहने की प्रवृत्ति पर कहीं-कहीं अपराध बोध भी था, विशेषकर गोपालीदा की ऐसी घायल और बेचैन मन:स्थिति के चलते लेकिन अपने भीतर के घाघ रचनाकर का क्या किया जाए जो इन चरम क्षणों में भी कोई न कोई दर्शन अपने बचाव के लिए गढ़ ही लेता है। यही अन्तर है एक इतिहासकार और साहित्यकार में। इतिहास में उन प्रसंगों को फास्ट फॉरवर्ड कर दिया जाता है जिनसे सत्ता के आतताई और कुरूप चेहरे के उघड़ने की सम्भावना हो, जबकि साहित्यकार बार-बार रिवाइंड करता है उन्हें जिससे परत-दर-परत छिपा सत्य उघड़कर सामने आए।

क्योंकि सही इतिहास की रोशनी में ही हम अपने वर्तमान को देख सकते हैं।

उस उदास खामोशी पर आघात करते हुए मैं फिर कुछ कुरेदता हूँ उन्हें—"पाड़े के लोगों से ही सुना था कि पहली बार जेल में आप सब इन्स्पेक्टर की नाक के नीचे से चकमा देकर निकल भागने में कामयाब हुए थे...विश्वास नहीं होता..."

उतरती शाम की छाई में इक्के-दुक्के उगते तारों की ओर दृष्टि उठ जाती है और उनकी यादों की भीड़-भाड़ में कोमल-कोमल-सा कुछ उग आता है सँवलाए चेहरे पर। और कुछ समय पूर्व का ही अवसाद एवं उदासी का घटाटोप धीरे-धीरे उसी प्रकार साफ हो जाता है जिस प्रकार सब्जी मंडी से पिछले दिनों प्याज, राशन से किरासिन तेल और शहर से संस्कृति।

दार्शनिक अन्दाज में पहली बार एकदम शान्त-शान्त स्वर में बोलते हैं, "कई बार तमाम दरिन्दगी, पाशविकता एवं अमानुषिकता के मध्य भी करुणा और मानवता के द्वीप मिल जाते हैं। उन दिनों जेल के भीतर से चकमा देकर

निकलना और वह भी किसी नक्सलवादी के लिए असम्भव लेकिन यह असम्भव का सम्भव हुआ सिर्फ एक सब-जेलर की आत्मीयता के चलते, मृत्यु मुख से बचा लिया था उसने।"

"मृत्यु मुख!"

"हाँ लेकिन पहले तुम कौल करो कि तुम किसी भी कीमत पर उस सब-जेलर का नाम नहीं इस्तेमाल करोगे, वह अभी सेवानिवृत्त नहीं हुआ है।"

"मैं कौल करता हूँ, वैसे आप चाहें तो नाम ही न बताएँ।" मन्द-मन्द मुस्करा पड़ते हैं वे, अँगुलियों पर दिन और तारीख का हिसाब लगाते बताते हैं—"चार फरवरी शाम को जेल से भागने की घटना से शुरू की गई पगली घंटी छह फरवरी सुबह तक बजती रही थी। पगली घंटी, मतलब आपातकालीन स्थिति, इस दरमियान कैदियों पर जो भी मार-जुल्म आजमाया जाए, उन पर केस नहीं हो सकता। चार फरवरी की शाम प्राय: सभी बड़े-बड़े नक्सलवादियों को सबक सिखा दिया गया था। कुछेक जो सात खाने में बन्द रह गए थे, मैं भी उनमें से एक था। एकाएक छह फरवरी की सुबह मुझे कहा गया—"तुम्हारा रिलीज आर्डर आ गया है। मेरा माथा ठनक ही रहा था—पगली घंटी के बीच रिलीज ऑर्डर! कि तभी सब-जेलर जिसे जाने कैसे मुझसे सहानुभूति हो गई थी, उसने बताया कि जेल के बाहर एंटी नक्सलाइट स्क्वाड का हेड इन्स्पेक्टर रमेन नियोगी अपनी लाल बाजार की टीम के साथ मुझे किसी दूसरे मामले में पुन: गिरफ्तार करने के लिए खड़ा है। उप जेलर ने मुझसे अधिक बात नहीं की लेकिन इतना मुझे समझा दिया कि रमेन नियोगी मुझे किसी खतरनाक इरादे से पगली घंटी के बीच गिरफ्तार करने आया है। गोल-मटोल शब्दों में मुझे संकेत दिया गया था कि उसी समय एक बेल ऑर्डर (जमानत पर छूट) भी किसी कैदी के लिए पास हुआ था।"

"मैं भाँप गया वह क्या चाहता था। रमेन नियोगी मुझे पहचानता नहीं था। उस सब जेलर ने जान-बूझकर बेल ऑर्डर को अटकाये रखा और जेल कायदे के अनुसार जेल के छोटे गेट पर खड़ा सन्तरी जैसे ही चिल्लाया—'बेल एक' मैं स्वाभाविक चाल से बाहर निकल गया। वहाँ से स्टॉपेज पर जाकर जो बस थी मैं उसी में चढ़कर किसी तरह बाद में बस बदलकर खरिबरिया के जंगली इलाके

में पहुँच गया था। करीब तीन दिन बाद वहाँ से मैंने अपने कॉमरेड को फोन कर पहली बात जो अपनी माँ के बारे में पूछी वह यही थी कि क्या मेरी माँ अभी जिन्दा है, और दूसरी बात में मैंने अपनी स्थिति स्पष्ट कर दी थी।"

हमारी वार्ता अब अवरोही तान लेने लगी थी और मेरे पैर स्वत: ही स्टॉपेज की ओर।

अपनी बात को फिनिशिंग टच देते कहने लगते हैं गोपालीदा—"फिर कभी आना बताऊँगा दूसरी बार कैसे गिरफ्तार किया गया और वह भी इसी हरामी (रमेन नियोगी) द्वारा। पूरे छह साल रहा था, बिहार के विभिन्न जेलों में, वहाँ मिली थी सती और टाइलर...।"

"सती अभी कहाँ है?" उस ढलती शाम की मेरी अन्तिम जिज्ञासा। "वह अभी नौकरी में है। वामपन्थी समाचार पत्र, वसुन्धरा में लाइब्रेरियन के पद पर पं. बंगाल के पॉलिटिकल सफरर (राजनीतिक पीड़ित) के कोटे में मिली थी उसे यह नौकरी।"

"पॉलीटिकल सफरर!! लेकिन कॉमरेड, कैसे स्वीकार कर ली उन्होंने यह सरकारी सौगात...?"

जैसे विषैला पका फोड़ा भीतर ही भीतर टीस मारता है वैसी ही एक अनाम पीड़ा की ऐंठन से चेहरे की नस-नस खिंच गई थी उनकी। मैंने सती को छोटा करना नहीं चाहा था पर जिस उतावले अन्दाज में बात मुख से निकल चुकी थी, कि उनके जख्म फिर छिल गए थे। थके-बुझे एवं खंड-खंड खंडित राख से वे उसी गली में मुड़ गए थे। जाते-जाते अपने चिर-परिचित अन्दाज में उन्होंने 'आबार एसो।' (फिर आना) भी नहीं कहा था। शायद वह बिरवा जो रेतीली भूमि पर पत्थर की छाती फोड़कर निकला था और जो कदम दर कदम झोंकों और झंझावतों को झेल-झेलकर कभी महावृक्ष बन गया था। उसकी जीवन सन्ध्या में इस प्रकार धराशाई होना स्वीकार नहीं कर पा रहे थे वे मेरे सम्मुख।

बहरहाल मैंने उस अध्याय को वहीं समाप्त समझ लिया था, परन्तु परसों दोपहर मुझे जनहित कूरियर से गोपालीदा का भेजा हुआ एक लिफाफा मिला था जिसमें सिर्फ एक अखबारी कतरन थी जिसमें लिखा था—10 फरवरी 99 को

जलपाईगुड़ी से तिस्ता-तोरस एक्सप्रेस से यात्रा कर रहे 70 वर्षीय नक्सलवादी नेता टीपू सान्याल को कुछ डकैतों ने चौदह बार छुरा भोंककर घायल कर दिया था। वे अपने सहयात्रियों की रक्षा के लिए उन डाकुओं से भिड़ गए थे। प्राथमिक उपचार के बाद राज्य सरकार से उन्हें सरकारी अस्पताल में चिकित्सा करवाने के लिए अनुरोध किया, जिसे उन्होंने ठुकरा दिया था।

मैंने भी पढ़ी थी यह खबर...लेकिन गोपालीदा ने क्यों भेजी मुझे यह कतरन, समझ सकता हूँ।

लेडी बॉस

घूमते-घामते उस दिन चौरंगी पर अचानक शान्तनु मिल गया था। महानगर की अकेली उदास शाम हो, बैठे ठाले आप हों, करने को कुछ न हो, मन में व्यर्थता की अनुभूति हो और ऐसे में ग्रीष्म ऋतु में आई अचानक बरसात की तरह कोई पुराना यार-दोस्त भेंटा जाए तो उससे बढ़कर नियामत की कल्पना महानगर का कोई बाशिन्दा कर ही नहीं सकता क्योंकि ऐसे में आपके खाते में रात की मीठी नींद के समान कम से कम एक ऐसी शाम जुड़ जाती है जिसके लिए आप कह सकें कि आपने भरपूर जी है वह शाम।

अपने दफ्तरी जीवन के जाने कितने यातनापूर्ण क्षण गुजारे थे मैंने उसके साझे में, देखते ही उसे वे क्षण मन के बन्द तहखाने में फड़फड़ा उठे थे।

गर्मजोशी से हम मिले और मिलते ही लगा जैसे संसार का सबसे बड़ा सुख यार-मिलन में ही हो। शुरूआती 'कैसे हो... कहाँ हो...' के बाद आखिर उसने पूछ ही डाला वह, जो मुझे देखते ही शायद उसके अन्दर उमड़ने-घुमड़ने लगा था क्योंकि यही 'वह' एक सुदीर्घ काल तक हम दोनों की ही मानसिकता और संवेदना का हिस्सा रह चुका था।

'मैडम बॉस कैसी है? हमारी...'

नहीं चाहते हुए भी एक दुष्ट मुसकान होंठों पर खेल गई थी...फिर भी आवाज को भरसक संयत कर सहानुभूति का लेप लगाते कहने लगा था मैं।

अब तो एकदम स्पेंट फोर्स बन चुकी हैं...बिलकुल नि:शब्द अपने मन के घोंघे में घुसी हुई।

'क्या मतलब...' आँखें सिकोड़कर पूछने लगता है वह।

मतलब यही कि जीन्स पहनकर जब औरत के जिन्स ही तेजी से बदलने लगे तब यही होता है...अन्दर की बत्ती गुल और प्रतिभा, इच्छा शक्ति सब शून्य। कभी सोच सकते थे कि वे ही मैडम—इस कदर कुम्हलाई नाल बन जाएँगी... और कुम्हलाई नाल बोलते ही एकाएक कबीर की आत्मा मुझमें प्रविष्ट हो गई और दार्शनिक अन्दाज में कहने लगा—'काहे रे नलिनी कुम्हलानी...'

लेकिन मेरे इस कवित्वपूर्ण अन्दाज को बिना कुछ सम्मान दिए, बल्कि कुछ-कुछ झुँझलाते से ही सीधे मेरी आँखों में आँखें डालते हुए यूँ पूछा जैसे उनकी इस हालत के लिए कहीं से मैं भी जिम्मेदार हूँ।

'क्या करती हैं आजकल वे?'

'अमाँ यार...अब करना-धरना भी क्या है .. जो जितने वेग से भागता है वह उतना ही जल्दी थक भी जाता है। अब उन्हीं को लो...पन्द्रह-सोलह सालों में जो कुछ करना था, कर करा लिया। अब तो जिन्दगी जैसे एक अँधेरी गुफा... बस दिन-भर अपने महलनुमा घर की चौथी मंजिल पर बैठी-बैठी आसमान ताका करती हैं...जैसे 'उससे' सीधा कनेक्शन जोड़ रही हों...कभी-कभार ऑफिस में आती भी हैं तो ऑफिस में ही अपने निजी चैम्बर में ध्यान की मुद्रा में आसीन हो जाती हैं। एक बेचैनी...छटपटाहट...सब कुछ नुच जाने का अहसास उन्हें अंश-अंश दरका रहा है...सोचो, जिस कम्पनी को बेटा मानती थीं, अपना सब कुछ जिस पर झोंक दिया, आज उसे ही बेचने की सोच रहीं हैं ...।'

"यार किस चीज ने मार दिया उन्हें इतना...वह कुछ चिन्ता के स्वर में पूछने लगता है।"

"मारा-वारा कुछ नहीं यार...दरअसल, सफलता के नशे में जो समझते हैं सब कुछ प्राप्य है, बस हाथ भर बढ़ाने की देर है उनके साथ ऐसा होता ही है। जिन्दगी की कुछ अच्छी चीजें तो जरूर हाथ लग जाती हैं उन्हें, पर गहरी तृप्ति

देनेवाली बहुत अच्छी एवं शाश्वत चीजें छूट जाती हैं। अपनी दार्शनिकता पर मैं स्वयं ही आत्म-मुग्ध हो उठता हूँ।"

लेकिन शान्तनु था कि बजाय खुश होने के दुखी हो रहा था। मेरा खयाल है कि यदि मैं उससे आठ-नौ साल पूर्व मिला होता तो मैडम के परस्त और परास्त होने की खबर सुनकर शायद एक प्रकार के हिंस्र आनन्द से भर उठता वह लेकिन आज उम्र की पवित्रता ने शायद उसके मन के विराट भाव को जगा दिया था। जिस कारण उसमें से दुर्भावना...द्वेष—सब कुछ बह गया था।

कुछ और जी जुड़ावन बात कर शान्तनु अलग निकल गया था क्योंकि उसकी ट्रेन का समय हो गया था।

एक कसकती पीड़ा लिए जुदा होता हूँ मैं। रास्ते आगे बढ़ते हैं, पर मेरा मन—उमड़-घुमड़कर पीछे की ओर देखने लगता है और जाने कब समय की रेखाएँ पुछ जाती हैं।

आज से करीब पन्द्रह वर्ष पूर्व की वे बातें...वे लम्हें...जब मैंने और शान्तनु ने एक साथ न्यू जेनरेशन ऑफ सॉफ्टवेयर कम्पनी में जूनियर प्रोग्रामर की हैसियत से नौकरी शुरू की थी जिसकी बॉस थी एक लेडी...हम सबकी मैडम।

मैडम बॉस—जिनको हमेशा यह मुगालता रहता कि वे हँसी कि गई, कि चेहरे का कसाव जरा ढीला पड़ा कि कम्पनी का मुनाफा खिसका। चुस्त-दुरुस्त और फटाफट कामयाबी का रास्ता अख्तियार करने वाली मैडम हँसती तो भी गणना करके। मैडम के स्नायुतन्त्र हमेशा तने रहते क्योंकि वे हमेशा तीन चीजों के बारे में सोचतीं—काम, मुनाफा और स्टॉफ की ठोका-पीटी।

सुबह आठ बजते न बजते वे ऑफिस में हाजिर। खुले बाजार की खुली अर्थ-व्यवस्था की तरह मैडम के खुले बाल उड़-उड़कर एकदम पास बैठे स्टॉफ के लिए खासी परेशानी का कारण बनते, पर इन सबसे बेखबर वे कम्प्यूटर के सामने नि:स्तब्ध बैठी प्रोग्रामिंग करती रहतीं। प्राय: सामने जम्फर में बटन की जगह आलपीन खोंसी रहतीं। खाते-खाते भी निगाहें स्क्रीन पर। शुरू-शुरू में कम्पनी के नए-नए बढ़ते मुनाफे और नए-नए बने प्रतिष्ठित ग्राहकों की सूची देखकर आत्ममुग्धा हो वे घंटों उसी की अनुभूति में लिपटी रहतीं।

मैडम के यहाँ वह मेरी और शान्तनु की नई नौकरी थी। इस कारण नई बीवी की ही तरह एकदम शुरू-शुरू में वह नई नौकरी हम दोनों को ही जबर्दस्त आकर्षक लगी थी। दरअसल जिस समय हमारा इंटरव्यू लिया जा रहा था उसी समय 'गए काम से' वाले भाव हमारे मुख पर बादल की तरह छा गए थे। क्योंकि अपने आसपास बिखरी भीड़ को देखकर हमें वही अनुभूति हो रही थी जो किसी विदेशी पॉमेरियन या अलसेशियन के सामने घूमते देशी कुत्ते की होती है। लेकिन मैडम की पारखी निगाहों ने गँवई चोले के भीतर छिपी हमारी प्रतिभा और क्षमता को पहचान लिया था। इस कारण सारी भीड़ को दरकिनार करते हुए अगले दिन ही हमारे पास नियुक्ति पत्र पहुँचा दिए गए थे।

रात-भर मैडम के ही सपने लेते रहे थे हम। 30-32 के आसपास की उम्र। बंगलौर से कम्प्यूटर विज्ञान में एम.टेक. करने के बाद अमेरिका से मास्टर डिग्री हासिल करने वाली मैडम। गोरेपन की ओर उन्मुख गेहुँआ रंग। बुद्धि से दिपदिपाती आँखें। मुसकान ऐसी कि मोनालिसा की मुसकान भी फीकी लगे। मीठे नाक-नक्श। उस रात हम दोनों यही सोच रहे थे कि बस थोड़ा-सा बौद्धिक पैनापन का जो कठोर भाव मैडम के मुख पर बीच-बीच में छा जाता है वही उनके मुख से माइनेस कर दिया जाए तो जिन्दाबाद मैडम! आई लव यू मैडम!

पर दूसरे दिन होते न होते हमारी वह हीर-राँझावाली मैडम हंटरवाली मैडम में तब्दील हो गई थीं। हुआ यूँ कि मैं दूसरे दिन तीन मिनट अट्ठाइ सेकेंड विलम्ब से पहुँचा था और शान्तनु दो मिनट अठावन सेकेंड लेट था। बड़े अरमानों, पूजा-पाठ एवं मनौतियों के उपरान्त मिली नौकरी के हमारे उछलते-उफनते उन्माद पर झाड़ू उस वक्त लग गई जब मैडम ने पहले हमारे जोश-भरे गुड मार्निंग का बिना गर्दन घुमाये ठंडा-सा जवाब दिया और बाद में मिजाज से हमसे पहली बात यही कही कि हम सदैव समय से कम-से-कम पन्द्रह-बीस मिनट पूर्व ऑफिस पहुँचा करें।

"मैडम रास्ता भयंकर जाम था।" अपने उचित समय बोध को दिखाने के उत्साह में जैसे ही मेरे मुँह से यह निकला, मैडम ने दूसरा गोला दागा—"टॉक साफ्ट (धीमे बोलो) यह ऑफिस है।"

और तभी हमने लक्ष्य किया था कि मैडम खुद भी काफी धीमे-धीमे लगभग फुसफुसाते हुए ही बात कर रही थीं जिससे दूसरे स्टॉफ को काम में तनिक भी बाधा न पहुँचे।

बाद में सभी स्टॉफ को मैडम ने अलग-अलग काम सौंपे और सबसे आश्चर्यजनक बात यह थी कि (मैंने अपने जीवन काल में सिर्फ यहीं ऐसा देखा था)। मैडम के यहाँ हर काम लिखित रूप में मिलता था—मैडम के शब्दों में जॉब एसाइनमेंट। और जिस तारीख को वह जॉब एसाइनमेंट खत्म होता उसी दिन हमें मैडम के पास अपनी प्रोग्रामिंग लिस्ट के साथ हाजिरी देनी पड़ती थी। अपने अनुभव से हमने जान लिया था कि प्राय: जॉब एसाइनमेंट में जितना काम दिया जाता वह नियत समय में होनेवाले काम से काफी अधिक रहता। यानी हमें नहीं चाहते हुए भी ऑफिस कार्य के लिए नियत समय से काफी अधिक समय देना पड़ता।

उस दिन एक और लक्ष्य किया था मैंने। मैडम का मशीनों के प्रति अधिक प्रेम। ऑफिस के टाइपिस्ट को टाइपिस्ट कहकर बुलातीं। पिऊन को पिऊन लेकिन अपने कम्प्यूटरों को उन्होंने चम्पा, चमेली, रजनीगन्धा जैसे नाम दे रखे थे। पहले ही दिन जब मुझसे कहा गया चम्पा पर बैठ जाओ तो भौचक्क रह गया था मैं। अपने गाँव में जरूर हम गायों को श्यामा, हीरा, मोती एवं कृष्णा आदि नामों से पुकारते थे और कृष्णा पुकारते ही गायों के झुंड से कृष्णा दौड़ती हुई आ जाती थी। पर यह गायों के प्रति हमारे उसी प्रेम का द्योतक होता जो किसी पारिवारिक सदस्य के लिए होता। क्या करुणामइ मैडम का मशीनों के प्रति यह प्रेम पशु प्रेम का ही विस्तार है? मैं दिन भर यही सोचता रहा था उस दिन लेकिन मेरी गलतफहमी बहुत शीघ्र ही भंग हो गई थी और आनेवाले दिनों में मुझे एक चित्रकार का चित्र अकसर याद आता जिसमें एक आधुनिका की गोद में कुत्ते का बच्चा था और प्रोएम पर अपना बच्चा।

इस बीच पन्द्रह दिन बीतते न बीतते हमारी शक्लें बदल गई थीं। चेहरे पर जंगली घास की तरह बिखरी दाढ़ी, थकान और तनाव से बोझिल हमारे तन-मन और उन सबके बीच मैडम की कड़कती शब्दावली जिसे हमने च्युइंगम की तरह चुभलाना नहीं, बल्कि कैप्सूल की तरह निगलना सीख लिया था।

बीच-बीच में मैडम ने कई बार हमसे बातें की थीं। मैडम की बातचीत का मुख्य एजेंडा यही रहता कि किस प्रकार हम अपने श्रम और ऊर्जा से सरप्लस (अतिरिक्त) को मैडम की कम्पनी की बढ़ोतरी के लिए झोंक सकते हैं।

क्योंकि यदि कम्पनी ऊपर उठेगी तो कम्पनी से लटके-लटके हम भी ऊपर उठेंगे। सच कहूँ तो आइन्स्टीन के सापेक्षवाद सिद्धान्त में उस दिन पहली बार मेरी आस्था जागी थी।

दरअसल जिन्दगी को अंगूर के गुच्छे की तरह तोड़कर उसके रस को आखिरी बूँद तक निचोड़ लेने में विश्वास करनेवाली हमारी मैडम हम सबके फूटते यौवन-ऊर्जा और श्रम की भी आखिरी बूँद तक निचोड़ लेना चाहती थी। इसी कारण पन्द्रह-बीस दिन के भीतर ही सभी नए स्टॉफ के चेहरे छुआरे की तरह सूख गए थे। फिर भी ऑफिस जीवन अभी तक सह्य था क्योंकि प्राय: हर दो-तीन दिनों के अन्तराल पर मैडम बाहर निकल जाया करती थीं। कभी अपने ग्राहकों से मिलने तो कभी किसी कम्पनी में अपने सॉफ्टवेयर के प्रदर्शन के लिए।

मैडम बाहर क्या जाती चूहेदानी में फँसे बन्द चूहे की-सी अनुभूति से हम बाहर निकलते। अपने-अपने घावों को कुत्ते की तरह चाटते सहलाते।

"न खाने की सुध न जीने का ही ढंग। आखिर किसलिए है मैडम को इतनी हाय-हाय।" अपनी भौंडी चकले-सी हथेली को नचा-नचाकर शान्तनु कहता तो हम सब खुलकर हँस पड़ते।

"यू नो, अपनी कम्पनी को ग्लोबल देखना मैडम का सपना है।" योगेश, शान्तनु की जिज्ञासा को शान्त करने की चेष्टा करता। कम्पनी ग्लोबल बनती जा रही है लेकिन खुद मैडम के जीवन की परिधि सिकुड़ते-सिकुड़ते नफे-नुकसान तक ही रह गई है। साधारण व्यक्ति के जीवन की परिधि में भी कम से कम रात की मीठी नींद...एक बच्चे की मुसकान, कुछ फूल और कुछ संगीत रहता ही है। मैं आदतन अकसर किसी दार्शनिक की तरह सोचने लगता।

मैडम का फूल, मुसकान...रात की मीठी नींद सब कुछ उनकी मुनाफा देनेवाली कम्पनी...बात शान्तनु पूरी कर भी नहीं पाया था कि तभी योगेश ने हमें आँख मारकर चुप हो जाने का इशारा किया। योगेश स्टॉफ में सबसे पुराना था। उसी ने हमें बताया कि हम मैडम के पिऊन के सामने कुछ भी बातचीत न करें क्योंकि ये पिऊन मैडम के लिए अच्छी-खासी रडार का काम करते हैं। पीछे में

कौन क्या कर रहा है, किसने फोन घुमाया, कौन कितनी बार बाथरूम गया, कितनी बार हँसा आदि की सारी सूचना सूक्ष्म से सूक्ष्म ब्यौरे के साथ पिऊन मैडम को सरका देते हैं।

बाप रे!...शान्तनु चीख पड़ा था...। पीछे से मैडम का रिमोट कंट्रोल। शान्तनु में एक खासियत थी वह बात का पूरा विश्लेषण करता था। योगेश की चेतावनी को भी नकारते हुए उसने अपनी बात जारी रखी—दरअसल मैडम के इतने शंकालु और आक्रामक होने के पीछे अन्तस की हीन-भावना एवं असुरक्षा की भावना ही कहीं न कहीं है जो भयानक होकर उभरती है। कहीं न कहीं हर कैरियरिस्ट औरत को यही लगता है कि कहीं कोई उसके औरत होने का अनुचित फायदा न उठा ले। इस कारण वे बेवजह आक्रामक, क्रूर और हिंसक हो जाती हैं। और तो और इन्दिरा गांधी की सफलता के पीछे भी उनकी एप्रिहेन्सिब (शंकालु) मन:स्थिति का हाथ बताया जाता है जिसके कारण वे हमेशा सशंक एवं चाक चौबन्द रहतीं एवं अपने ही कैबिनेट के मंत्रियों की खुफियागिरी करवाती रहती थीं।

शान्तनु द्वारा मैडम की मनोवैज्ञानिक चीर-फाड़ में मुझे सचमुच मजा आ रहा था कि तभी मैंने देखा पिऊन जा चुका था। उसके जाते ही योगेश फिर खुलकर मुझसे पूछने लगा—"मेरे को ध्यान से देखकर बताओ कि क्या मैं लगता हूँ पैंतीस वर्षों का...।"

थोड़ा ढीला पड़ता योगेश...आँखों पर खासा मोटा चश्मा। कनपटी पर झाँकते रुपहले बाल। कभी सुन्दर और युवा रहा होगा लेकिन इस ऑफिस के जानलेवा तनाव और अपमान ने उसे उम्र से काफी पहले बुजुर्ग बना दिया था। उसे प्राय: दिन के हर पहर ही मैडम से लताड़े जाते हुए देखा करता था मैं।

एक दिन मैंने देखा कि मैडम के जाते ही वह उस कुर्सी को दनादन मुक्के मार रहा जिस पर मैडम अभी तुरन्त ही विराजी थीं।

"यह क्या कर रहे हो?" मेरे पूछने पर जलती निगाहों से ताका था उसने मेरी ओर। चेहरे की एक-एक रेखाएँ नफरत और द्वेष से अटी-पटी।

"उस जोंक के बुत को पीट रहा हूँ...यदि ऐसा नहीं करूँ तो माथे की नस फट जाएगी। न तो यह नौकरी छोड़ पाता हूँ, न ही यहाँ रह पा रहा हूँ। कुछ रुपयों के बदले ड्राकुला की तरह मेरा खून पी रही है यह औरत।"

हम सबसे बदतर हालत थी योगेश की। सुबह नौ से शाम साढ़े छह बजे तक उसे ऑफिस में रहना पड़ता था। लगातार डेटा एंट्री उसे बेहद थका और उबा देती। बीच-बीच में जब आँखों की जलन असह्य हो जाती तो वह ठंडे पानी के छीटों से आँखों को धोता रहता। कई बार वह बुरी तरह घबड़ा जाता। दिन भर कम्प्यूटर की ओर ताकते रहने से हर वर्ष उसकी आँखों का पावर बढ़ता जाता था। वह अभी तक अविवाहित था। कई बार यह आशंका उसे खा डालती कि कहीं अपने बढ़ते आँखों के पावर एवं तेजी से सफेद होते बालों के चलते वह कुंवारा ही नहीं रह जाए और बीच-बीच में जब उस पर निराशा का दौरा पड़ता तो वह सबके सामने ही बिखर जाता था..."देखना एक दिन मैं भी अपने भाई की तरह कुंवारा और अन्धा ही मर जाऊँगा। बड़े भाई तो टाइपिस्ट थे फिर भी आँखों पर उतना जोर नहीं पड़ता था। मेरा जाने क्या होगा। मशीन का रंगीन स्क्रीन तो मुझे अन्धा बनाकर ही छोड़ेगा।" बोलते-बोलते उसका गला अवरुद्ध हो जाता।

किसी गन्दे नाले के प्रवाह-सा ऑफिस का जीवन इसी प्रकार चलता रहता कि एक छोटी-सी घटना ने मैडम के अनुशासन और ऑफिस के वर्क कल्चर सभी का समीकरण बिगाड़ दिया था। यूँ घटना एकदम नगण्य थी लेकिन कभी-कभी छोटी-सी घटना का प्रभाव भी जीवन के पूरे कैनवास पर पड़ जाता है।

हुआ यह था कि एक दिन जैसे ही हम दोनो ने ऑफिस के प्रांगण में प्रवेश किया, देखा, खूब सजी-धजी मैडम साड़ी में लिपटी, भारतीयता से भरपूर पूर्ण सौन्दर्य। अभी तक हमलोगों ने मैडम को जीन्स और जम्फर में ही देखा था इस कारण अनायास ही नजरें उन पर ठिठक गईं और हमारे इस कदर थोड़े से तबीयत से देखे जाने पर उन्हें कुछ भ्रम हो गया। और बस उसी क्षण से वे बॉस से एक औरत बन गईं और इस वर्ग संघर्ष में सूक्ष्म रूप से सेक्स की लड़ाई भी शामिल हो गई।

बहरहाल उनको सजी-धजी देखकर मैंने सोचा था कि वे बाहर जा रही हैं। लेकिन वे उस दिन कहीं बाहर नहीं जा रही थीं वरन बाहरवाले ही उस दिन अन्दर आ रहे थे। कोलकाता की किसी प्रतिष्ठित ग्रुप की प्रतिष्ठित पत्रिका की कोई रिपोर्टर मैडम के इंटरव्यू के लिए आ रही थी...उसी के लिए यह तैयारी थी।

उस दिन कोई कम्प्यूटर खाली नहीं था। इस कारण मुझे मजबूरन मैडम के चेम्बर में ही बैठकर पेपर वर्क करना पड़ रहा था।

इंटरव्यू लेने वाली रिपोर्टर ने मैडम से कई सवाल पूछे थे...लेकिन जिन सवालों ने मेरी चेतना पर सवालिया चिह्न लगाए थे, इतने वर्षों बाद भी वे हू-ब-हू याद थे।

रिपोर्टर के किसी सवाल पर मैडम संजीदा होकर कह रही थीं..."महिला बॉस को लोग एक्सेप्ट नहीं कर पाते हैं इस कारण स्टॉफ को कंट्रोल करने में अतिरिक्त एनर्जी खपानी पड़ती है।"

"... आपके कोई बच्चे ...?"

"ओह नो! माई कम्पनी इज माई चाइल्ड। माँ जिस प्रकार अपने बढ़ते बच्चे को देखकर खुश होती है उसी प्रकार अपनी कम्पनी को बढ़ते देखकर मैं...आई फील सो फुल..." मैडम चहक रही थीं।

और उसके तुरन्त बाद प्रशासनिक कुशलता के प्रदर्शन-स्वरूप मैडम उस रिपोर्टर को लेकर कम्प्यूटर रूम में आ गई थीं।

और अभी वे अपने भिन्न-भिन्न मॉडल के कम्प्यूटरों एवं अपने द्वारा विकसित किए गए सॉफ्टवेयर के सजीव प्रदर्शन मशीन पर करने जा ही रही थीं कि एकाएक मैडम की आँखों में कुछ गड़ा...मैडम से ठीक साठ डिग्री के कोण पर योगेश बैठा था और उसके कम्प्यूटर की टेबल पर दो-तीन काफी कलात्मक रूप से बनाई हुई कागज की नौकाएँ एवं बैलून रखे हुए थे। पहली बार में तो कुछ समझ में ही नहीं आया मैडम को, दूसरी बार जब ध्यान से उन्हें छूकर देखा तो मैडम की कजरारी आँखें रक्ताभ हो गईं, गुस्से से नथुने फड़कने लगे। अपनी प्रशासनिक क्षमता का साम्राज्य जैसे ढहता नजर आने लगा...'तो इस प्रकार गुलछर्रे उड़ाए जाते हैं...ऑफिस के समय में और पेपर की इस प्रकार बर्बादी की जाती है। मैं सोचती हूँ...सब काम में डूबे रहते हैं...' रिपोर्टर की उपस्थित में ही मैडम लगभग चीख पड़ी थीं।

उधर नौका के साथ सामने खड़ी मैडम को देखकर योगेश यूँ छटपटाया जैसे साक्षात् बोफोर्स तोप का मुँह उसकी ओर घुमा दिया गया हो। मैडम की खौलती आवाज के जवाब में कुछ बोलना भी चाहा तो मुँह से गों गो की निरर्थक ध्वनि के सिवाय कुछ न निकला।

मैडम को उसकी हालत देखकर थोड़ा सन्तोष हुआ इस कारण नौकाएँ उन्होंने योगेश के मुँह पर नहीं मारी। वरन् हम तो समझ बैठे थे कि योगेश की वही हालत होनेवाली है जो शिवाजी के हाथों अफजल खाँ की हुई थी।

योगेश को प्राय: हर दोपहर ही दस-पन्द्रह मिनट के लिए मैं कभी कागज की नौका तो कभी कागज के बैलून बनाते देखता था। दरअसल हम तीनों में वह कुछ-कुछ कवित्वपूर्ण मिजाज का था, जबकि उसका काम था एकदम सौ फीसदी यान्त्रिक। यन्त्र पर लगातार काम करते-करते जब उसे लगता कि वह भी एकदम ही लक्कड़-धक्कड़ बन जाएगा तो उन त्रासद क्षणों में वह कागज की नौका एवं बैलून बनाकर अपने थके और ऊबे हुए तन-मन को सहलाता एवं अपने अन्दर की सारी सृजनात्मकता एवं सौन्दर्य को उन कागजी खिलौनों पर उँड़ेल देता था।

योगेश की नौका ने मैडम के शंकालु मन और भीतर पैठे हीन भाव को भयानकता के साथ उभार दिया था। 'कहीं न कहीं पूरा का पूरा स्टॉफ मुझे औरत समझ झाँसा देर रहा है' की मानसिकता के साथ उसने सभी की खैरियत लेनी जरूरी समझी और तभी उन्हें ध्यान आया कि आज शान्तनु ने अभद्रता के साथ उनकी ओर ताका था और अपना जॉब एसाइन्मेंट भी उन्हें नहीं दिखाया था।

बस किसी शक्तिशाली राष्ट्र के प्रचंड झंडे के समान फड़फड़ाती हुई वे शान्तनु की ओर मुखातिब हुईं तो और भी विचित्र नजारा देखने को मिला। मैडम की चिल्लपों से निर्लिप्त निर्विकार शान्तनु आधा ऊँघता, आधा चेतता धीरे-धीरे की-बोर्ड पर अँगुलियाँ चला रहा था। दरअसल पिछली पूरी रात ही सुख से सो नहीं पाया था वह। एक तो भयंकर उमस और ऊपर से मच्छरों के आक्रमण ने रात को कबूतर के दड़बे जैसे बन्द घर में उसकी नींद ही उचाट कर रख दी थी। उस पर सुबह तबीयत से नहा भी नहीं पाया था। मक्कार मकान मालिक सुबह नौ बजे के पहले पानी ही नहीं चढ़ाता, इस कारण एक लोटे-भर पानी से ही कौआ स्नान कर वह यह जा वह जा।

अधूरी नींद के खुमार में आधा उँघते आधा जागते शान्तनु पर जब नजर पड़ी मैडम की तो मुँह का जायका बिगड़ गया। ऐसी जुगुप्सा से ताका उसकी ओर जैसे वह गली का कोई कुत्ता हो या कोई उचक्का लौंडा-लपाड़ा। एक उनके

पिताश्री थे कि गुस्सा भी उनका अलंकार था। जब गुस्साते तो स्टॉफ तो स्टॉफ गली के कुत्ते तक भौंकना भूल जाते थे और एक वे हैं।

टूट पड़ने की भाषा में फिर गुर्राईं वे...आँखों में सामना करती बिल्ली की सी बिल्लौरी जलन..."ऑफिस को एकदम गवर्मेंट ऑफिस बना रखा है तुम लोगों ने...हर जगह इनडिसिप्लिन..." बात पूरी भी नहीं हो पाई थी कि उनकी धारदार एवं खौलती आवाज की धार को भोथरी बनाते हुए ठीक उसी समय शान्तनु ने एक जोरदार उबासी ली और जब उसे लगा कि इस उबासी की अवधि में शीघ्र ही कमी आने वाली नहीं तो किसी प्रकार बीच उबासी में ही फॉ-फू की भाषा में आँखों में उबासी के फलस्वरूप ऊपर आए पानी और कीच को पोंछते हुए कहने लगा..."आप तो सबुह से ही व्यस्त थीं, नया जॉब एसाइन्मेंट लेता कैसे?" और बोलने के साथ ही उसने बची हुई उबासी पूरी की, उँगुलियाँ चटकाई और गर्दन की जकड़न को दूर करने के लिए गर्दन दाएँ-बाएं घुमाई।

शान्तनु की इस हरकत से नफरत और वितृष्णा का ऐसा दौरा पड़ा मैडम को कि वे क्रोध की भावदशा में चली गईं और मुँह से बिना कुछ कहे लेकिन अपनी बॉडी की भाषा, अपनी भृकुटी, आँखें और चाल की भाषा में ही बहुत कुछ समझाते-धमकाते बुलेट को भी मात करती गति से बाहर निकल गईं।

मैडम के बाहर निकलते ही हम सब सकते में आ गए थे और गहन चिन्तनशील मुद्रा में बैठे सोच रहे थे कि—भूमंडलीकरण के इस दौर में जब भारत की हलचल अमेरिका के शेयर बाजार को कँपा देती है तो अब योगेश की नौका एवं शान्तनु की असभ्य उबासी न जाने क्या गुल खिलाए। क्योंकि भूल जाना या बात को उड़ा देना मैडम की संस्कृति में था नहीं, इस कारण दूसरे दिन ही शान्तनु एवं योगेश को सबक सिखाने के अन्तर्गत दोनों के कामों में बीस प्रतिशत वृद्धि कर दी गई थी। मैडम के गुस्से की पहली गाज गिरने के बाद हमने सोच लिया था कि मैडम का प्रतिशोध इसी बिन्दु पर समाप्त हो जाएगा और उड़ते बादलों की तरह आनेवाले दिनों में उबासी वाली घटना मैडम की स्मृति से धुल-पुँछ जाएगी। लेकिन मैडम ने शान्तनु की उबासी और योगेश की नौका को सायस अपनी स्मृति में जीवित रखा था क्योंकि तीन महीने बाद भी जब वेतन वृद्धि का समय आया तो बाकी सभी स्टॉफ को वेतन वृद्धि दी गई लेकिन योगेश का वेतन यथावत रखा

गया एवं शान्तनु की पदअवनति कर दी गई। इस हरकत से शान्तनु मर्माहत था क्योंकि हम सबमें उसकी आर्थिक स्थिति सबसे अधिक डँवाडोल थी।

उसकी अपमानित अवस्था को देख कई बार मेरे मन में शिक्षा को लेकर ही प्रश्नचिह्न लग जाता। लेनिन का कहना था, शिक्षा यानी चेतना और चेतना आगे जाकर मुक्ति का रास्ता खोलती है। पर मैडम की यह उच्च शिक्षा उन्हें कहाँ से मुक्त कर रही थी? बहरहाल जब शिक्षा और मुक्ति का सम्बन्ध मेरे भेजे में नहीं समाया तो मैंने नीत्से से सान्त्वना पाई कि औरत ईश्वर की दूसरी सबसे बड़ी भूल है।

बाद के दिनों में भी मैडम बीच-बीच में शान्तनु की तरफ ऐसे देखतीं जैसे मध्य युग में कभी नीग्रो या हब्शी की ओर देखा जाता था। भयंकर त्रासदी के दिन थे शान्तनु के लिए। लेकिन ऐसे दिनों में भी उसने आशा नहीं छोड़ी थी। और सदैव ऊँचे और सम्मानित जीवन के लिए प्रयत्नशील रहता था। और ऐसे ही अँधेरे दिनों में से एक दिन उसके लिए मुक्ति का सन्देश लेकर आया।

उसको कहीं दूसरी जगह नौकरी मिल गई थी।

जाते वक्त हम सभी ने मैडम से छुपकर ऑफिस के बाहर खूब भावभीनी विदाई दी थी उसे। जिस दिन वह गया...हम सबको ऐसी अनुभूति हो रही थी जैसे हम सब बाढ़ में डूब रहे हों और एक अकेला वही किनारे लग गया हो।

आनेवाले दस-बारह वर्षों में जीवन के सारे अन्त:स्रोतों को जिस वेग से मैडम ने एक ही दिशा में दौड़ाया था कि तरक्की का ग्राफ बेधड़क आगे बढ़ता गया था लेकिन जीवन की दूसरी बेहतरीन चीजें एक-एक करके छूट गई थीं। उन्हीं दिनों मैडम के पति को मास्को में कन्सलटेंसी मिल गई थी जिसका भी जमकर फायदा लिया था मैडम ने। और देखते ही देखते जापान, जर्मनी और मास्को की प्रतिष्ठित कम्पनियों ने अपने सॉफ्टवेयर के लिए मैडम को आर्डर दे दिए थे। उन्हीं दिनों मैडम ने किसी उच्च प्रोग्रामर से पोस्ट ऑफिस के एकाउंट सिस्टम को नियन्त्रित करने के लिए अद्‌भुत एवं न्यूनतम लागत पर एक भौतिक तकनीकी विकसित की थी—इंटेलीजेंट कार्ड तकनीक। मैडम का विश्वास था कि यह तकनीक उन्हें भारत के कम्प्यूटर के क्षेत्र में एक सार्वजनिक चेहरा बना देगी। जिस दिन मैडम ने तकनीक का प्रदर्शन रिजर्व बैंक के गवर्नर के समक्ष किया, उनके पाँव धरती पर नहीं पड़ रहे थे। मैडम की तकनीक भी स्वीकृत कर

ली गई थी, और अब जबकि मैडम की आँखों में अखबारों में छा जाने एवं उस वर्ष की सर्वाधिक प्रतिभाशाली महिला बनने का सपना झिलमिलाने लगा था कि जबर्दस्त धक्के ने उनके सपनों के लाक्षागृह को धू-धूकर जला डाला था। एक तो कुछेक ही वाणिज्य एवं उद्योग प्रधान अखबारों जैसे—इकॉनामिक टाइम्स, बिजनेस स्टैंडर्ड, फाइनेंशियल एक्सप्रेस में ही 'इंटेलीजेंट कार्ड' तकनीक की प्रशंसा की गई थी, तस्वीरें भी छपी थीं लेकिन कैमरे का सारा फोकस रिजर्व बैंक के गवर्नर एवं संचार विभाग के मंत्री ले गए थे...सिर्फ एक तसवीर में एकदम कोने में किसी धूमिल पड़ी छाया-सी मैडम दिखाई दी थीं और खबरों में भी तकनीक का विवरण ही ज्यादा था। तकनीक विकसित करनेवाले का नाम, सिर्फ एक अखबार को छोड़कर किसी ने नहीं लिखा था। मीडिया के इस रवैये से मैडम काफी विक्षुब्ध थीं। यूँ भी उस तकनीक से आर्थिक दृष्टिकोण से तो विशेष लाभ होनेवाला था नहीं, आकर्षण था तो सिर्फ यशस्वी होने का और जब वह भी हासिल नहीं हुआ तो पहली बार विरक्ति के बीज फूटने लगे थे अपने प्रोफेशन के प्रति। जब मन उदास-उदास और मुर्झाया-सा रहने लगा तो बहुत दिनों बाद पति की याद शिद्दत से आई...और तभी वह जानलेवा खबर मिली कि पति महोदय तब तक अपने आधी उम्र की किसी रशियन महिला से विवाह कर ग्लोबल बन चुके थे। मास्को में बनी अपनी हैसियत का लाभ पति अब भी मैडम को देने को तैयार थे लेकिन खुद भारत आकर मैडम के साथ बसने को तैयार नहीं थे।

पति के बारे में जानकर कई दिनों तक मैडम को भयंकर हिस्टीरिया के दौरे पड़ते रहे थे। तीर्थ यात्रा, साधु संगम, धर्म ग्रन्थों का अध्ययन आदि का सिलसिला भी कुछ दिन चलाया लेकिन प्रखर बौद्धिकता ने धार्मिक संवेदना भी सुखा डाली थी। कभी किसी इनसान के प्यार की ख्वाहिश तो कभी किसी बच्चे की मुसकान की चाह को लेकर कलेजे में एक हूक उठा करती तो कभी गहरी आत्मीयता एवं अन्तरंग बात करने को दिल तड़पता लेकिन दफ्तरी लोग दफ्तरी बातें करते चलते बनते। जिन्दगी के पैंतालीसवें वर्ष में साँय-साँय करते अकेलेपन के क्षणों से गुजरते हुए रह-रहकर यह प्रश्न चीर देता कि जीवन का जो अंश-प्रतिअंश स्वाहा किया...क्या रही उसकी कुल उपलब्धि? उपलब्धियाँ किसलिए? किसी भिखारिन को सड़क पर अपनी गृहस्थी के साथ देखती तो ठिठककर वहीं खड़ी

हो जातीं...मुझसे ज्यादा तो यह सुखी...। आज वक्त को काट नहीं पा रही हैं मैडम, इस कारण पहाड़-सा फैला सूखा निरर्थक वक्त उनको काट रहा है।

मैडम के जीवन के उत्तरार्द्ध की कहानी मैं शान्तनु को पूरी तरह बता नहीं पाया क्योंकि उसकी ट्रेन छूट रही थी। यदि पूरी कहानी वह सुनता तो अवश्य ही मुझसे कहता, देखो कितना सही कहा था मैंने—मैडम के बारे में। हाँ, मुझे अच्छी तरह याद है, जिस दिन वह विदा हुआ था, हमारी कम्पनी से, काफी देर तक हम सड़कों पर घूमते रहे थे। उन्हीं क्षणों में कहा था उसने कि देखना मैडम कभी सुखी नहीं रह पाएँगी यद्यपि उनमें जीवन खूब है लेकिन जीवन की चेतना नहीं है, ये सुखी होना चाहती हैं लेकिन नहीं जानती सुख क्या है। ये दिन-रात काम में लगी रहती हैं लेकिन इनके कर्म दूसरों को छूते तक नहीं।

मैं आज के इन तात्विक क्षणों में, जीवन की खोज के क्षणों में शिद्दत से चाह रहा हूँ कि कभी शान्तनु मुझे फिर मिल जाए तो उससे कह सकूँ कि तुम कितने ठीक थे।

और अन्त में ईशु

विश्वजीत ने मुझे लिखा था—मैडम इस पत्र के साथ एक छोटा-सा पैम्फलेटनुमा निमंत्रण कार्ड भी भेज रहा हूँ। जानता हूँ इसे देखकर आपको दु:ख होगा...मेरा बपतिस्मा—जी मैडम! आगामी रविवार, 20 फरवरी को मैं अपना बपतिस्मा करवाने जा रहा हूँ। पवित्र जल में तीन डुबकी और मैं विश्वजीत चक्रवर्ती, एक साइन्स ग्रेजुएट, खाँटी वैष्णव परिवार का ब्राह्मण...अपने पूरे होश-हवाश के साथ ईसाई बन जाऊँगा।

जानता हूँ—आपकी भौंहें चढ़ गई होंगी...मुँह खुला का खुला रह गया होगा...। धीरे से आपने कहा होगा—अविश्वसनीय!

पर यही यथार्थ है।

मैं यह ईसाई धर्म इसलिए नहीं स्वीकार कर रहा हूँ कि मैं एकाएक किसी बड़ी रोशनी में आ गया हूँ या ईशु के टेन कमांडमेंट्स में मेरी आस्था एकाएक जाग उठी है या ज्ञान का कोई बोधिसत्व मेरे हाथ लग गया है। मैडम, यह सब मैं कृतज्ञतावश कर रहा हूँ...उन लोगों के प्रति जिन्होंने तब मुझे सहारा दिया था, जब मेरे जीवन के सूर्य को पूरी तरह ग्रहण लग चुका था।

याद आ रहा है...कभी ड्रग के अँधेरे में डूबे मेरे वजूद को देख आपने मुझसे कहा था...जीने के लिए ड्रग के सहारे की आवश्यकता उन्हें पड़ती है जिन्हें जीवन से प्यार नहीं होता।

अपने भीतर की लौ को किसी प्रकार जिलाये रखो...देखोगे कि जीवन अपने आप में कितना सुन्दर है, कि जीवन का गौरव अभी भी तुम्हारी प्रतीक्षा कर रहा है।

मैडम, आपकी बातें सुन्दर हैं...अति सुन्दर...पर वे उन्हीं ज़िन्दगियों पर लागू होती हैं जिनकी ज़मीन में फिर भी कुछ नमी, कुछ रंग बचा रहता है। पर जहाँ रेत ही रेत हो...ऐसे रीते रेतीले, रंगहीन जीवन की मार खा-खाकर या तो खत्म हो जाते हैं या कर दिए जाते हैं। ताज्जुब है आप रेंगती, घिसटती जिन्दगियों पर लिखने का दावा करती हैं...मानव की त्रासदी, उसके संघर्ष, स्वप्न और मुक्ति की बात करती हैं...फिर भी आपको हैरत हुई—लोहरदगा के उस आदिवासी परिवार से मिलकर जो एक क्रोसीन की टेबलेट के प्रतिदान में ईसाई बन गया था। जीवन की भयावहता और उसका चरम दारुण और क्या होता है मैडम?...ऐसी ही काली परिस्थितियों में अँखुआते हैं धर्मान्तरण के बीज!

कभी गई हैं आप झुग्गी-झोपड़ियों और बस्तियों के बीच? हावड़ा-सियालदह के प्लेटफार्मों पर? फ्लाईओवर के नीचे बने स्लम के सीलन-भरे अँधेरे तहखानों में? कभी चलिए मेरे साथ, मैं दिखाऊँगा आपको—रिसती-रेंगती अपाहिज ज़िन्दगियाँ...बुढ़ापे को मात करतीं जवानियाँ...माँ के गर्भ से पैदा होता बुढ़ापा। इन्हीं जगहों पर ढेरों-ढेर ऐसे बच्चे हैं जिनका बचपना झुलसा हुआ है। जो नशे के, कुटेवों के और मस्तानों की वासनाओं के शिकार हैं। जिन हाथों में किताब होनी चाहिए उन हाथों में भारी-भरकम झाड़ू हैं। मैंने देखा है मैडम... बड़ी-बड़ी भट्ठियों में झुलसते सुकोमल चेहरे...टाट के पर्दों के पीछे नशेबाज़ों को सामान सर्व करते नन्हें हाथ। 'माल' सर्व करते-करते वे स्वयं भी उसका शिकार हो जाते हैं। ईंट-गारा ढोती कोमल देह। ताज्जुब है मैडम यह मन्दिरों और नदियों का देश है या बाल-श्रमिकों का?

यदि जीवन, मनुष्य की त्रासदी और उसकी नियति से ज़रा भी लगाव है आपको तो आप उन ज़िन्दगियों की कहानी लिखिए जिनकी कभी कोई कहानी नहीं बनती। पर इसके लिए आपको इस त्रस्त, पीड़ित और भटकती हुई मानवता के बीच कुछ दिन गुज़ारने होंगे। सिर्फ ईश्वर में लीन रहने या सिर्फ एक कमजोर एवं दु:खी आत्मा की तरह धर्मान्तरण पर दु:ख करने या चिन्ता करने से बात नहीं बनती।

हमारा एक प्रोजेक्ट है—चिल्ड्रेन ऐट रिस्क। उस प्रोजेक्ट के अन्तर्गत हमने ऐसे ही 250 बीमार, अमानवीय श्रम के शिकार, नशा एवं कुटेव के शिकार 300 बच्चों को फुटपाथों एवं बस्तियों से उठाया है। धीरे-धीरे अब ये बच्चे स्वस्थ हवा में साँस ले रहे हैं। इन्हें घर की आत्मीय उष्णता से परिचित कराने के लिए हमने इनके लिए मिड-वे-होम की भी व्यवस्था की है। इसके अतिरिक्त हार्ड-कोर ड्रग एडिक्ट के लिए डि-टॉक्सीफिकेशन सेंटर भी है। इसके साथ ही स्पीरिचुएल ट्रेनिंग कोर्स एवं वोकेशनल ट्रेनिंग कोर्स भी लिए जा रहे हैं जिससे मन की ताकत पाकर ये फिर नशे की ओर न मुड़ें। मेरा उद्धार इसी डि-टॉक्सीफिकेशन सेंटर में हुआ था।

मैडम, आप इस प्रोजेक्ट के साथ विशेषकर 'चिल्ड्रेन ऐट रिस्क' के साथ अवश्य जुड़ें, तब समझेंगी आप कि जीवन धर्म से कितना भारी पड़ता है। जिस दिन जीवन के तलहट पर खड़ी इन लुंज-पुंज जिन्दगियों को जीवन का गरल पीते अपनी आँखों से देख लेंगी, शर्तिया धर्म का सोमरस आपको बहका नहीं पाएगा।

एक और अनुरोध...इसी पत्र के साथ एक लिफाफा अपने बड़े भाई के नाम भेज रहा हूँ...कृपया यह उन तक पहुँचा दें।

दूसरी दोपहर।

लिफाफे के साथ मैं निकल पड़ी उसके बड़े भाई के यहाँ। रास्ता आगे बढ़ रहा था। पर मैं पीछे जा रही थी। साथ में उँगली पकड़े-पकड़े कुछ बीते सत्य—मेरे सूने मन को ठकठकाते।

बादलों से घिरी वह एक उदास शाम थी जब पहली दफ़ा मैं उसके घर के लिए निकली थी। अँधेरों से घिरी, सँकरी-सी खटर-पटर वाली गली के अन्तिम नुक्कड़ पर था उसका मकान। खोजने में थोड़ा वक्त लगा। पाड़े के एक चायवाले के यहाँ कई बेरोज़गार युवा चाय की चुस्कियों के बीच करिश्मा कपूर की बिलौरी आँखें और उसके लेटेस्ट प्रेम-प्रसंग पर विमर्श कर रहे थे। उन्हीं में से किसी एक से पूछा मैंने—"विश्वजीत कोथाय थाके, बोलते पारो?" (विश्वजीत कहाँ रहता है, बोल सकते हो?) "कौन...बिशु दा...?" एक लड़के ने कहा...और तभी उसकी आवाज को काटती दूसरी तेज आवाज उभरी—"सेई पत्ताखोर?" (बंगाल में हेरोइन या ब्राउन शुगर की एक डोज को एक पत्ता और

उसके सेवन करनेवाले को पत्ताखोर कहते हैं।) और उसने भद्दी हँसी के साथ उँगली दिखा दी।

'पत्ताखोर' शब्द खंजर की तरह सीने में गड़ा। तो अब यही पहचान रह गई है उसकी? दृश्य सत्य ही सत्य है, नेपथ्य के यथार्थ को जानने में किसी की दिलचस्पी नहीं? बहरहाल ...

पुराने जमाने की जंजीर की साँकलवाला एक मंजिला उसका मकान। भुतहा-सा। कुंडी खड़खड़ाई तो सामने उसकी माँ। ठठरी-सी देह। झुकी कमर। चेहरा जैसे झुर्रियों का जंजाल। उदासी और थकान-भरी मोतियाबिन्दी आँखें।

मुझे देखते ही सिकुड़ गई वे आँखें।

विश्वजीत हैं? उन्हीं से मिलना है।

चेहरे की खाल काँपी उनकी। खुले-अधखुले होंठ कँपकपाये। उँगली दिखा दी उन्होंने।

इधर-उधर नज़र घुमाई...सिर्फ खालीपन। एक असीम और कालातीत सन्नाटा पसरा हुआ। जिन्दगी की ऊब और अकेलेपन की ठिठुरन से जकड़ी वह आत्मा कुछ कदम मेरे साथ चली, फिर जाने क्या सोच बुदबुदाती हुई मुड़ गई।

सामने ही एक कमरा। उठकाया हुआ। हल्की-सी दस्तक—एक बार... दो बार...तीन बार। कोई सुनवाई नहीं। आखिर...गली हुई लकड़ीवाले उस दरवाजे की फाँक से मुंडी अन्दर घुसाई—उखड़ी पपड़ियों वाली सीलन-भरी दीवारें चहुँ ओर। सब कुछ रहस्यमय-सा। कहीं गलत कमरा तो नहीं दिखा दिया उस वृद्धा ने—वृद्धावस्था में मस्तिष्क यूँ भी आउट ऑफ आर्डर हो जाता है—सोचती हुई फिर वापस मुड़ी पर आसपास सब वीरान। न कोई इनसान न इनसानी आवाज़। थोड़ी हिम्मत बटोरी और आखिर में दो कदम अन्दर घुसी कि एक ज़बर्दस्त दृश्याघात। ठिठके-ठहरे उस परिवेश में बहता हुआ समय जैसे एक कोने में आकर ठहर गया था सारी खिड़कियाँ बन्द। एक कोने में सिर पर चादर डाले, सिर झुकाए वह बैठा था। अडोल। निस्पन्द। बाएं हाथ में पन्नी, दाएँ हाथ में रखी जलती मोमबत्ती—उस पन्नी को नीचे से हल्का-हल्का ताप देती हुई। पन्नी पर रखा चूर्ण घी की तरह पिघला...फिर धुँआ। उसी धुएँ को स्ट्रॉ की सहायता से समाधिस्थ-सा खींच रहा था वह, जैसे जीवन की साँसें खींच रहा हो।

भय, उत्तेजना, रोमांच और विस्मय की मिली-जुली अनुभूति से मैं जैसे काठ हो गई थी। एक मिनट के लिए वापस लौटना चाही तो कदम उसके गुरुत्वाकर्षण जोन की ओर चुम्बक की तरह खिंचने लगे। मेरी सारी इन्द्रियाँ अकस्मात जाग गई थीं। कनपटी तड़कने लगी। यह तो सुना था कि विशु ड्रग के अन्धेरों में घिर गया है पर इस प्रकार ली जाती है हेरोईन? घर में ही? माँ की उपस्थिति में ही? मैं तो सोचती थी कि हेरोइन को होम्योपैथ की पुड़िया की तरह फाँक लिया जाता होगा।...पर इस प्रकार पन्नी, मोमबत्ती, चूर्ण और स्ट्रा का यह कॉम्बीनेशन? यह ताम-झाम! बाप रे!

वे क्षण जैसे शाश्वत क्षण बन गए थे। सब कुछ थिर था उन क्षणों में... हवा का दबाव...पृथ्वी का घूमना...परिन्दों का उड़ना। मेरी उपस्थिति से बेखबर उन क्षणों में उसकी सारी चेतना उस धुएँ पर केन्द्रित थी। धीरे-धीरे वह धुआँ भी शेष हुआ। उसने सिर उठाया। एक तरफ से अधजली और कड़ी पड़ी उस पन्नी को उसने जमीन पर रखा। मोमबत्ती को यूँ ही जलती हुई छोड़ नशे की तन्द्रिल खुमारी में बहते हुए घुटनों पर सिर रख आँखें मूँद ली और खुद को हवाले कर दिया किसी अनाम हाई-पॉवर सुख के हाथों।

अरे...अरे...यह क्या? मोमबत्ती से चादर में आग लग सकती है...मैं चीख पड़ी। चेतन-अचेतन के सन्धि-बिन्दु पर खड़ा ढहता-बहता वह थोड़ा चौंका। कौन? नशे की खुमारी थोड़ी झड़ी। अधमुँदी आँखों के कपाट एकबारगी खुल गए। रक्ताभ आँखों में पहचान की झिलमिल उभरी। खुमारी की जगह अब वहाँ सकपकाहट और आत्मग्लानि के मिले-जुले भाव थे। उसने हाथ जोड़े और हल्के से हँसा...एक उदास और दरकती हँसी—तो आपने भी आज मुझे देख ही लिया अपने वास्तविक स्वरूप में। अच्छा ही किया। जीवन का यह छुपा आख्यान भी खुला...।

'नहीं, विशु मैंने अच्छा नहीं किया आज यहाँ आकर। ओफ कितना यातनापूर्ण है एक सत्य से दूसरे सत्य पर आरोहण करना...' मैंने उसे कहना चाहा पर मूक रही।

क्षणांश के लिए मन मीलों पीछे दौड़ गया। 1970-72 का वह उफनता नक्सलवादी आन्दोलन। किसी जोशीले समुद्र की तरह ठाठें मारता...हुँकारता विशु...। हार्डकोर नक्सलवादी...पुलिस का प्राइज कैच। शिकारी कुत्तों की तरह जिसके पीछे पड़ गई थी पुलिस। पुलिस से बचते-बचाते एक रात हमारे

यहाँ ठहरा था वह। आँखों में झिलमिलाता एक स्वप्न—आम आदमी की मुक्ति का। मन में दृढ़ संकल्प। हृदय में सिंह साहस।—मैडम, इस उठते ज्वार को अब शायद ही कोई रोक पाएगा। सदियों से दबा-पिसा-कुचला सत्तू खानेवाला यह सर्वहारा वर्ग अब हुँकार भरने लगा है। इन्हें एक आदमी की गरिमा अब देनी ही होगी। आम आदमी की मुक्ति का हमारा यह क्रान्ति स्वप्न...मैडम यही मेरा जीवन सत्य है...इसी के लिए अपने को बूँद-बूँद नि:शेष कर देना चाहता हूँ।

बाद में सुना वह मीसा के अन्तर्गत गिरफ्तार कर लिया गया था। जेल के भी भीतर बनी जेल में रखा गया था उसे...निपट अकेला और थर्ड डिग्री टार्चर...फिर भी पुलिस कुछ भी नहीं उगलवा पाई थी उससे। करीब पाँच साल बाद 1977 में जब जनता पार्टी की सरकार ने सत्ता में आने के बाद सभी नक्सलवादियों को छोड़ दिया था...तभी छूट पाया था वह।

ताज्जुब! काँटों के बीच खिला फूल सेज पर आते ही मुरझा गया था। अमानवीय पुलिस यातनाओं और प्राणों को सुखा डालनेवाले सन्नाटे और दहशत भरी परिस्थितियों में भी जिसका मानसिक सन्तुलन नहीं गड़बड़ाया, जेल से बाहर आते ही गड़बड़ा गया था वह। बदली हुई फिज़ा, हवा और बदला हुआ मौसम उसे तोड़ने लगे थे। एक स्वप्न की ताजा मृत्यु से भी ज्यादा जानलेवा यह अहसास था कि वह फ़िजा, वह हवा ही बदल गई थी जहाँ स्वप्नों की जमीन बनती थी, जहाँ क्रान्ति के फूल फलते-फूलते थे। जहाँ बसकर आँखें स्वप्न देखना सीखती थीं। आधे से अधिक जांबाज कॉमरेड मारे जा चुके थे। जो जीवित रहे गए थे उनकी रीढ़ की हड्डी तोड़ी जा चुकी थी। और जो आने वाली पीढ़ी थी उसका क्रान्ति के नाम से ही मोहभंग हो चुका था। वे फिर अपने सूखे अध्ययन की दुनिया में लौट चुके थे।...पर विश्वजीत? वह ऐसा नहीं कर सका। मानव मुक्ति के महान स्वप्नों के एवरेस्ट पर चढ़ जाने के बाद यह लूलों की सी वापसी? उसका सन्तुलन इस कदर गड़बड़ाया कि किसी प्रति-सृष्टि को रचने का स्वप्न लिए वह चल गया—हेरोईन के अँधेरों के प्रति संसार में...एक नई फैंटेसी की दुनिया में...जहाँ वह वह था जो वह नहीं था। और इस नामुमकिन से लगते सत्य का...एक सीमान्त से दूसरे सीमान्त पर लुढ़कते जीवन का यह चश्मदीद गवाह भी मुझे ही बनना था।

"कहाँ खो गईं मैडम?" अब वह खड़ा हो गया था। दीवार पर ठुकी कील में उसने चद्दर टाँग दी थी। कोने पर रखी स्टूल को खींचकर मुझे उस पर बैठने का आग्रह करने लगा था...।

"तुम्हें नशेबाज के रूप में देखूँगी, कभी सोचा भी न था।..." बोलते-बोलते कंठ अवरुद्ध हो गया था मेरा...एक सम्भावनापूर्ण जीवन का इस प्रकार असमय अवसान!

वह हँसा—एक दरकती हँसी! उदासी का अक्स भी उभरा—"मैडम, आप मेरे एडिक्शन पर दु:खी हैं, पर मुझे तो इस दुनिया में सभी एडिक्ट लगते हैं। किसी को सत्ता का एडिक्शन है, किसी को धर्म का तो किसी को श्रेष्ठता का। देखा नहीं आपने, इन्दिरा मैडम का सत्ता-एडिक्शन! सह नहीं पाईं विद्ड्राअल और लगा दिया इमरजेन्सी।"

"विद्ड्राअल? यह क्या?"

"मैडम धीरे-धीरे आप नशे की इस दुनिया की सारी शब्दावली समझ जाएँगी। विद्ड्राअल का मतलब है जब नशेबाज की डोज का समय हो जाए और उसे डोज नहीं मिले...ओफ! बड़ा भयंकर होता है हेरोईन का विद्ड्राअल...बदन ऐंठने लगता है। जोड़-जोड़ चटकने लगता है। जुबान लॉक हो जाती है...ओफ मैडम एक बार भुगती थी मैंने भी विदड्राअल की यातना...अरे, पैडलर धोखा दे गया...नकली माल थमा गया। जब नीचे से ताप दिया तो 'माल' पिघला ही नहीं...धूपकाठी का पाउडर था। मैडम, विद्ड्राअल में नशेबाज कुछ भी कर सकता है—चोरी, डकैती, खून तक। वह बच्चे के दूध का डब्बा तक बेच सकता है, रोगी की दवाई बेच सकता है। बीवी का जेवर बेच सकता है। साक्षात् श्रीदेवी भी सामने आ जाए तो वह कहेगा...नो, पहले पत्ता।"

कुछ खामोश पल ...। थोड़ा रुककर वह फिर कहने लगा—"लेकिन मैं कुछ दूसरी ही बात कर रहा था...हाँ याद आया। हाँ तो मैडम मैं कह रहा था कि सभ्यता और इतिहास की अधिकांश लड़ाइयों के पीछे यही नशा रहा है—संसार की नम्बर वन ताकत बनने का नशा। मैडम, एक नशेबाज के नशे का तो फिर भी डि-टॉक्सीफिकेशन (नशा मुक्ति के लिए शारीरिक स्तर पर दी जाने वाली

चिकित्सा) करवाया जा सकता है...पर सत्ता, धर्म और श्रेष्ठता-दम्भ का उसका तो कोई डि-टॉक्सीफिकेशन भी नहीं।"

उससे उलझना फिजूल था। इस कारण संवाद की आरोही उठान को व्यक्तिगत ढलान पर लाती हुई मैं फिर बोल पड़ी।

"तो फिर तुम क्यों नहीं करवा लेते अपना डि-टॉक्सीफिकेशन...मुझे बताओ क्या करना होगा, मैं करवाऊँगी तुम्हारा ट्रीटमेंट।"

अनजाने ही मैंने उसकी दुखती रग पर उँगली धर दी थी। वह चुप हो गया था। मैंने फिर झँझोड़ा उसे—"बताओ, किस नर्सिंग होम में होता है डि-टॉक्सीफिकेशन।"

वह जैसे अपने भीतर से बाहर आया। वेदना का समुद्र उसकी आँखों में लहराया। आर्द्र आँखों से मुझे देखते हुए वह बुदबुदाया।

"नहीं मैडम...मुझे ठीक नहीं होना।" पानी भरे बादलों सी भारी-भारी आवाज। जैसे साक्षात वेदना।

"क्या? क्या कह रहे हो तुम? क्यों ठीक नहीं होना चाहते तुम?"

"मैडम, यदि मैं ठीक हो गया तो यह व्यर्थ सा लगता खाली जीवन मुझसे जिया नहीं जाएगा...वे स्वप्न...वे संकल्प...दुनिया को फिर से बनाने के वे महान विचार। मैडम मान लीजिए कि मैं ठीक हो भी गया तो क्या वह समय... वह महान समय मुझे मिल जाएगा...जब देश का सर्वश्रेष्ठ युवा वर्ग सत्य और न्याय के लिए आम आदमी की गरिमा की खातिर पुलिस की गोलियों के सामने सीना तानकर खड़ा हो गया था। मैडम आजाद भारत में भगतसिंह के बाद वह पहली पीढ़ी थी जिसने अँधेरों की दुनिया को रोशन करने के लिए कफ़न सिर से बाँधे थे...मैडम 1969-70 का वह महान इनकलाबी समय जब भारत ही नहीं यूरोप, अमेरिका और फ्रान्स के छात्र एवं युवा वर्ग ने भी अन्याय, राज्य व्यवस्था एवं तानाशाही राजतन्त्र के विरुद्ध आवाज़ उठाई थी। मैडम आज तो लगता है युवा वर्ग विद्रोह की आवाज ही भूल गया है, विरोध की कोई सुगबुगाहट तक नहीं। उसके स्वप्न...जीने के अर्थ...आयाम सब कुछ सिकुड़ गए हैं। ओह, वह वातावरण...वह महान और पवित्र समय...वह युवा वर्ग...सब शेष हो गया मैडम...कुछ नहीं बचा...कुछ भी नहीं। सब उम्मीदें, आशाएँ बांझ हो गई हैं।"

उसकी आँखों में धुँआ था, धुँआ ही धुँआ।

घुटनों के बीच मुँह छुपा लिया था उसने। धीरे-धीरे सुबक रहा था वह। उसकी देह काँप रही थी। उस उदास शाम संसार के सबसे बड़े दुःख को जन्म लेते देखा मैंने और अपने मरे हुए मन के साथ लौट आई।

उसके साढ़े तीन महीने बाद ही फिर हुई दूसरी मुलाकात। घर से फील्ड वर्क के लिए निकल रही थी कि तभी फोन की घंटी बजी। एकदम गिरती-लड़खड़ाती डरी हुई आवाज़—"मैडम, विद्ड्राअल में हूँ...थोड़े पैसे चाहिए...पत्ता खरीदना है... मैडम प्लीज, यदि पत्ता नहीं लिया तो विद्ड्राअल में ही मर जाऊँगा।"

फोन ने नैतिक अन्तर्द्वन्द्व और दुविधा में डाल दिया। क्या करूँ? दूँ...न दूँ? यदि सचमुच ही मर गया तो? सोच रही थी कि वह फिर गिड़गिड़ाया—"मैडम, कुछ बोलिए...मेरी कुछ किताबें हैं...उन्हें ले लीजिए...आप किताबें संग्रह करती हैं।" लगा, जैसे उसकी आत्मा का सत्व पूरी तरह निचुड़ गया है। लगा जैसे वह नहीं मेरी इमारत ही ढह रही है। आँत में जैसे गोला अटक गया था। किसी प्रकार थूक निगलते हुए कहा—

"ठीक है...आ रही हूँ। हाँ अभी तुरन्त।"

बस पकड़कर सीधी उसके यहाँ पहुँची तो फिर अवाक। अलीबाबा की गुफा के खुले दरवाजों की तरह उस घर के सारे कपाट खुले थे...बाहर की साँकल से लेकर निजी कमरे के कपाट तक। डर और आशंका के साथ लगभग उड़ती हुई उसके कमरे तक पहुँची तो मन पर कफ़न ही पड़ गया था। कमरे के कोने में किसी डरे हुए जानवर की तरह भयभीत कछुए की तरह अपने सारे अंगों को अपने भीतर समेटे वह बैठा था। चेहरे पर जंगली घास की तरह बढ़ी दाढ़ी। मुझे देखते ही उसकी बुझी आँखें चिनगारी सी दहकी। दूसरे ही क्षण वह चिनगारी बुझ गई और आँखों के कोटर में अजीब सी दीनता और याचना भर गई..."मैडम बीस रुपये दे दीजिए...बस बीस रुपये—आपको लौटा दूँगा।"

उसके दाँत किटकिटाने लगे थे। मुँह से आती दुर्गन्ध से माथा भन्ना रहा था मेरा। हठात् मुँह से निकल पड़ा—"तुमने अभी तक ब्रश नहीं किया?"

पर बोलने के साथ ही मैं सहम गई थी। वह ताड़नीय नहीं दयनीय था।

उसका चेहरा काला पड़ गया था। कीचड़ और नींद-भरी आँखें और झुक गई थीं। भय, आत्म-ग्लानि और अपमान की लहरों ने जैसे उसे हीनता के सबसे आखिरी पायदान पर ला पटका था। गर्दन की जकड़न को दूर करने के लिए उसने दाएँ-बाएं गर्दन घुमाई, उँगलियाँ चटकाईं, अपने सूखे पपड़ाए होंठों पर जीभ फिराई और थोड़ी दूरी बनाकर कहने लगा वह—"मैडम, बिना पत्ता लिए शरीर कँपकपाने लगा...पानी हाथ में लिया तो करंट मारने लगा...ओह, विद्ड्राअल की यह कोल्ड ट्रकी"...और वह मुँह ढाँपकर सुबकने लगा था।

मैंने जल्दी से दस-दस के तीन नोट उसको पकड़ाये। कई दिन की बढ़ी हुई उसकी दाढ़ी में फिर कुछ आँसू टपके...उसकी एक आँख हँसी दूसरी रो पड़ी। कँपकपाते होंठों से दो शब्द पेड़ की सूखी पत्तियों से झरे—"थैंक यू!"

खुली खिड़की से मैंने बाहर की ओर ताका। पहाड़ी प्रदेश की तरह साँझ के पहले ही साँझ घिर आई थी। बाहर जैसा ही एक सर्वग्रासी अँधेरा अपने भीतर लिए मैं लौट आई थी।

घर लौटकर मैंने उसे दो पंक्ति का एक पत्र लिखा था—'अपने को डिनाई करने की बजाय काश तुमने अपने ईश्वरत्व को पहचाना होता तो जीवन के संस्पर्श से इस प्रकार वंचित नहीं रहते।'

और अब उस दास्तान का यह तीसरा हैरतअंगेज पृष्ठ।

बैठे-बैठे जाने कैसी अस्पष्ट एवं उदास अनुभूतियाँ मन के कोने-कोने को अवसाद से भरने लगीं कि मैं फिर फड़फड़ा उठी—क्या खुले शब्दों में ही लिख दिया है...'धर्मान्तरण?' पर नहीं, उस पर लिखा था—रिसरेक्शन वर्शिप सर्विस—20 फरवरी, रविवार सुबह आठ बजे।

दौड़ती बस और धूम मचाते विचारों के झटके। एक मार्क्सवादी-लेनिनवादी का इस प्रकार रूपान्तरण? मन मानने को तैयार नहीं। यह सचमुच कृतज्ञता ज्ञापन है या ...? और यदि कृतज्ञता है भी तो क्या इस तरह अपनी पहचान...अपनी जड़

को ही बदल देना? जीवन के जाने कितने अनुत्तरित प्रश्नों में से शायद इस प्रश्न को भी अनुत्तरित ही रहना था।

सुबह की नर्म धूप। चहल-पहल और चटक रंगों में नहाया छोटा-सा खूबसूरत लॉन। ताजी कटी घास। वृत्ताकार में सजाए रंग-बिरंगे मौसमी फूलों के छोटे-छोटे गमले एक आन्तरिक घेरा बनाते हुए। घेरे के बाहर पचास-साठ आमंत्रित अतिथि। घेरे के भीतर एक कतार में कुर्सी पर बैठे विश्वजीत और उसके सात साथी—धर्मान्तरण के लिए प्रस्तुत। हवा में लहराता बैनर—इमैनुअल मिनिस्टरीज, कलकत्ता। सैमेरिटैन्स। दूर खड़ी चार-पाँच एम्बुलेन्सनुमा सफेद गाड़ियाँ जिनकी बॉडी पर लाल अक्षरों में लिखा हुआ था—यूरोपियन कम्युनिटी। इधर-उधर नज़र घुमाई—चार-पाँच अंग्रेज महिलाएँ। वे इसी आयोजन के लिए पिछली रात मैनचेस्टर से यहाँ आई थीं। अपने वंश को आगे बढ़ा ले जाने की सफलता में गद्गदायमान। मन ही मन मैंने दाद दी उनकी निगहबानी की—वे भारतीय से बढ़कर भारतीय दिख रही थीं। सिल्क की साड़ी, रंगीन चूड़ियाँ, बिन्दी, कानों में बुन्दे। परम्परा और संस्कृति को प्रवाहमान रखते हुए धर्मान्तरण। आयोजन की शुरुआत में इलेक्ट्रिक गिटार पर एक प्रार्थना गाई गई थी। हवा की लहरियों पर तिरते हुए शब्द मुझ तक पहुँचे—टू गॉड बी दि ग्लोरी ग्रेट थिंग्स ही हैज डन ...।

इसके बाद ईशु की शरण में जानेवाले सभी रिकवरिंग एडिक्ट (सुधरे हुए नशेबाजों) ने एक-एक कर अपना संक्षिप्त आत्म-कथ्य पढ़ा।

सबसे पहले आया राकेश वर्मा जिसे मैंने ध्यान से सुना था और जिसके शब्दों ने मेरी चेतना को झकझोर डाला था। उसने कहना शुरू किया—"ड्रग ने मेरे जीवन को अँधेरों और पाप से भर डाला था। चोरी से लेकर हत्या तक सारे कुकर्म कर चुका था। मुझसे दु:खी होकर पत्नी ने अपना एबॉर्शन करवा डाला...कि इस जाहिल व्यक्ति का गर्भ धारण नहीं करूँगी। मैं आध्यात्मिक रूप से मर चुका था। शैतान मेरी आत्मा मैं बैठा चुका था। एक बार विद्ड्राअल की छटपटाहट में मैंने अपनी माँ की सोने की चार चूड़ियाँ तक बेच डाली थीं। उसके बाद मेरे घर के दरवाजे मेरे लिए बन्द हो चुके थे। अपनी हालत से परेशान अपनी मृत आत्मा और जर्रा-जर्रा बिखरे शरीर के साथ एक शाम मैं चर्च के बाहर बैठा था कि हठात् मैंने सुना...कोई पादरी बाइबिल का सन्देश सुना था—आई गिव

माई ब्लड फॉर योर सिन्स। आई फॉरगिव-ऑल योर सिन्स। मैं तुम्हारे सभी पापों को क्षमा करता हूँ। पहली बार मुझे उन चमत्कृत क्षणों में ईश्वर बोध हुआ। मेरी आँखों से आँसू बहने लगे...तो मुझे माफी मिल सकती है? मेरा भी भविष्य हो सकता है?...बस एक बार कोई मेरे पापों को क्षमा कर दे, मेरा विश्वास कर ले। बस उस दिन से ही...।" और उसके आगे हाथ भावातिरेक में बोल नहीं पाया... हाथ जोड़ वह अपनी जगह बैठ गया था।

दूसरा उम्मीदवार विश्वजीत था। अति संक्षिप्त स्वीकृति उसकी। कुछ इस प्रकार—"जो संस्कृति गिरे हुओं को उठाती है, उन्हें क्षमा करना जानती है, वह चाहे जिस किसी भी कारण से ऐसा करे मैं उस संस्कृति का सम्मान करता हूँ।"

उसके बाद एक-एक करके सभी युवकों ने अपने आत्म-कथ्य पढ़े। अन्त में फिर ईशु स्तुति...बाईबिल पाठ। संस्था के संस्थापक उदयन पारामनि का संक्षिप्त भाषण—"नफरत, घृणा, हिंसा...साम्प्रदायिकता एवं ऊँच-नीच की भावना से जर्जर इस मानवता का अन्तिम शरण-स्थल है—प्रेम, ईशु और सेवा।"

उत्सव की प्रारम्भिक झिलमिल के बाद शुरू हुआ असली आयोजन। ईशु की अदृश्य डोर से बँधकर पूरा कारवाँ उत्साह और उल्लास के साथ मैदान के पिछवाड़े की ओर बढ़ा। वहाँ पाँच बाई चार फीट का पवित्र जल से भरा एक सिमेंट का कुंड था जिसमें कुछ सार्वजनिक स्वीकृतियों के साथ सभी दीक्षार्थियों को तीन बार डुबकी लगाकर ईशु की शरण में जाना था।

जैसे ही विश्वजीत की बारी आई, गिटार पर बंगाली धुन बजने लगी। उदयन पारामनि के साथ विशु भी अब कमर तक भरे पानी के उस हौज में था। भाव-विह्वल हो पारामनि ने कन्धे से पकड़ा उसे और अपने ही साथ तीन डुबकियाँ लगवाईं। कैमरे के फ्लैश चमके। पहले के सब विश्वास...संस्कार... मान्यताएँ पहचान सब उतारी हुई केंचुल की तरह बह गए उस जल में। नए विश्वास... नई मान्यताओं एवं नई आस्थाओं के साथ अपने नए अवतार में अब वह उदयन पारामनि के औपचारिक सवालों का जवाब दे रहा था।

"डू यू एक्सेप्ट क्रिश्चिएनिटि ऑन योर ओन?" (क्या तुम अपनी इच्छा से ईसाईयत स्वीकार करते हो?)

"यस!"

"डू यू एक्सेप्ट क्रिश्चिएनिटि ऐज़ योर सेवियोर?" (क्या तुम ईसाईयत को अपने रक्षक के रूप में स्वीकार करते हो?)

"यस!"

"आमीन!"

आनन्द और सार्थकता की एक नदी उदयन पारामनि की नस-नस में दौड़ रही थी। भावातिरेक में वे कँपकःपाये और अंडे से ताजा फूटे चूजे की तरह बड़ी कोमलता से ताजा-ताजा धर्म भाई बने विश्वजीत को गले से लगाया।

विश्वजीत अब उस हौज के बाहर था।

"इन्हें क्रॉस क्यों नहीं पहनाया गया?" पास खड़ी एक महिला से मैंने पूछा।

"हम लोग प्रोटेस्टेंट हैं...हम क्रॉस नहीं पहनते।" मुस्कराता हुआ जवाब आया।

"अच्छा, पर इनका नाम भी नहीं बदला गया। मैं तो सोच रही थी कि अब इन्हें भी पॉल, मैथ्यू या जोसेफ जैसे नाम दिए जाएँगे।"

"जी, इधर के वर्षों में कानूनी लफड़ाबाजी के चलते बैपटिज़्म को काफी सिम्पलीफाई कर दिया गया है। इसलिए अब नाम नहीं बदले जाते...।"

और वह उठकर विश्वजीत को बधाई देने चली गई थी।

मुझे देख लिया था उसने। छोटे से गमछे से भीगे हुए बालों को पोंछते हुए वह स्वयं ही मेरे पास आया।

मैं असमंजस में—क्या मैं भी बधाई दूँ उसे? आसपास नजरें घुमाईं। सभी आमंत्रित अतिथिगण खाने की मेज पर जा रहे थे।

"चलिए उधर।" जेब से कंघी निकालते हुए कहा उसने।

मैंने मुस्कराने की कोशिश की, कि आँखें डबडबा गईं।

"एक बात पूछूँ?"

"जानता हूँ...आपके कटघरे में हूँ...पूछिए।" अपनी पैनी-पनीली आँखें मुझ पर टिका दी थीं उसने।

"याद है तुम धर्म को अफीम कहते थे...क्या वह नाटक था या आज तुमने जो किया वह नाटक था। ऊपर से मानवतावाद का मुखौटा, पर अपने भीतर के

अंडर ग्राउंड अँधेरे में तुम भी वही निकले...।" गुरिल्ला वार की बजाय अब मैं सीधे हमले पर उतर आई थी।

लहरों की तरह वह तड़पा। मन के बन्द तहखाने में जाने कितनी स्मृतियाँ फड़फड़ाईं। अतीत की राख में दबे जाने किस अधबुझे अंगारे पर जाने कैसे पाँव पड़ गया कि उसकी आँखें छलछला गईं। भीतर उठती आँधी के वेग को थामने के प्रयास में कुछ क्षणों मूक रहा वह...फिर फूट पड़ा—"मैडम कभी महसूसा है आपने मरे हुए स्वप्नों के साथ जीने की कसक को? कभी सुना है आपने उन जिन्दगियों के नि:शब्द क्रन्दन को, अपना अंश-अंश दे चुकने के बाद भी जिनके खाते में नफरत, हिकारत और अविश्वास के सिवाय कुछ हाथ नहीं आता। जानती हैं मैडम, थाने में इंटरोगेशन के दौरान मुझे एस.पी. ने लेनिन की मूर्ति पर थूकने को कहा था, मैं ऐसा नहीं कर पाया, इससे क्रोधित होकर उसने आक्रोश में सिगरेट के जलते टोंटों से मेरा चेहरा दाग दिया था। देखिए ये रहे इसके निशान...। मुझको लिटाकर मेरे शरीर पर रोलर चलवा दिया था...पर उस तसवीर पर मैं थूक नहीं सका क्योंकि वह आस्था मेरी आत्मा से चिपकी थी, पानी में तीन बार डुबकी लगाकर किसी कवच कुंडली की तरह मैं उसे उतारकर किसी को दे नहीं सकता।"

बोलते-बोलते फिर उसने ताका मेरी ओर। मैंने देखा उन आँखों का रंग बदल गया था। जमी बर्फ सी उदासी और सफेदी थी उन आँखों में। एक दीर्घ निश्वास ली उसने और फिर धीरे-धीरे अपने में ही बहने लगा था वह—"मैडम, दिन भर की उड़ान के बाद परिन्दे को भी अपना बसेरा मिल जाता है। बैल भी भर दिन की जुताई के बाद अपने बाड़े में लौट आते हैं। पर मैंने कभी जाना ही नहीं क्या होता है मंजिल की तरफ लौटना। कॉलेज के दिनों में अपने साथियों के साथ एक महान स्वप्न देखता था—आम आदमी को गरिमा देने का। सदियों से होते आए शोषण से उन्हें मुक्ति दिलाने का...और उसके लिए मैंने क्रान्ति का मार्ग अपनाया। क्रान्ति ने मुझसे जीवन माँगा...मैंने जीवन-यौवन की पुकार सब कुछ उसे दे दिया। पर मेरा वह महान स्वप्न कुचल डाला गया। मेरे सारे कॉमरेड्स मार डाले गए। अपने साथियों और उस स्वप्न की मृत्यु को मैं सह नहीं सका...मैं उन दिनों सिर्फ मौत चाहता था...मौत! पर मौत ने मेरा साथ नहीं दिया...साथ दिया हेरोईन ने। यह नशा मुझे कुछ समय के लिए यथार्थ से दूर किसी स्वप्न की छाया

में, किसी फैंटेसी की दुनिया में ले जाता जहाँ मैं या मेरे कॉमरेड्स थे और मेरे स्वप्न थे...वहाँ वह सब था जो मैं चाहता था पर धीरे-धीरे वह फैंटेसी की दुनिया भी शेष हुई...और नशे का विकराल अजगर मेरे वजूद को ही डसने लगा...आपने तो खुद मुझे देखा था मैडम कि मैं किस प्रकार नशे के अँधेरों से घिर गया था। इन लोगों ने ड्रग की अँधेरी सुरंग से मुझे बाहर खींचा। अँधेरे तहखानों में बँटा मेरा मन पहली बार थिर हुआ। मुझे लगा एक खोया हुआ सत्य मुझे वापस मिल रहा है मुझे लगा, इस दुनिया को मैं फिर से तो नहीं बना सकता पर शायद इनकी सहायता से मैं इस दुनिया के ज़हर को थोड़ा कम कर सकूँ...इस विश्वास और उपकार के प्रतिदान में मैंने फिर उन्हें अपना जीवन और शेष बची ऊर्जा देनी चाही...पर इन्हें मेरे जीवन और ऊर्जा को नहीं मेरे धर्म की आवश्यकता थी... मैंने उन्हें अपना धर्म दे दिया...आखिर उपकार का ऋण तो मुझे चुकाना ही था।"

वह चुप हो गया था...जैसे बोलते-बोलते थक गया हो।

"बस आखिरी सवाल...तुमने मुझे यहाँ क्यों बुलाया?"

उसने अपनी निगाहें मुझ पर टिका दीं। उन आँखों में इस बार जल के साथ ज्वाला भी थी।

"इसलिए मैडम कि आप जैसे लोग अपनी संस्कृति और धर्मान्तरण को लेकर बहुत चिन्तित रहते हैं। मिथक, कथाओं, स्वप्न-बिम्बों और देवी-देवताओं की यह उच्च संस्कृति? बहुत गर्व है आपको इस पर। काश, आप त्रिशूल बाँटने की बजाय लोगों के दु:ख बाँट पातीं। काश, आप यह समझ पातीं कि जो संस्कृति गिरे हुए को उठा नहीं सकती, उन्हें क्षमा नहीं कर सकती, पीड़ितों के खून, थूक एवं मवाद से अपना आँचल गन्दा नहीं कर सकती वह धीरे-धीरे खोखली होती जाती है और एक समय आता है जब समय की रेत पर उसके पद-चिह्न मिट जाते हैं।"

उसके आँखों की ज्वाला बढ़ने लगी थी। मैं चुप्पी मार गई थी।

वह सबसे अलग-अलग पूरे वातावरण से असंपृक्त खड़ा था एक ओर। एक घनीभूत उदासी मँडरा रही थी उसके चेहरे पर।

कीड़े

अँधेरे में डूबा और धुएँ में हाँफता महानगर सो गया था...। पर वे अभी तक अर्द्धनिद्रा और अर्द्ध-जागरण के बीच डोल रहे थे। बाहर के शोरगुल और इनसानी आवाज़ों के थिर होते ही उनके भीतर का आर्त्तनाद गहराया। वे बुदबुदाये...मयंक-मयंक। सूनी दीवारों से टकराकर आवाज लौटी। अपनी दरकती काया में थोड़ा और दम भरा उन्होंने...फिर गुहार लगाई—मयंक-मोहित।

अँधेरी रात के थिर सन्नाटे में आवाज दूर तक गूँजी... बाहर से हवा का कोई मस्त झोंका भीतर आया। चेतना की कोई परत उघड़ी। सूखे खेत-सी पथराई उनकी निगाहें दौड़ीं—दूर-दूर तक सब रिक्त। वीरान। जीवन की सारी प्राणवत्ता को सुखा डालनेवाला एक असीम और कालातीत सन्नाटा। पसरा हुआ।

शून्य में एकाएक उभरा—वे निर्वासित और एकाकी हैं। गहन उदासी, ऊब और अकेलेपन की ठिठुरन से अकड़ी अपनी जख्मी आत्मा को सहलाना चाहा उन्होंने पर घनीभूत हताशा और शक्तिहीनता से आँखें तन्द्रिल होने लगीं। उनकी चेतना मन्द पड़ी। वे डूबने लगे।

भीतर धड़कने लगा—स्मृतियों और स्वप्नों का एक विराट और जीवन्त संसार। टाइम और स्पेस की सबसे ऊँची चोटी पर खड़े अब वे बावन वर्षीय अँग्रेज़ी के प्रोफेसर प्रो. वर्मा नहीं

वरन् किंग लियर थे, जो विगत और अनागत के सन्धि बिन्दु पर खड़े इतिहास से बतियाते हुए अपने पुत्रों से पूछ रहे थे—

"बोलो मयंक...कितना चाहते हो तुम मुझे?"

"आकाश जितना अनन्त!" मयंक ने अपने दोनों हाथों को भरपूर फैला दिया था।

"और तुम...मोहित?"

"सागर जितना गहरा ..."

"सच!" हर्ष और उत्साह के देवता की तरह वे मुस्कराये। चिड़ियों की तरह चहचहाये और उड़ते-उड़ते अपने पितृत्व के आकाश में देवत्व की सरहदों को छूने लगे।

दर्द की तीव्र लहरों ने फिर उन्हें अन्तर्मन की अँधेरी गुफा से यथार्थ के धरातल पर ला पटका। करवट बदलनी चाही उन्होंने, पर एक चीख उनके मुँह से निकली। पसलियों के घाव रगड़ खा गए थे...भीतर कीड़े कुलबुलाये...अपने प्राणों के भीतर वे रो पड़े।

सूखी नदी सी निगाहें घड़ी की ओर उठीं—ग्यारह बजकर ग्यारह मिनट। हिसाब चलने लगा—अब इस आखिरी रात के और कितने लम्हें हैं उनके पास—कुल जमा दो घंटे और उनचास मिनट। उसके बाद? सब शून्य...अपनी समस्त पीड़ा के साथ शून्य होते हुए शून्य में विलीन हो जाएँगे वे।

लेकिन तब तक...? मगरमच्छ की तरह जबड़ा खोले सदियों पुराना यह सन्नाटा। घबराकर आँखें मूँद ली उन्होंने। अन्तर्चक्षु गहराए...स्मृतियाँ अपनी पूरी जीवन्तता के साथ धड़क उठी। आश्चर्य...जो स्मृतियाँ वक्त की धूल में जहाँ-तहाँ लिथड़ी पड़ी थीं...आज चलाचली की इस बेला में वे ही स्मृतियाँ जादूगर के रिबन की तरह सर्र-सर्र निकलने लगी थीं।

परियों की कहानियों से मोहक और खूबसूरत शुरूआती दिन वे विवाह के। सम्मोहित वे ...जैसे सम्पूर्ण ब्रह्माण्ड में सिर्फ पत्नी की ही दो कजरारी आँखें हों। चाँदी से दिन और सोने सी रातें। और उन्हीं सोने-सी रातों के दौरान उन्होंने महसूसा—कविता की तरह मोहक लगने वाली पत्नी की मोहकता सदाबहार

रहे—इसके लिए जरूरी है कि उसके व्यक्तित्व को भी निरन्तर तराशा जाए। बस, इसी आत्मबोध के साथ ही वे जुट गए पत्नी को तराशने। पत्नी के अँधेरे संसार में ज्ञान के नित्य नए रोशनदान खोलते वे उसे कभी सूर, तुलसी तो कभी शरतचन्द्र...प्रेमचन्द...विद्यापति आदि की दुनिया में ले जाते। एक शाम देखा... कपड़ों के हिमालय पर माथा थामे बैठी है पत्नी। क्या हुआ? मोटे-मोटे आँसू ढलकाती हुई पत्नी ने इस्त्री की तरफ उँगली उठा दी। बस इतनी सी बात। आकाश की तरह झुक गए वे पत्नी पर। सारे कपड़ों पर इस्त्री। और आनन-फानन में ही फेर दी सारे कपड़ों पर इस्त्री। फिर तो यह हर दिन का रुटीन। बन्द कमरे में पत्नी पुस्तकों के पन्ने पलटती और वे कभी इस्त्री घुमाते...कभी बच्चों की बेबी सिटिंग करते। गहन पीड़ा के इन असह्य क्षणों में भी उन दिनों की स्मृति से मधुर मुसकान फैल गई उनके।

अर्द्ध-मूर्च्छा में फिर बड़बड़ाये वे...नर्स, स्वीच ऑफ। प्लीज स्विच ऑफ! लाईट नहीं सुहाती।

दर्द की एक जबर्दस्त लहर पूरे वेग के साथ फिर उठी। उनके प्राण छटपटाये। वे कराहे और अपनी घावों और मवाद से भरी छाती को हौले-हौले मसलते रहे।

बहुत अकेले और उदास पल...।

चेतन और अचेतन के सन्धि स्थल पर प्रकाश-सा कुछ कौंधा। बन्द पलकों के भीतर महसूसते रहे वे रोशनी के उन हल्के-हल्के घेरों को जो उन क्षणों पर क्षितिज पार से आते हुए लग रहे थे...और उन्हीं घेरों के आलोक में एक बार फिर उनके अन्तर्मन का सौर मंडल अपने समस्त ढूह, गह्वर, घाटियों, सितारों और उल्कापात के साथ धड़क उठा।

खुल जा सिम-सिम की तरह अतीत के बन्द दरवाजे खुलते गए। यादों के पक्षी उड़ने लगे।

ज़िन्दगी का वह गुलाबी काल...जब उदारता और वैभव के साथ ज़िन्दगी के सारे साज एक साथ बज उठे थे। एक मादक उत्तेजना तब ज़िन्दगी में चहुँ ओर व्याप्त थी...। कल-कल पानी की तरह सामने बहते जीवन को जीने और भोगने की।

उसी जीने और भोगने को सम्पूर्णता तक पहुँचाने के लिए हर वर्ष वे गर्मियों में सपरिवार रमणीय स्थलों पर निकल जाया करते थे। कभी मैसूर का वृन्दावन गार्डन तो कभी तीन-तीन समुद्रों का मिलन स्थल कन्याकुमारी। कभी आगरे का ताजमहल तो कभी जयपुर का हवामहल। और गैंगटोक? उसके सौन्दर्य पर तो वे जैसे मंत्र-मुग्ध थे। आकाश को छूती पर्वत-शृंखलाएँ। पाताल तक जाती घाटियाँ। चट्टानें। शिलाएँ। नज़रों की छोर तक फैली सघन हरियाली...और देखते-ही-देखते सब छू-मन्तर। जैसे घुमा दी हो किसी ने जादू की छड़ी।

सब पर बादलों की परत...दूधिया परत। सब कुछ बादलमय। ठगे से देखते रहे वे कि तभी धूप निकली। माया की तरह बादलों का अवगुंठन हट जाता... फिर सब कुछ यथावत।

ज़िन्दगी ने भी क्या ऐसी ही 'सब कुछ' से 'कुछ नहीं' की आँख-मिचौनी नहीं खेली उनके साथ? अभी साढ़े चार महीने पूर्व तक भी क्या किसी को अन्देशा था कि जिन्दगी की बारिश में भीगते इन अधूरे दृश्यों पर यूँ अचानक पर्दा पड़ जाएगा कि ज़िन्दगी के सारे अर्थ, सन्दर्भ, लय-ताल, स्वाद...सभी नि:शेष हो जाएँगे...। कि देखते-देखते उष्ण आत्मीयता से तर-बतर उच्च आदर्शोंवाला उनका वह घर, जिसमें देवता और मनुष्य साथ-साथ निवास करते थे, इस प्रकार आत्मविहीन हो जाएगा कि अपने ही घर में उनका वज़ूद फटे चिथड़े का एक टुकड़ा-भर रह जाएगा।

ज़िन्दगी पर कील क्या इसी प्रकार ठुकती है?

अतीत के जाने किन झरोखों से झाँक गए हिन्दी के प्रोफेसर—प्रो. श्रीकान्त। जब-जब परिवार के जूए में घाणी में बैल की तरह उन्हें पिलते देखते थे, चेता देते थे—'बाँधों न नाव इस ठाँव बन्धु।'

पर क्यों??

क्योंकि—प्रियं त्वाम् रौस्यसि (तुम्हारे प्रिय ही तुम्हें रुलाएँगे।)

किसने कहा?

उपनिषद् ने?

अपनो से मार खाई लहू-लुहान आत्मा! फिर खलबली मची—ओफ, प्रकृति की बेइन्साफी और मार को तो नियतिवाद का दार्शनिक जामा पहना दिया उन्होंने, पर

अपनो की इस नाइन्साफी और मार को किस खाते में डालें वे?

किसमें? किसमें??

प्रश्नों की ठंडी बर्फ़ीली झील और उस पर निरन्तर कुदाल चलाती उनकी चिन्तन धारा।

पर चेतना और चिन्तन का यह सफ़र अधिक तन नहीं पाया। मस्तिष्क की कोशिकाओं पर पड़ते तनाव को और अधिक झेल नहीं पाए वे और सरक गए बन्द पलकों के बीच।

नर्स...अगरबत्ती...इतनी बदबू...ओफ, जी मिचला गया। अर्द्ध सोते और अर्द्ध जागते पलों के बीच आवाजाही करते हुए उन्होंने फिर नर्स को आवाज दी। उनका जी बुरी तरह मिचलाया। लगा, जैसे विश्व के सारे कीड़े एक साथ झपट पड़े हैं उन पर और कुरेद रहे हैं उनके घावों को। असह्य वेदना के बीच खुद को सान्त्वना देनी चाही उन्होंने—देह धरे को दंड है...पर कीड़ों का उत्पात एकाएक बढ़ गया...घाव टीस मारने लगे।

वे कराहे...नर्स पानी।

और तभी उनकी चेतना की एक-एक परत खुलने लगी। भीतर की भूल-भुलैया से वे बाहर हुए। चेत हुआ कि पूर्ण गोपनीयता के तहत आज की इस आखिरी रात नाइट ड्यूटी वाली नर्स को भी सेवा मुक्त कर दिया गया है।

ओह...नो!

उनकी रीढ़ में कम्पन हुआ। मनका-मनका बिखरा मन काँच की तरह चटक उठा। धमनियों में बहता लहू जम गया। जीवन के उच्छिष्ट को लेने से इनकार करते हुए उन्होंने अपने जीवन पर पूर्ण विराम लगाने के लिए विष का इंजेक्शन चाहा ज़रूर था पर बिना नर्स की ये आखिरी जानलेवा घड़ियाँ कटेगीं कैसे? कौन पिलाएगा उन्हें पानी? क्या जल-पिपासा लिए ही दुनिया से कूच करना पड़ेगा उन्हें?

आँखों में उभर आई तरलता को सोखते हुए थकी तवायफ की तरह आँखें मूँद ली उन्होंने। भीतर घूमने लगा ब्रह्माण्ड। उसी तरह पड़े रहे वे...अडोल, अचेत। अपनी शक्तिहीनता से शक्ति बटोरते हुए। स्मृतियों ने फिर फैलाए अपने डैने...आहिस्ता-आहिस्ता। खंडहर में दबे इतिहास की तरह कितना कुछ दबा रहता है, अवचेतन मन में।

जीवन की आभा से दिप-दिप करती वह एक दमकती शाम, जब मयंक ने जन्म लिया था। मयंक...जैसे कोई नन्हा ईश्वर। सौ-सौ सूरज का उजास बिखेर दिया था जिसने जन्म लेकर। जाने कितने नामों से पुकारते थे वे उसे...। शाम होते न होते कॉलेज में भी मन-मयूर झूम उठता। आँखों में लहराने लगता मयंक।

हर पल चहकता, महकता, लहरों की तरह मचलता मयंक जब खिलखिलाता

तो जैसे जीवन का अमृत मिल जाता उन्हें। बाँहों के घेरे में यूँ छिपाकर रखते वे उसे जैसे वह संसार की सबसे अद्भुत नियामत हो और जिससे ईश्वर ने सिर्फ उन्हें ही नवाजा हो।

और जिस दिन मोहित का जन्म हुआ, सीना गज भर का हो गया था उनका। वृद्धावस्था में दोनों तरफ से थामने के लिए दो जोड़ी युवा हाथ। रोमांचित थे वे। जीवन का यह वह जादुई दौर था जब परिवार ही उनके लिए वह सत्य था जिसमें ज्ञान-भाव और व्यवहार के सभी सत्य समा गए थे। जहाँ सारी निजी प्राप्तियाँ, उपलब्धियाँ और महत्वाकांक्षाएँ स्वाहा हो गईं थी। बचा रह गया था बस एक स्वप्न...कैसे भरे जाएँ मयंक और मोहित की ज़िन्दगी में इन्द्रधनुषी रंग? कैसे दिया जाए उनकी लाईफ को एक जबर्दस्त टेक-ऑफ? भारत सरकार ने भी क्या पंचवर्षीय योजनाएँ बनाई होंगी जो उन्होंने बनाई थी मयंक और मोहित के लिए। एकेडेमिक उपलब्धियों के लिए लाइब्रेरी जा-जाकर सारे समाचार-पत्रों से बटोरी गई लेटेस्ट इन्फॉर्मेशन। ऊँची से ऊँची तालीम...महँगी से महँगी कोचिंग। व्यक्तित्व निर्माण के लिए जाने कितने लीडरशिप ट्रेनिंग कोर्स। और इन्हीं सब लन्द-फन्द में फँसा अग्निशिख सा उनका व्यक्तित्व पिछले बीस-बाईस वर्षों से यार-दोस्त, बन्धु-बान्धव, गली-मुहल्ला और पैतृक गाँव के खेत-खलिहान, चौपाल...सब पर कर्फ्यू लगाता, रात-रात तक प्राइवेट ट्यूशन और ट्यूशन की परिधि में सिमटता-सिकुड़ता सिर्फ एक परिवार को रोशन करते-करते ही स्वयं जाने कब फुस्स हो गया था।

ओफ, कितनी तकलीफदेह हैं आत्म-अनुभव और आत्म-अन्वेषण की ये कड़ियाँ। एक सत्य से दूसरे में आरोहण करते उनकी अतीत की चेतना वर्तमान से आ जुड़ी—सद्य:स्मृतियों के दंश फिर लहू-लुहान करने लगे उन्हें।

वही मयंक। उनका खून। उनका अंश। किस प्रकार उनके घावों को आँखें सिकुड़कर देखने, कन्धे उचकाने एवं नाक पर रूमाल रखकर बतियाने जैसी बारीकियों से सम्प्रेषण के नए कीर्तिमान स्थापित करते हुए—'टू हूम इट मे कन्सर्न' के अन्दाज में उन्हें अपने जर्जर हो चुकने का अहसास करा दिया था—पापा, आपको यह घाव, बदबू और कीड़े की यह बीमारी और हमारी ज़िन्दगी की तेज रफ्तार—दोनों के साथ तालमेल बिठाना! ओह, नो! आपकी तरह हम प्रोफेसर नहीं। मल्टीनेशनल कम्पनी की इतनी जिम्मेदार नौकरी...पैसा तो देती है...पर तेल भी पूरा निकाल लेती है। सोचिए पापा, ग्यारह-ग्यारह घंटे की नौकरी के बाद घर में हर वक्त बदबू...मुझे तो डिप्रेशन होने लगा है। स्वप्न में भी मेरी चेतना में कीड़े ही कीड़े रेंगते रहते हैं। परसों वेटर ने मुझे चावल सर्व किया तो मैं खा नहीं पाया...लगा कीड़े रेंग रहे हैं। यदि यही हाल रहा तो मेरे सारे प्रोमोशन्स रुक जाएँगे। दो बित्ते का फ्लैट और आपके घावों से निकलती बदबू...इसलिए टू बी ऑन दि सेफ साइड आपको हॉस्पिटल शिफ्ट कर देते हैं। डॉक्टर तो यूँ कह चुके हैं...बीमारी असाध्य है...अब तो बस वक्त को ठेलना है।

क्या...? जैसे हजार मेगावाट का नंगा तार छू गया हो...संज्ञाहीन से खड़े रहे वे। जैसे अपने घर की जमीन पर नहीं वरन् किसी लावारिस जमीन पर बने किसी दूसरे संसार में खड़े हों। उन्हीं क्षणों उन्होंने अपने शरीर से निकलती बदबू और कीड़ों के साथ ही इस महान् भारतीय परिवार के कोने-कोने से निकलती एक और बदबू और रेंगते कीड़ों को महसूसा—भाव शून्यता की बदबू और मनुष्यत्व को लगे कीड़े।

नाउम्मीदी सी उम्मीद के साथ उन्होंने ताका पत्नी की ओर, शायद वह आगे आए, जिन्दगी के आँसू पोंछने। पर उसने अपने देखने का कोण बदल लिया। विस्फारित नेत्रों से देखते रहे वे पत्नी के इस नए संस्करण को—क्या यह उसी महान् धार्मिक सांस्कृतिक देश हिन्दुस्तान की हिन्दुस्तानी औरत की आत्मा है जो यमराज से लड़-लड़कर पति को मौत के मुँह से बाहर खींच लाई थी?

ख़ैर...आशा के विरुद्ध आशा करते हुए उन्होंने मोहित की ओर ताका... शायद छोटा लाड़ला मोहित विद्रोह का झंडा फहराये कि पापा से उनके घर का बिस्तर न छुड़ाया जाए।

पर वह उठकर चला गया।

उन्होंने दाएँ ताका, बाएं ताका। चारों दिशाओं की ओर ताका...कहीं से बहे आत्मीयता की कोई हल्की-सी फुहार।

पर सब डालडा निकले।

वे काँप गए—अपना ही खून और किस कदर धोखा दे गया।

ओह, किस हादसे में खो बैठा आदमी अपने भीतर का आदमी!

और पहली बार उस दिन हेमलेट की तरह गहरी आत्मानुभूति के साथ यह आवाज उनके भीतर से उठी—टू बी और नॉट टू बी। अपने जीवन-स्वप्न को रौंदते हुए उन्होंने कहा—नॉट टू बी। और अनासक्ति की गाढ़ी स्याही से जिन्दगी के माथे पर लिख दिया—'एक्सपायर्ड'।

मध्य रात्रि का भुतैला आलोक। सायं-सायं करती दीवारें। काल की ओर ले जाती टिक्-टिक् करती घड़ी। ज़र्रा-ज़र्रा बिखरी अपनी देह को ढोते हुए उन्होंने फिर हिसाब लगाया—एक घंटा और कुछ मिनट। काल के प्रवाह में बहते असंख्य क्षणों में से बस कुछ लम्हों की धरोहर और है उनके पास...क्या लम्हों का यह गणित ही जिन्दगी है? क्या है जिन्दगी?? ह्वाट इज लाईफ?? किसी तत्त्वाचिंतक की तरह सोचते रहे वे और देखते रहे—जुआरी की तरह नीलाम होती अपनी देह।

गहराती रात के उन क्षणों सब कुछ स्थिर था—समय, नक्षत्रों की गति, हवा का दबाव और पृथ्वी का गुरुत्वाकर्षण। सिर्फ कहीं गति और हाहाकार था तो उनके भीतर। उन्होंने चाहा कि आनेवाले कुछ समय तक वे अपना ध्यान प्रकृति, सत्य और सौन्दर्य जैसी चीज़ों की ओर केन्द्रित कर रखें जिससे पूर्ण शान्ति और गरिमापूर्वक किसी योगी की सी निस्संगता के साथ निर्भीक होकर मुक्ति के समारोह की तरह मृत्यु का वरण कर सकें। पर परिवार की सम्वेदनहीनता और कृतघ्रता उनकी चेतन में इस कदर कुंडली मारकर धँसी हुई थी कि चाहकर भी वे उससे उबर नहीं सके। ठिठके ठहरे उस परिवेश में ग्यारह वर्ष पूर्व का अतीत का वह टुकड़ा जो उड़ते-उड़ते कभी किसी वनपाखी-सा ओझल हो चुका था, आज एकान्त की इन घड़ियों में फिर किसी पारदर्शी झरन-सा बहने लगा।

खुशियों से लदा एक और चमकता दिन...जब मयंक को खड़गपुर आई आई टी में दाखिला मिल गया था। नेपोलियन बोनापार्ट की तरह गर्दन तन गई

थी उनकी। मूँछ पर ताव देते हुए जाने कब तक देखते रहे थे वे उस भव्य इमारत को जिस पर लिखा था—इंडियन इन्स्टीट्यूट ऑफ टेक्नॉलॉजी—डेडीकेटेड टू दि सर्विस ऑफ दि नेशन।

और उसके तीन दिन बाद ही जब मोहित को लगातार तीसरी बार मलेरिया ने आ घेरा तो रुह काँप गई थी उनकी—क्या बचाकर रख पाएँगे वे इस खूबसूरत कविता को? उसके गिरते स्वास्थ्य की खातिर उन्होंने उसे शहर के प्रदूषण से दूर पहाड़ी इलाके के बोर्डिंग में रखा जिसका खर्च उठाने के लिए छह वर्षों तक उन्हें नाईट कॉलेज में पार्ट टाईम नौकरी करनी पड़ी थी। वही मोहित...स्मृतियों के काल-पत्र में खंजर की तरह गड़ गई वह शाम जब मोहित ने उनके पितृत्व को नकारते हुए किस प्रकार कितनी तल्खी से उन्हें परिवार के लिए व्यर्थ हो चुकने का अहसास करा दिया था। इस तरह घिसटती जिन्दगी? कितनी पीड़ा... छटपटाहट। माँ हर पल के इस मरण से तो कहीं अच्छा है जैनियों की तरह संथारा ले लेना...आहार-पानी त्याग धर्मपूर्वक जीवन का स्वैच्छिक अन्त। दरवाजे की ओट में उन्होंने सुना।

वे हाहाकार कर उठे...ये ही हैं उनके अंश? उन्हें जीवित मुर्दा हो चुकने का अहसास करानेवाले? एक वे थे, छह साल तक पिता का टट्टी-पेशाब उठाया। कई बार लकवाग्रस्त पिता जोर नहीं लगा पाते थे...तो उँगली डालकर...पर चेहरे पर कभी शिकन तक नहीं आई। ओह, किन हताशा और पराजय के क्षणों में जन्म दिया था तुम्हें? या फिर यह भ्रष्ट समय का देवता ही है जिसने आत्मविहीन कर भावशून्य रोबोट में बदल दिया है तुम्हें?

और पत्नी...क्या यह वही पत्नी है जो कभी उनकी गीता, वेदान्त और विवेकानन्द की किताबों को छिपा देती थी कि कहीं उन किताबों के प्रभाव से वे सन्यासी न हो जाएँ और आज जब उन्हें सचमुच संसार छोड़ने को कहा जा रहा है तो उसने एक बार भी पुत्रों का प्रतिवाद नहीं किया...उन्हें आश्वासन तक नहीं दिया कि...नहीं, हम जीवन के अँधेरों को बाँट लेंगे।

मानसिक यन्त्रणा के असह्य क्षण।...आत्मा के अंडरग्राउंड अँधेरे में घूमती हुई सुई फिर पत्नी पर...यू टू ब्रूटस!

वह जो अपनी भुवनमोहिनी मुसकान के साथ उनकी हर पीड़ा हर लेती थी, वक्त का मुखड़ा देख वह कैसे बदल गई? घावों की बीमारी उन्हें हुई थी... कीड़े उनके घावों को कुरेद रहे थे...बदबू उनकी देह मार रही थी...पर पत्नी के जींस क्यों बदले? भविष्यहीनता का डर? असुरक्षा बोध? या कि पुत्रों के साथ सम्बन्ध बिगड़ जाने पर इतना डर कि हीर राँझा सरीखी पत्नी प्रेम के सारे मंत्र भूल बात-बात पर बाघिन की तरह गुर्राने लगी थी—ड्राइंग रूम की तरफ मत जाओ...पाहुने बैठे हैं। अगरबत्ती क्यों बुझा दी? वाह, तुम्हारी ही बदबू और तुम्हें ही धुँआ लगता है? अलग टीवी चाहिए...खुशबूवाले फूल चाहिए...? चाहिए तो बहुत कुछ...पर बहू-बेटों के सामने कितना हाथ पसारूँ ? क्या कहा—उमंग को बुला दूँ...जरा समझा करो...बहू ने मना कर दिया है...इधर आने से।

विस्फारित नेत्रों से देखते रहे वे पत्नी के इस नए अवतार को जो उन्हें जिन्दगी का नया पाठ पढ़ा रही थी कि अब उन्हें घर का मालिक नहीं वरन् बैल बनकर रहना चाहिए।

वे फिर भुनभुनाये। पसलियों पर खुजलाहट हुई जैसे कोई कीड़ा रेंग रहा हो। बड़ी मुश्किल से दाएँ हाथ की हथेलियों से पसलियों को सहलाया तो हथेली चिपचिपा गई। खून, मवाद और बदबू से भरी अपनी हथेली देख वे घिना उठे—क्या यही जीवन है जिसके लिए इतना असत्य भाषण...इतनी हाय-हाय, इतना खून-खराबा, इतनी धोखाधड़ी?

इसके बावजूद क्या बचाया जा सकता है इसे??

ओह...यह सारी प्रगति व विकास और टेक्नॉलॉजी की चकाचौंध...सब शून्य है यदि हम मनुष्य के जीवन को कीड़ों से नहीं बचा पाए।

जाने कब तक सोचते रहते वे कि तभी उनकी चिन्ता शिथिल पड़ी। उनकी घबड़ाहट और कँपकपी एकाएक बढ़ गई। कनपटी तड़कने लगी। यह क्या हुआ...? और तभी उन्हें खयाल आया कि आज नाईट नर्स नहीं तो नींद की गोली भी नहीं मिलेगी उन्हें...शायद इसी कारण हो इतनी छटपटाहट और बेचैनी।

बिना नींद की गोली के रात?

हहराते रेगिस्तान में उम्मीद का आखिरी घड़ा भी टूट गया हो जैसे। एक दीर्घ नि:श्वास उनके मुँह से निकली। और एक मरियल सी इच्छा मन में जागी कि

काश मिल जाती एक प्याली घर की बनी चाय तो शायद यह कँपकपी कुछ काबू में आती। ख़ैर...कँपकपी पर काबू पाने के लिए सिर पर घर्र-घर्र घूमते पंखे को बन्द करना चाहा उन्होंने पर उठने में असमर्थ वे एकटक घूरते रहे उस गतिमान पंखे को और घूमते पंखे के साथ समय और स्थान के अन्तराल को पारकर जाने कब वे पहुँच गए इतिहास के उस कालखंड में जब कोलकाता महानगर में लोडशेडिंग बहुत होती थी। तीन-तीन, चार-चार घंटों की सुदीर्घ लोडशेडिंग और मयंक था कि गर्मी एकदम भी सहन नहीं कर पाता था।

कॉलेज से आते ही सीधे लालटेन के उजाले में वे उसे हवा करने बैठ जाते थे। हवा करते-करते ही चाय-नाश्ता करते...इस प्रक्रिया में जरा भी हाथ शिथिल पड़ते कि वह कुनमुनाने लगता। आज कल्पना में उस निरीह, कुनमुनाते और उन पर आश्रित मयंक को स्मरण कर हठात् कोमल-कोमल फिर उनके मन में कुछ उगा। मन का पक्षी फड़फड़ाया...काश, आखिरी बार जी-भर देख पाते वे मयंक को। उनके विचार पलटने लगे—कौन जाने वे ही चूक गए हों अपने बच्चों को संस्कार देने में। बच्चे तो गीली माटी थे, उन्हें गढ़ा तो उन्होंने ही था... काश, जितनी मेहनत उन्होंने उसे इंजीनियर बनाने में की थी, उसका शतांश भी उसे अच्छा इनसान बनाने में करते। अपराध बोध के इस अहसास के साथ ही वे छटपटा उठे। काश, एक बार मयंक के सिर पर हाथ फेरकर वे उसे जिन्दगी का यह आखिरी भेद दे पाते।

बर्फ-सी जमी उदासी और व्याकुलता के साथ उन्होंने घड़ी देखी...आँखे पारे सी चमकी—अब भी तैंतीस मिनट थे उनके हाथ में। वे थोड़ा हुलसित हुए... शायद देख पाएँ वे अपने मयंक को कि तभी आधी रात में अचानक आई बरसात की तरह रात की मनहूसियत को गहराती बिल्ली के रोने की आवाज गूँजी—कौन जाने वह स्वयं ही मना कर दे आने से? हे भगवान्...क्या मृत्यु की यातनापूर्ण घड़ियाँ अनुमान से ज्यादा लम्बी खिचेंगी??

वे कँपकपाये...भीतरघात लगाए बैठा आतंक डैने फैलाने लगा।

उन्होंने चाहा कि समय की इस दहशत और भयावहता को हल्का करने के लिए संसार की असारता के कुछ गीत गाएँ...पर संत्रस्त आत्मा...मुँह से खर्र-खर्र के अलावा कुछ भी न निकला। एकाएक तलब उठी—काश, मीरा, कबीर या तुलसी का कोई भजन ही सुन पाते तो इन जानलेवा घड़ियों में कुछ राहत मिलती।

वे दु:खी हुए यह सोचकर कि घर में इतने लोग पर किसी ने नहीं सोचा कि मरण-यामिनी की ये नाजुक काल घड़ियाँ किसके सहारे गुजारेंगे वे।

उड़ते बादलों की तरह खयाल आया...फोन! हाथ आगे बढ़ाया तो फोन डेड। ध्यान आया, गोपनीयता के पुख्ता इन्तजाम के तहत उन्हीं की स्वीकृति से फोन लाईन भी डिसकनेक्ट कर दी गई थी। ओह, क्या स्वयं ही मर्सी-किलिंग का सुझाव देकर और स्वयं को इस प्रकार निहत्थाकर कोई भूल की उन्होंने।

भागते-दौड़ते और पागल कर देनेवाले विचारों के शोर से बचने के लिए उन्होंने फिर अपनी आन्तरिक शक्तियाँ बटोरी। कच्चे पड़ते अपने घायल मन को सहलाया और शान्ति की चाह में आँखें मूँदें उतर गए अपने भीतर की गहरी बावड़ी में उस चीज को तलाशने के लिए जो महाप्रयाण के इन असाधारण क्षणों में उन्हें भयभीत और असंयमित कर परिवार और जीवन के प्रति आसक्त बना रही थी।

बड़ी देर तक वे अपने चैतन्य और अन्तरात्मा से संवाद करते रहे। आत्मा की परतों को छीलते रहे। उन्हीं विरल क्षणों जैसे किसी अज्ञात शक्ति ने सम्यक ज्ञान का कोई बोधिसत्व उनके हाथों में धर दिया और चौंककर जैसे उन्होंने स्वयं से ही प्रतिप्रश्न किया—क्या मेरी आत्मा का सत्व पूरी तरह निचुड़ गया है जो महाप्रयाण के इन पवित्र क्षणों में जिन्दगी से चिपकता जा रहा हूँ मैं, किस अलभ्य और अप्राप्य के लिए? किसी शिशु की मानिन्द उन्होंने कच्ची पड़ती अपनी आन्तरिक शक्तियों को जगाया—भाई, थोड़ा काबू...जरा सोचो, क्या होगा बीती गरमाहटवाले इस थके और कीड़े लगे ठूँठ से शरीर को बचाकर? क्या यह भी अपने घावों से निकलते कीड़ों की तरह रीढ़-विहीन कीड़ा बन जाना नहीं है? नहीं, यह जीवन से प्यार नहीं वरन् जीवन से किसी रोगी की तरह...जोंक की तरह चिपक जाना है। क्या लिखा था गीता में—आत्मा अजर है, अमर है, तो फिर शरीर के इस चोले से इतना मोह क्यों??

उन्होंने चाहा कि वे उस क्षण तक डूब जाएँ जहाँ जीवन-मृत्यु, चेतन-अचेतन, जीवत्व-ईश्वरत्व, मन-आत्मा-देह सब एकाकार हो जाए। सारी विभाजित रेखाएँ मिट जाएँ। रह जाए विशुद्ध चेतना और तब सारी सांसारिकता से ऊपर उठकर मन सिर्फ परम् शान्ति, परम सत्ता, सत्य, सौन्दर्य और प्रार्थना को छूने लगे। पर ऐसा कुछ भी न हो सका। किसी अभिशप्त योगी की तरह उनकी

एकाग्रता में बाधाएँ आती रहीं। पत्तल-पत्तल बँटा जटिल एवं रहस्यमय मन फिर जाकर टकराया—आदिकाल से चले आए इस शाश्वत प्रश्न से—क्यों मेरे जीवन की रेत पर अन्तिम समय सिर्फ कैक्टस और काँटे ही उगे? क्यों??

भीतर से जैसे आई कोई आवाज—क्या किया तुमने मानव मुक्ति के लिए? चित्रकार की इस कलाकृति में क्या योगदान है तुम्हारा? जानते हो क्या कहा था श्रीकृष्ण ने अर्जुन से—जो अपना सारा कमाया आप खाता है, वह पाप खाता है। काश, जीवन के इस मैनुअल को जीवन रहते पढ़ पाते तुम!

जैसे उड़ते-उड़ते पाखी के पंख एकाएक टूट जाए। उनके भागते-दौड़ते विचार एकाएक थम गए। शरीर का जोड़-जोड़ असह्य वेदना से चटक उठा। अपने दरकते प्राणों के अंश-अंश से वे कराह उठे। बस चन्द मिनटों का जीवन संग्राम और...फिर सब शान्त...जीवात्मा विराट की ओर। वे स्वयं को सान्त्वना देने लगे कि तभी दरवाजे पर हल्की-सी खड़खड़ाहट हुई। क्या...आ गए डा. सेन उन्हें ज़हर का इन्जेक्शन देने? वे जड़ हो गए। अन्तर्मन का धरातल डोल उठा। पर अभी तो पन्द्रह मिनट देर है, तो क्या डा. सेन पर भी उनकी जिन्दगी भारी पड़ने लगी कि वे भी निर्धारित समय से पूर्व ही चले आए? खैर...लो, मातृभूमि मेरा अन्तिम प्रणाम! अफसोस, तुम्हारे लिए कुछ कर न सका। भाई-बहन...प्रणाम। तुम्हें कुछ दे न सका। मित्रों, दोस्तों...अन्तिम सलाम। तुम्हारे ऋण लेकर चला। जुड़े हाथों, फड़फड़ाते होंठ और मोम की तरह टप-टप टपकते गरम आँसुओं के साथ उन्होंने सबसे मानसिक विदा ली।

दस-बीस-पच्चीस-पचास सेकेंड गुज़र गए और तब तक भी कोई भीतर नहीं घुसा तब जाकर जर्रा-जर्रा बिखरा उनका वजूद थोड़ा सँभला...कि वह हवा का कोई झोंका था जो महाप्रयाण के इन उजड़े अनाथ क्षणों में सहलाने आया था उन्हें।

उन्होंने कहना चाहा—मेरे देश की अनुराग भरी हवाओं, बहो, बहती रहो... तुम्हारा प्राण तत्त्व कभी नष्ट नहीं होगा क्योंकि तुम जन-जन के लिए बहती हो।

पर वे कह नहीं सके। डॉ. सेन के आने के भ्रम से धड़कनों का वोल्टाज जो उछला, प्राणों में कम्पन जो शुरू हुआ वह फिर सम पर न आ सकता। आँधी में उड़ते पत्ते की तरह वे थरथराते रहे और क्षण-क्षण का गणित साधते रहे कि

अब उनके पास पन्द्रह भी नहीं, कुल साढ़े बारह मिनट बचे हैं, इसमें वे जो चाहें सोच लें, जिन्हें चाहें स्मरण कर लें। हठात् शून्य में दिवंगत माता-पिता की छवि उभरी...उन्होंने बरसती आँखों एवं जुड़े हाथों के साथ पूरी कृतज्ञता और श्रद्धा से उन्हें मानसिक नमन किया—जीवन में जो कुछ भी मिला, तुम्हीं दोनों से मिला। इसके साथ ही भावनाओं के आवेग, उस असाधारण समय की उत्तेजना और स्नायुतन्त्र पर पड़ते जबर्दस्त तनाव के कारण उन्हें जोर से पेशाब की हाजत हुई। वे मनाने लगे—चन्द मिनटों की मोहलत और दे दो प्रभु, जिससे अपने जीवत्व को ईश्वरत्व में विलीन करने के पूर्व इस धरती पर वे गन्दगी न फैलाएँ। पर प्रकृति का आह्वान भी रुक सकता है कभी? एक महीन सी धार और कुछ ही देर में पूरी चादर तर-बतर।

वेदना की गहरी झील उनके भीतर झिलमिलाई। आसमान से जाने कितने तारे टूटे। क्या ऐसी ही मौत चाही थी उन्होंने? प्यास से आकुल कंठ, घर की बनी एक प्याली चाय की अदम्य बेताबी, पेशाब से भीगे कपड़े और ललाट पर रिसता पसीना...न पोंछनेवाले कोई हाथ...न आसपास कोई इनसानी आवाज। एक हूक भीतर की गहराइयों से उठी। और अन्तिम बार बाणों से बिद्ध किसी पक्षी की तरह छटपटाते और मरते हुए उन्होंने अपने शरीर को देखा। वे प्रो. वर्मा जो पृथ्वी पर अपने होने के गर्व से पुलकित रहते थे, जिन्हें जीवन से इतना प्यार था कि जीने का आनन्द ही जिनके लिए जीवन का आधार था...आज किस प्रकार जिन्दगी के हाथों पराजित हो रहे थे।

'शायद यही मेरा प्रारब्ध था' और स्वयं को अनन्त के हाथों सौंपने की पुरजोर मानसिक तैयारी के तहत उन्होंने अपने माथे के नीचे लगा तकिया हटा दिया (जिससे उनके प्राण आसानी से निकल सके) और मन ही मन बुदबुदाने लगे...'राजा-राणा छत्रपति, हाथी के सवार। मरना सबको एक दिन, अपनी-अपनी बार।'

और तभी...अँधेरे में डोलती किसी छाया की तरह नाक में मास्क, हाथों में दस्ताने और नीले रंग की सफारी में ढके डॉ. सेन ने एंट्री मारी।

आसमान का अन्तिम तारा भी तब टूटा। घूमती हुई पृथ्वी रुक गई। क्षण की उस महाचेतना से अभिभूत प्रो. वर्मा के रोंगटे खड़े हो गए। साँस थम गई। पर दूसरे ही क्षण...अपनी थरथराहट...ठिठुरन और मौत के भय पर वीरतापूर्वक

विजय पाते हुए उन्होंने उस मृत्यु को प्रणाम किया। सम्पूर्णता के प्रतीक ईश्वर को माथा नवाया...तेरा तुझको अर्पण और अपने जीवत्व को ईश्वरत्व में विलीन करते हुए सुनते रहे वे...महाकाल की दबी-दबी पदचाप और महसूसते रहे वे आती हुई भूरी-भूरी मृत्यु और डूबती रोशनी में डूबती अपनी जान को।

आप जरूर जानना चाहेंगे कि कहानी के सेकेंड सेशन में क्या हुआ? उनके घरवालों के लिए वह रात कितनी कालिमा या भविष्य की लालिमा लिए उतरी? वह काली रात—जिसमें प्रो. वर्मा ने स्वयं आगे बढ़कर मृत्यु का वरण करना चाहा।

घरवाले बेचैन रहे...उनकी पत्नी स्वयं को दिलासा दिलाती रही...यही ठीक था...इस कठोर यातना से मुक्ति। आधी रात तक घरवाले आँखें चुराते अपने-अपने अपराधी मन के अँधेरे कोने में लटके रहे। और जैसे ही घड़ी ने दो बजाये... एक जीवन को घर के प्रत्येक सदस्य ने अपनी-अपनी कल्पना के स्क्रीन पर फक से बुझते देखा।

भोर होते न होते घरवाले फोन से चिपककर बैठ गए थे...जाने कब हॉस्पिटल से खबर आ जाए...'सारी, योर पेशेंट हैज पास्ड अवे' पर फोन था कि एकदम मूक।

आखिर अधीर होकर घरवालों ने डॉ. सेन को फोन किया। डॉ. सेन ने फिर उन्हें आश्वस्त किया—"हैव पेशन्स, खबर आ जाएगी...जी, पूरे चार घंटे तेरह मिनट हुए हैं...उन्हें दिए।"

आखिरकार...बजते-बजते सुबह के साढ़े सात बज गए पर प्रो. वर्मा की मृत्यु का समाचार नहीं आया। बौखलाये मयंक और मोहित चाय देने के बहाने खाली थर्मस झुलाते हुए जब पहुँचे उनके कमरे में तो स्तब्ध! भौचक्क! जिन्हें सिर से पाँव तक सफेद चादर में लिपटा देखने की कल्पना करते आए थे, वे बैठे हुए थे। किसी ऋषि की तरह शान्त। ज़हर के इन्जेक्शन ने उनके शरीर के सारे कीड़ों को मार गिराया था और मरे हुए कीड़े छितरे चावल के दानों की तरह बिस्तर पर बिखरे पड़े थे। और कीड़ों के मरते ही उनके आधे से अधिक घाव सूख गए थे।

भौचक्के पुत्र यथार्थ में लौटे। अन्तरात्मा में हलचल मची—पिता के बच जाने पर खुशी व्यक्त की और अपने साथ चलने का आग्रह किया—अब आपका इलाज घर में ही करवाएँगे।

प्रो. वर्मा बुद्ध की तरह मुस्कराये। दृढ़ता एवं निर्णायक स्वर में कहा, "नहीं, अब यह सम्भव नहीं।"

"पर क्यों?"

"क्योंकि अब जीवन पर मेरी राय बदल चुकी है। मैं इन कीड़ों का कृतज्ञ हूँ जिन्होंने ब्रह्माण्ड की तरह मुझे मृत्यु और सम्बन्धों के कई रूप दिखाये और अन्ततः मेरी आत्मा पर लगे अन्ध मोह और अज्ञान के कीड़ों को झाड़ दिया है। जीवन जैसी विराट चीज़ को मैने किस खटराग में गँवा दिया...मृत्यु के समीप पहुँचकर मैंने इसकी पीड़ा महसूसी। जैसे-जैसे ये कीड़े मरते गए, एक वृहत्तर सत्य मेरे भीतर उतरता गया—हरी-भरी यह वसुन्धरा और चतुर्दिक कुलबुलाते ये असंख्य कीड़े। यदि शीघ्र ही कुछ न किया गया तो मनुष्यता को लगे ये कीड़े वह सब कुछ नष्ट कर देंगे जो शिव है, सुन्दर है, पवित्र है और मानवीय है।"

बड़ा पोस्टर

पायजामा की बाँह से चश्मे के लेन्स को पोंछते हुए निगाह क्षण-भर के लिए सामने की दीवार पर पड़ी—मच्छर पर झपट्टा मारती छिपकली। साक्षी भाव से देखता रहा शैलेन...एकाएक जेहन में फिर कौंधा वह...वही...दीपू! पागलखाने में जख्मी पड़ा दीपू...कुछ अरसे बाद चिता पर चित्त लेटा दीपू!

एक दीर्घ नि:श्वास ली उसने।

आँखों में आई तरलता को भरसक सोखते हुए पुन: लिखने लगा वह 'नक्षत्रों की गति सरीखी ही अबोध एवं दुर्गम गति मन की। कौन जान सका है अन्तर्मन के सौरमंडल को? कितने गड्ढे...कितने...सितारे, कितनी गलियाँ...ढूह गह्वर कितना उल्कापात!'

अँधेरी रात का थिर सन्नाटा और मारक हवा के मस्त झोंके। चेतना की एक-एक पर्त खुलने लगी थी, खुद-ब-खुद। वर्तमान को विगत की अन्तहीन शृंखला से जोड़ती उसकी कलम फिर आगे बढ़ती है—'ऐसा क्यों होता है कि प्रकृति की बेइनसाफी और मार तो झेल जाता है आदमी, पर आदमी की मार मार डालती है उसे...और क्यों यह हादसा उसी के साथ होना था...क्यों? क्यों जीवन का स्वाद, अर्थ, सन्दर्भ, ताल, लय-सभी को नि:शेष हो जाना था—उसी के लिए?' उसे... शैलेन को जवाब चाहिए।

क्यों हुआ उसके साथ ऐसा? पंक्ति-पंक्ति आगे बढ़ती जाती। एक कोमल कविता-सा दीपू।

क्यों हिफाजत नहीं कर सका वह उस खुशहाल कविता की? क्यों पागलखाने में ही मरना बदा था दीपू को? पलभर के लिए अपने अतीत की गुफा से बाहर झाँका उसने। बाहर रिमझिम बारिश हो रही थी। खुले पृष्ठ पर खिड़की से छिटककर आई कुछ बूँदें। पास पड़ी ओढ़ने की चादर से पोंछा उसे। गीले-फैले अक्षरों को देख भृकुटी में बल पड़े। थोड़ी देर के लिए जिन्दगी से थके हारे किसी हतवीर्य की तरह फिर सरक गया बन्द पलकों के बीच। कुछ देर बाद आँखें खोलकर अपने लिखे हुए को फिर दोहराते हुए आगे बढ़ा वह—'हर रात एक सपना दीपू की आँखों में मचलता था...कि सुबह जब उसकी आँख खुले तो यह पृथ्वी उसे इतनी कुरूप न दिखे...क्योंकि वह एक सुन्दर दुनिया में जीना चाहता था। कुछ बनना चाहता था। पर कुछ बनने से पूर्व ही सिर्फ एक कहानी बन गया वह। क्यों? स्वप्न और स्मृति के सन्धिकाल में ही! सम्भावना और हकीकत के मिलन बिन्दु पर ही!

एक ऐसी कहानी जो हर रोज फड़फड़ाती है उसे अन्तर्मन के तहखाने में। यही तो हो रहा है पिछले नौ वर्षों से। रात की प्रशान्ति और निस्तब्ध-सन्नाटे में उसके भीतर की दुनिया आबाद हो जाती है। अतीत और स्मृतियाँ कलम की नोक पर रँग जाते हैं। रात के उन सरकते क्षणों में बारह से अढ़ाई बजे तक के समय में उसके लिए सब कुछ थिर हो जाता है। समय, नक्षत्रों की गति, पृथ्वी का गुरुत्वाकर्षण, हवा का दबाव, सभी कुछ। और ऐसे ठिठके ठहरे परिवेश में नौ वर्षों पूर्व का एक रुका हुआ अतीत पूरे वेग से उसके सामने पारदर्शी झरने-सा बहने लगता है और ऐसे में टाइम और स्पेस की सबसे ऊँची चोटी पर खड़ा वह उस देखते हुए को फिर से देखता है, उस जीये हुए को फिर से जीता है, पुरानी आवाजों को नए सिरे से सुनता है, और उसके आलोक में वर्तमान के 'अस्पष्ट' को खोलता है और यही समय उसका एकमात्र आत्मीय सगा और निजी है। खुद की हिफाजत करता...खुद से खुद को मिलाता। सारी दुनिया के विरुद्ध उसकी आत्मा का अन्तिम पड़ाव। आखिरी शरणस्थल। बतौर मुक्तिबोध 'व्यक्तित्व अपना ही—अपने से खोया हुआ। वही उसे मिलाता था अकस्मात् रात में।'

आँखें मूँदते ही शैशव फिर तितलियों की तरह उड़ने लगता है दीपू का। दीपू का नाम जिसे लेते हुए आज भी बजूद थरथराता है उसका। दीपू...उसका अनुज, छह वर्ष कनिष्ठ उससे। जो न होता तो बचपन बचपन न होता उसका। अफ्रीकन रंग—और चाइनीज चपटी नाक़, बड़ी-बड़ी नुकीली गहरी काली भारतीय आँखें, विभिन्न संस्कृतियों के संगम स्थल सा बजरबट्टू चेहरा दीपू का, जिस पर माँ ने शायद ही कभी काजल का दीठा लगाया हो क्योंकि वह स्वयं ही काजल का दीठा था। लोगबाग जब-जब उसे कुरूप या कार्टून कहते तो दूने लाड़ से उसे चुमकार लेता। बड़ा मौजूँ लगता...उसे दीपू...अद्भुत। हर पल चहकता, महकता, फड़कता सागर की लहरों सा मचलता, उफनता दीपू। उससे खेल खिलाकर, उसे चिढ़ाकर-खिलाकर जब पढ़ने बैठता तो दीपू कभी उसकी कॉपी खींचता, कभी टाँगों के बीच घुस जाता। कभी मदारी के बन्दर की तरह उसकी नकल करने लगता। कई बार उकताकर, खीजकर वह किसी फालतू सामान की तरह—उसे उठाकर अपने कमरे के बाहर दे पटकता और दरवाजा भीतर से बन्दकर इतमीनान से पढ़ने बैठ जाता पर जैसे ही पढ़ने के लिए झुकता, दरवाजे पर धप्प-धप्प और मिनट दो मिनट बाद ही इस कदर बाहर से आती बुक्का फाड़ रोने की आवाज मानो दुनिया लुट गई हो उसकी। तंग आकर मीठी खीज में दरवाजा खोलता वह और रो-रोकर बेदम हुए, हिचकियाँ-सुबकियाँ लेते दीपू के आँसुओं से लिथड़े फूले-फूले गालों को सहलाते चुमकाते अपनी गोद में लेकर बैठ जाता। बीच-बीच में हथेलियों के बीच यूँ भर लेता वह उसके चेहरे को जैसे कोई अति मृदुल खरगोश का बच्चा हो हथेलियों के बीच। भाई के सामीप्य को परम सुख की तरह महसूसता दीपू फिर उसे परेशान नहीं करता। टुकुर-टुकुर भाई को पढ़ते देखते रहता—मुझे ऐसे ही रहने दो अपने पास।

जादूगर के रिबन की तरह अतीत के बैग से सर्र-सर्र कर निकलती चिकनी रेशमी स्मृतियाँ।

खाँटी वैष्णव परिवार उसका। माँ सुबह दूध के साथ च्यवनप्राश खिलाती। शाम—बिना नागा भगवान की आरती उतारती, दिया जलाती, प्रार्थना करती, 'सुख सम्पत्ति घर आवै...।' वह अकसर छत पर खेल में डूबा रहता था— पढ़ाई में, इस कारण प्रार्थना में आना नहीं चाहता। माँ समझाती—जिस घर में सब कोई

मिलकर प्रार्थना करते हैं, वह घर कभी नहीं टूटता है। जाने कैसी-कैसी भव्यता सी टपकती माँ के चेहरे से कि वह मना ही नहीं कर पाता। आरती की थाली को घुमाने का लालच दीपू का, माँ उसे देना नहीं चाहती, अपनी गारंटी पर वह दे देता दीपू को। हनुमान जी की तरह तल्लीन होकर दीपू तेज-तेज घंटी बजाता, आरती...घुमाता और उसके बाद शैलेन...सीधा अपने अध्ययन कक्ष में। वह जबर्दस्त पढ़ाकू...घरघुस्सू, जिसके बारे में कहा जाता कि अनुसूचित जाति की ही तरह कक्षा का प्रथम या द्वितीय स्थान उसी के लिए आरक्षित। उसका विरोधी सत्य दीपू—जबर्दस्त खिलन्दड़ा। पढ़ना-लिखना उसे संसार का सबसे निकृष्ट, जघन्य और उबाऊ कार्य लगता। नौ साल के दीपू में पढ़ाई के प्रति घोर अरुचि को देख माँ-बाप ने उस जंगली मस्त गधे की जीन को कसा घोड़ा बनाने के लिए एक किफायती और फुरसतिया शिक्षक नियुक्त किया—जो लम्बी बेकारी भुगतने के बाद मुश्किल से पकड़ाई में आई मछली की तरह दीपू को लेकर अति उत्साही था, प्रयोगवादी था। जो दीपू के भीतर छिपी अदृश्य प्रतिभा को अलीबाबा के छुपे खजाने की तरह खोज निकालना चाहता था, इस कारण वह दीपू पर नित्य नवीन प्रयोग धैर्यपूर्वक आजमाता था। सरस्वती का अखंड साधक बनाने के लिए वह दीपू को गाहे बगाहे मनुष्य योनि से पशु-योनि में उतार देता था। प्राय: उसे मुर्गा बना देता। बीच-बीच में तब्दीली के लिए सारस की समरूपता में उसे एक टाँग पर खड़ा कर देता। इस पर भी दीपू के चेहरे पर उसकी आशा के अनुरूप मलीनता या दीनता नहीं उभरती तो वह अपनी चमकती गंज पर हाथ फेरता सोचता कि अब क्या किया जाए...और जब भेजा काम नहीं करता तो वह अपनी गंज की खुन्दक दीपू के जंगल से घने-घुँघराले बालों को खींच-खींचकर निकालता। दीपू का अटपटा चेहरा भी उसके दुराग्रह में उद्दीपन का कार्य करता। एक बार इन्हीं अत्याचारों से पीड़ित होकर दीपू ने अपने आत्मगौरव के अदृश्य झंडे को फहराते हुए उस मास्टर का हाथ काट लिया था। बड़ा बवाल मचा उस शाम। बवाल आखिर तब थमा जब शैलेन ने बीच-बचाव कर यह घोषणा की कि आगे से वह पढ़ा दिया करेगा—दीपू को। यमराज सरीखे उस शिक्षक से पिंड छूटते ही मन मयूर झूम उठा था उसका, 'डम-डम-डिगा-डिगा', झूम-झूम ताली बजा-बजा अपने भूरे काले मसूढ़ों को दिखा-दिखा हुलसित-पुलकित किसी वनपाखी-सा ही गाता डोलता रहा था वह, उस पूरी शाम।

दूसरे दिन शैलेन ने प्यार से समझाया था उसे, वह स्कूल से आकर घंटे भर पढ़ लिया करे उससे तो रोज शाम घंटे भर वह पतंग उड़ाया करेगा उसके साथ। सौदा मनभावन था, इस कारण—हर दोपहर आधे-अधूरे मन से पढ़-पुढ़ाकर, व्याकरण की परिभाषाएँ, इतिहास की तारीखें एवं भूगोल की घटनाओं को घोट-घुटाकर दीपू शाम होने के पहले ही छत पर हाजिर हो जाता।

नील गगन में उड़ती पतंग को देख सर्वांग झूम उठता उसका। 'चली-चली रे पतंग चली-चली रे', उड़ती पतंग के साथ नाचता गाता, कमर मटकाता, झूमता, किलकारियाँ मारता दीपू उन क्षणों संसार का सर्वाधिक मुक्त एवं खुशहाल बच्चा बन जाता। मार पेंच, दे झटका, उठा लटाई, लपेट मंजा, यह कटी, वह गिरी, थोड़ा ढीला, यह गिरी वहाँ अटकी और देखते-देखते केसरिया शाम मटमैले आकाश से घिर जाती। दूसरी शाम की हसरत लिए वह नीचे। कई बार रात सपने में ही वह उत्तेजित हो-होकर चिल्लाता—मार पेंच...मार पेंच।

खरगोश की तरह चौकड़ियाँ भरते, पारिवारिक सुख और तृप्ति के वे दिन। जीने योग्य जिन्दगी। चिड़ियों की चहचहाट-भरी जिन्दगी! बीच-बीच में कभी-कभार अड़ंगा लगाते बादलों की तरह दोनों का लड़ना-झगड़ना, तकिया फेंका-फेंकी, कैरेम बोर्ड की गोटियों से एक-दूसरे को मारना मूरना भी चलता रहा, साथ ही अलीबाबा चालीस चोर, अलाउद्दीन का लैम्प, नीलमपरी, जादूगरनी बूढ़ी की कहानियाँ भी शैलेन के सौजन्य से दीपू के शैशव के खाते में। कहने का लब्बोलुआब यह कि सारा मध्यमवर्गीय तृप्तिदायक पारिवारिक सुख जीवन की परिधि में।

देखते-देखते दीपू की लम्बाई बढ़ती गई। बस-ट्राम में उसका भी फुल टिकट लिया जाने लगा। वह हाफ पैंट से फुल पैंट पहनने लगा। वक्त का पंछी उड़ता गया, दूर बहुत दूर और देखते-देखते शैलेन खड़गपुर इंजीनियरिंग कॉलेज के अन्तिम वर्ष में और दीपू कक्षा ग्यारहवीं में। उन दिनों का सबसे बड़ा हासिल सुख यही रहा कि भाई एक आराध्य की तरह, आशीर्वाद देते मंगलकारी हाथों की तरह, एक प्रेमी की तरह, हिन्दी एक्शन फिल्मों के हीरो की तरह दीपू के मन की कच्ची माटी में प्रतिष्ठित होता गया—तुमसे अच्छा कोई नहीं, मैं बनूँगा

तुम सा। जिस वक्त शैलेन को खड़गपुर के आई टी कॉलेज में दाखिला मिला था, माँ-बाप, मामा-चाचा, मासा-मासी सभी ने कनस्तर में भरे आटे की तरह दीपू के खाली दिमाग में यह दर्शन कूट-कूटकर भर दिया था कि पढ़ाई और अच्छे परिणाम के बिना जिन्दगी-जिन्दगी नहीं। उन्हीं दिनों खड़गपुर जाने के पूर्व शैलेन ने भी दीपू को अध्ययन के प्रति पूर्णत: समर्पित करने की शुभेच्छा से एक काम किया था। दीपू को लेकर कोलकाता की पीतल पट्टी में आ गया था। वहाँ झुलसती धूप में खड़े सिर और पीठ पर बोझा ढोते पसीने से लथपथ-झुलसी शक्ल में मुटिया थे। उन्हें ही दिखाते हुए शैलेन ने कहा था दीपू को..."देख लो, जो नहीं पढ़ते, ऐसे बे-पढ़े ढोरों को इसी प्रकार बोझा ढोते जिन्दगी गुजारनी पड़ती है।"

बारह वर्षीय दीपू ने बहुत ही कारुणिक दृष्टि से देखा था उन्हें। कमान की तरह झुकी कमर, फटी-मैली कमीज, पसीने से लथपथ-भभका छोड़ता उनका शरीर। ऊब, थकान और चेहरों से झाँकती अन्तहीन यातना। सोच-सोचकर भी सोच नहीं पाया था वह कि पढ़ाई और मुटियागिरि का ऐसा प्रत्यक्ष और सीधा सम्बन्ध क्यों है?

"क्योंकि शिक्षा ही वह ताकत है जिसके जरिये तुम जिन्दगी के समुद्र में गहरे तक गोते लगा सकते हो...और याद रखो जितना गहरा गोता लगाओगे, उतना ही कुछ पा सकोगे।" भाई सर्वज्ञ है यही सोचकर भाई के तर्क को बिना हील-हुज्जत के मान लिया था उसने। प्रत्युत्तर में कुछ भी नहीं कहा था, पर अन्दर ही अन्दर कुछ गड़ रहा था। कुछ दिन पूर्व ही पढ़ते हुए कबीर और तुलसी दिमाग की सूनी गलियों में भटकने लगे थे।

जाते-जाते शैलेन ने उन कुछेक कामयाब लड़कों की दास्तान भी सुना दी थी, जो चने-चबेने खाकर एवं सड़क की रोशनी में पढ़कर अपनी मेहनत और लगन के बल पर कामयाब हुए थे।

एक संकल्प-सा फड़फड़ाता रहा। आकार लेता रहा उसके अन्तर में। बचपन और किशोरावस्था का इकलौता सत्य, अध्ययन और सिर्फ अध्ययन, बाकी सब उसी का विस्तार। और पहली बार महसूसा उसने कि उसके व्यक्तित्व का आविर्भाव हुआ है, कि बड़े भाई ने एक जिम्मेदारी डाल दी है

उस पर, जीवन को एक दिशा और अर्थवत्ता देने की जिम्मेदारी। और इस जिम्मेदारी के खुरदुरे अहसास के साथ ही, बारह वर्ष की अवस्था में हुए जीवन के प्रथम तत्त्वज्ञान के साथ ही, जीवन के अर्थ, सन्दर्भ और स्वाद सभी कुछ बदलने लगे थे। खिलन्दड़ा दीपू का कायान्तरण हो गया था—घोर पढ़ाकू दीपू में।

दरअसल यह वह समय था जिसने शैलेन ही नहीं, वरन् एक स्वप्न के लिए जूझती शैलेन की पूरी पीढ़ी की ही चेतना को झुलसाकर 'कुछ नहीं हो सकता' के भाव से भरकर उनकी कल्पना, हौसला और चेतना को भोथरा कर उन्हें वापस सूखे अध्ययन की ओर मोड़ दिया था। यह वह समय था—जब बंगाल के उत्तर-पूर्वी इलाके, आन्ध्र प्रदेश, उड़ीसा, मध्य प्रदेश एवं आसाम के कुछ इलाके एवं बिहार के भोजपुर, छोटा नागपुर जैसे इलाकों में भूमिहीन किसानों का सशस्त्र आन्दोलन बुद्धिजीवियों, कॉलेज और यूनिवर्सिटी के छात्रों के नेतृत्व में पड़कर दम तोड़ चुका था। एक सर्वव्यापी क्रान्ति स्वप्न की ताजा मृत्यु हो चुकी थी। और इसके साथ ही क्रान्तिकारी छात्र-छात्राएँ जो किसी प्रकार सरकारी दमन चक्र से बच निकले थे, वे वापस अपनी उन्हीं किताबों की बुर्जुआ दुनिया में लौट आए थे। उनके समक्ष अब क्रान्ति नहीं जीविका ही सर्वकालिक जीवन सत्य था।

ऐसे ही समय से गुजरते हुए शैलेन इंजीनियरिंग के अन्तिम वर्ष की तैयारी में दीपू बोर्ड के इम्तहान की तैयारी में था।

किताबों से घिरे दीपू की दृष्टि रहती छपे हुए शब्दों की ओर और कानों में अनुगूँजित होती रहती शैलेन की नसीहतें, उसका मुलायम मृदुल स्नेहिल आग्रह—"तुम वादा करो तुम स्वयं को मैक्सिमाइज करोगे और अपनी मेहनत को टॉप गियर तक ले जाओगे।"

"..."

"... जानते हो बापू क्या है? एक नाम मेहनत का, जो कभी एक ही बीड़ी को दिन में तीन बार पीते थे और सिर्फ तीन पैसों को बचाने के लिए मानिकतल्ला से श्यामबाजार तक चप्पल चटकाते थे।"

तीन-चार महीनों में एक दफा खड़गपुर से कोलकाता आता शैलेन और इस अन्तराल में चातक की तरह प्रतीक्षा करता दीपू। उसकी पढ़ाई...जीवन-जगत्...उसकी तमाम जिज्ञासाओं का जवाब था—शैलेन, जो कभी उसके लिए एनसाइक्लोपीडिया बनता, कभी शब्दकोष, कभी इतिहासवेत्ता तो कभी साक्षात गीता और वेदान्त। स्मृतियों की रेखा फिर बनती बिगड़ती दिमागी स्क्रीन पर। अपने प्राकृतिक स्वभाव और प्रकृति के विरुद्ध पढ़ाकू बना दीपू। सामने शैलेन...मुग्ध होता-सा। एकाएक मसका लगाता दीपू—"शैलेनदा, आपकी तो मास्टरी है फिजिक्स में, मुझे लाइट और साउंड पर कुछ नोट्स बना दें, प्लीज!"

"अरे बाऽऽबा!" भाई की माँग सुन आँखें कपाट तक चढ़ गई थीं शैलेन की। सीधी कार्रवाई न कर बात को घुमा दिया उसने—"तुमने कभी देखा है कैटरपिलर को तितली बनते हुए?"

"क्या?" अचकचा गया था दीपू...कहाँ विद्युत, ध्वनि और कहाँ कैटरपिलर?

"कैटरपिलर...कैटरपिलर क्या?"

"तितली बनने के पूर्व की अवस्था—तितली का भ्रूण।"

"नहीं।"

"सुनो...एक बार कई बॉटनी के छात्र ध्यान से निरीक्षण कर रहे थे... कैटरपिलर तितली कैसे बनता है? उन्होंने देखा ककून से बाहर निकलने के पहले कैटरपीलर को असाधारण मेहनत करनी पड़ रही थी, खूब हाथ-पैर मार रहा था वह, बार-बार वह ककून की दीवारों से टकरा-टकराकर बेदम हुआ जा रहा था। अर्द्धपारदर्शक-ककून के भीतर का यह दृश्य सभी छात्र देख रहे थे... प्रकृति का यह अदना-सा जीव...उन्हें लगा कैटरपिलर ककून को तोड़कर बाहर नहीं निकल पाएगा क्योंकि ककून के भीतर ही श्रम से क्लान्त और बेदम हो वह ढह गया था। एक छात्र को बहुत दया आई, उसने ककून की तरफ हाथ बढ़ाया, सहपाठी छात्र ने उसे चेताया, इसे डिस्टर्ब मत करो, याद है सर ने क्या कहा था, कैटरपीलर को तुम्हारी सहायता की जरूरत नहीं है, उसे अपना काम करने देना। पर उस छात्र से रहा नहीं गया, उसने आगे हाथ बढ़ाकर स्वयं ही ककून को तोड़

डाला। ककून टूटते ही कैटरपिलर बाहर निकल आया लेकिन थोड़ी देर बाद ही उसने दम तोड़ दिया।"

"ऐसा क्यों हुआ सर!" वह छात्र बेहद दु:खी था।

"क्योंकि तुमने कैटरपिलर की सहायता कर उसे मार डाला...तुमने प्रकृति के नियमों में हस्तक्षेप किया। ककून से बाहर निकलने के दरम्यान जिस मारक संघर्ष से गुजरना पड़ता है कैटरपिलर को, वह उसके पंखों को मजबूती देता है, तुमने उसके पंखों को मजबूत नहीं बनने दिया?"

दीपू के माथे पर हाथ फेरता जा रहा था शैलेन—"अपने जीवन का बुनियादी संघर्ष हर व्यक्ति को स्वयं करना पड़ता है। प्रकृति की छोटी से छोटी वस्तु भी उद्घाटित करती है इस सत्य को...मैं तुम्हारे ककून को तोड़ना नहीं चाहता।" आँखें पकौड़ी बन गईं थीं दीपू की। भाई के समझाने का क्या अन्दाज! क्या ज्ञान! ब्रह्म की तरह कितने रूप शैलेन दा के !! बाप रे !!

मन के कैनवास को फिर थोड़ा इधर-उधर करता है शैलेन। खौफनाक स्मृतियों का जखीरा चमक उठता है। आठ मार्च, 1982 की वह शाम जिस शाम जिन्दगी की सबसे मारक और बदसूरत कहानी लिखी गई थी। सप्ताह भर पूर्व ही हुई नई नियुक्ति उसकी, साथ ही विशेष प्रशिक्षण के लिए कम्पनी के हेड क्वार्टर हैदराबाद में साढ़े चार महीनों के लिए भेज दिया गया था उसे...तभी एकाएक पिता का तार...दीपू वेरी अपसेट, कम सून। घर में फोन नहीं था उसके, इस कारण स्थिति की गम्भीरता भाँप नहीं पाया वह। यूँ भी दीपू की—अपने ऊपर निर्भरता से वह बचपन से ही परिचित था। इच्छा तुरन्त हुई चल दे, पर एकदम नई नौकरी किसी नवजात बच्चे सरीखी, जिसे बिना किसी के भरोसे एवं आश्वासन के छोड़ा नहीं जा सकता था। वरिष्ठ अधिकारी अगले सप्ताह आनेवाले थे। पिता को जवाबी तार भेजा उसने—'रीचिंग नेक्स्ट वीक, हैव करेज, कन्सर्निंग ऑफिसर नाट इन दि सिटी।' (अगले सप्ताह पहुँच रहा हूँ, सम्बन्धित अधिकारी शहर में नहीं है, हौसला रखें)।

अगले सप्ताह भी जब वरिष्ठ अधिकारी नहीं आए तो और अधिक प्रतीक्षा नहीं कर सका वह। उनके नाम पत्र लिखकर आशंका की हजारों हजार नागफनियों के साथ वह जब घर पहुँचा, दीपू सोया हुआ था। पर पिता से ही जो

सुना उसी ने दिमाग के परखच्चे उड़ा दिए थे। जिन्दगी क्या इस कदर वीभत्स और क्रूर हो सकती है! हे प्रभु!

आठ मार्च, 1982 की वह सुबह एक आम चमकदार सुबह थी—दीपू के ग्यारहवीं कक्षा के बोर्ड के इम्तहान का प्रथम दिन। उसकी सालों की कड़ी मेहनत, उसकी पढ़ाई की थकान, उसके चेहरे के तनाव, उसकी बढ़ी बकरा दाढ़ी—उसकी आँखों के ठहराव एवं गिरे स्वास्थ्य में परिलक्षित थीं। माँ के चरण स्पर्श एवं बड़े भाई को मन ही मन स्मरण कर वह परीक्षा केन्द्र की ओर उसी प्रकार बढ़ रहा था, जैसे कोई योद्धा बढ़ता है पूरी तैयारी के साथ—रणभूमि की ओर।

जाते वक्त माँ-बाप ने जिस उम्मीद एवं भरोसे के साथ ताका था उसकी ओर, उन आँखों की भाषा को पढ़ने में उसने कोई भूल नहीं की थी, रत्ती-भर भी नहीं।

परीक्षा हॉल। मनोनुकूल प्रश्न-पत्र। विस्तृत। तल्लीन वह। अपने सोलह वर्षीय व्यक्तित्व की पूरी शक्ति को अपने नेत्रों और हाथों को केन्द्रित कर वह धुआँधार लिख रहा था। तल्लीनता के उन क्षणों में भी—एक पतली झिल्ली की तरह यह विचार उस पर छाया हुआ था कि यही एक मौका है जबकि वह अपने भ्राता एवं माँ-बाप को वह खुशी दे सकता है कि बड़े भाई की ही तरह उसे भी जिन्दगी में कुछ बनना आता है।

वह लिख रहा था, लिखता चला जा रहा था, पूरी तरह एकाग्र होकर...दीन दुनिया से बेखबर कि तभी पीछे से कुछ हल्ला-सा उठा। बाहर से आए निरीक्षक (इनविजिलेटर) दौरे पर थे। कुछ लड़के चिट से नकल करते रँगे हाथों पकड़े गए थे। कानों में उसके आवाज टकरा रही थी, पर गर्दन को किसी अड़ियल घोड़े की तरह झटककर वह पुन: अपनी उत्तर पुस्तिका पर झुक गया था कि तभी निरीक्षक उसके पास। औपचारिक जाँच के लिए बिना विघ्न पहुँचाये जैसे ही उसके डेस्क के अन्दर में हाथ घुसाया उन्होंने कि एक पूरी खुली पुस्तक उनके हाथों में।

'यूरेका-यूरेका' के से भाव तैर गए उस निरीक्षक के चेहरे पर। डेस्क-डेस्क पर जाकर जाँच करना व्यर्थ नहीं गया। मेहनत की सफलता का अपना मजा। कुछ क्षणों तक दीपू उजबक की तरह खड़ा रहा, हतप्रभ! अवाक हक्का-बक्का! भौचक्क! समझ ही नहीं पाया कि क्या घटित हुआ? कैसे हुआ? क्या और कैसे

के घटित को आत्मसात करने के बाद एक गुस्से एवं आक्रान्त की तीव्र लहर जरूर महसूसी उसने अपने पोर-पोर में, पर फिर भी वह शत-प्रतिशत आश्वस्त था कि कोई भी झूठ इतना शक्तिशाली नहीं होता कि सत्य को ही निगल जाए, साबूत का साबूत।

"मुझे नहीं पता सर! किसने और कब यह पुस्तक रखी मेरे डेस्क के भीतर, आप चाहें तो पूरा का पूरा प्रश्न पत्र मुझसे दुबारा लिखवा लें या चाहें तो मेरे स्कूल के प्रिन्सिपल से मिलकर मेरा रिकार्ड पूछ लें।" शब्द-शब्द पूरे वजन और गरिमा के साथ असली सिक्कों की सच्ची खनक लिए पूरे हॉल में गूँज गया था।

"पकड़े जाने पर हर कोई ऐसा ही कहता है, और तुम रँगे हाथों पकड़े गए हो, यू आर एक्सपेल्ड।" तथ्य निरपेक्ष, प्रमाण सापेक्ष, अपने पेशे की सामाजिक जिम्मेदारियों से बेखबर, संवेदनाविहीन, उतावला एवं अविवेकी वह निरीक्षक हाथ हिला-हिलाकर मुँह में झाग उगल-उगलकर, आँखें निकाल-निकालकर बर्फ जैसी सिहरा देनेवाली आवाज में उसे प्रताड़ित कर रहा था। उसके दिमाग में यह सोच नहीं उभरा कि ऐसे संवेदनशील मामलों में व्यक्ति सत्य को झुठलाकर सिर्फ दृश्य सत्य की बिना पर लिया कोई भी निर्णय किसी अच्छी-भली जिन्दगी को लुंज-पुंज कर सकता है। अपने काठ हो चुके हृदय और दिमाग ने उससे वही करवाया जो नहीं करवाया जाना चाहिए था। जाते-जाते उसने दीपू की उत्तर पुस्तिका में 'एक्सपेल्ड' लिख दिया।

सुन्न-सा मूक खड़ा दीपू यह सब देख रहा था, जैसे उसकी नहीं, किसी दूसरे की उत्तर-पुस्तिका पर लिख दिया गया हो—'एक्सपेल्ड'।

साथी सहपाठी उसे सुझाव दे रहे थे कि वह तुरन्त अपने स्कूल जाकर प्रिन्सिपल से मिले, या फोन पर संवाद स्थापित करे, पर वह वहीं खड़ा रहा था, अडोल, कीलित और चुप। उसे सिर्फ यही लग रहा था कि उसके पाँवों के तलुवे में जोर-जोर से सनसनाहट हुई है और धीरे-धीरे कोई विद्युत उसके अंग-अंग में सिर से लेकर पाँवों तक दौड़ गई है और उसे सूना कर गई है। वह सोचना चाह रहा था पर उसे लग रहा था कि वह चाहकर भी कुछ सोच नहीं पा रहा था कि उसके दिमाग ने सोचना बन्द कर दिया था। और उसका सारा ध्यान उस झुंझलाहट पर चला गया है, जो पाँव के तलुए से शुरू होकर आहिस्ता-आहिस्ता, रफ्ता-रफ्ता अब पूरे शरीर में फैल गई थी। बचपन में एक बार उसके दाएँ पाँव

में ऐसी जबर्दस्त झनझनाहट हुई थी, तो उसकी माँ ने बताया था कि उसका पाँव सो गया है।

उसे लग रहा था कि आज उसका दायाँ पाँव ही नहीं पूरा शरीर ही जैसे सो गया है। और भीतर से एक ऐसी हूक और मरोड़ उठ रही है उसके कि उसे लग रहा था—भीतर जो कुछ भी ध्वस्त हो रहा था, वह कुछ ऐसा भूचाल-सा था, जो उसकी देह की सीमा का अतिक्रमण कर बाहर निकलने को बेकाबू था।

परीक्षा का समय शेष होने में अभी भी आधा घंटा था, और उस आधे घंटे में क्या-क्या घटा दीपू के भीतर, कितनी तोड़-फोड़ हुई, कितनी आँधियाँ गुजरीं, कितना हिमपात हुआ, स्नायुतन्त्र पर कितने प्रहार हुए, उसने क्या सोचा, क्या समझा, क्यों इतना खौफ खाया? इसका लेखा-जोखा किसी के पास नहीं था। वह वहीं बैठा रहा था, उसके हाथों और पैरों में बारी-बारी से ऐंठन या बाँएटा जैसा आ रहा था, और अपनी खाली-खाली रेगिस्तानी आँखों से रेगिस्तान बना वह देख रहा था, अपने सहपाठियों को लिखते हुए और अपने श्रम की निष्फलता को साक्षात् अनुभव करते हुए।

क्या अपने सहपाठियों को लिखते देखते-देखते ही पागलपन या उन्माद का पहला दौरा पड़ा था? रात के उन विकल एकान्त क्षणों में हर बार शैलेन अतीत के उस अस्पष्ट को खखारने की चेष्टा करता, नए-नए कोणों से, नए-नए क्षितिजों से, और इसी प्रक्रिया में हर बार वह अन्तहीन प्रश्नों के मकड़जाल में उलझता जाता—क्या बचाया जा सकता था दीपू को उस मानसिक संघात से?

क्या इतना ही कमजोर दिमाग था उसका?

बेशक, बचाया जा सकता था—उसे, यदि कोई उसके विश्वास, हौसले और जीवन-स्वप्न को जीवित रख पाता क्योंकि सबसे खौफनाक होता है स्वप्न देखने की उम्र में स्वप्नों का छिन जाना।

बचाया जा सकता था उसे यदि उन क्षणों कोई उसके माथे पर विश्वास और सुरक्षा का हाथ फेर उसे यह जीवन दर्शन समझा सकता कि जीवन का एक साल भर नष्ट होने जाने से जीवन की अर्थवत्ता चुक नहीं जाती। जीवन की व्यापकता, विराटता, गति और विशालता में क्या—तीन सौ पैंसठ दिन इतना

ही अर्थ रखते हैं कि कई बार कर्म और फल के सारे सम्बन्ध चुक जाते हैं और अनिवार्य के साथ समझौता करना पड़ता है। उन्हीं दिनों अखबार में एक खबर पढ़ी थी कि एक तेरह वर्षीय नौकरानी पर चोरी का मिथ्या आरोप लगा दिया गया था और इसी सदमें में उसने मालकिन के बाथरूम में आत्महत्या कर ली थी।

इस खबर ने वहीं, हैदराबाद में ही से डंडा कर दिया था, कहीं दीपू भी ऐसा कुछ...और अपने वरिष्ठ अधिकारी की और अधिक प्रतीक्षा न कर वह उनके नाम पत्र लिख, आनन-फानन सहमे धड़कते और आतंकित दिल के साथ कोलकाता पहुँच गया था।

पर तब तक स्थिति बेकाबू हो गई थी दीपू की। उसकी चरम संवेदनशीलता, भागते समय में धक्का खाकर पिछड़ जाने की कचोट, मिथ्यारोप, सार्वजनिक प्रताड़ना की मारक अनुभूति उसका उच्चटा खाना, कसमसाना, गरजना, तिलमिलाना—और अन्ततः आत्मा के सत्व का पूरी तरह निचुड़ जाना, अनुभूति के परे जाते जाना—यह सब कुछ जिन चरम क्षणों में घटित हो रहा था कोई भाँप नहीं पाया। दौड़-धूप में व्यस्त माँ-बाप उसे भागते दौड़ते सान्त्वना देते रहे, स्कूल के प्रिन्सिपल और बोर्ड के डाइरेक्टर की प्रतीक्षा में समय गवाँते रहे और जब तक पहुँचा शैलेन, दीपू अपनी स्मृति, विचार, चेतना, कल्पना, आवाज, आवाजों की पहचान, ऋतु, मौसम सभी के अहसास से दूर जा चुका था, शायद इसी रूप में उसने अपने सोलह वर्षीय जीवन की उस चरम यातनापूर्ण घड़ियों से मोक्ष पाया था। हाथों के स्पर्श से ऊपर किया था शैलेन ने उसके चेहरे को। पुतलियाँ हिलीं पर। एक अटूट, अभेद्य और रहस्यमई खामोशी ओढ़े भावहीन-सा देखता रहा था दीपू उसे। एक ऐसी दृष्टि जिसमें भय था भाव नहीं, परेशानी थी आत्मीयता नहीं। शैलेन देख रहा था, कभी गोल-गप्पा सा दिखनेवाले दीपू की धँसी-धँसी आँखें, दबे-दबे गाल, पीला चेहरा और ओठों के कोर से बहती लार। और जब शैलेन यह भी तय नहीं कर पाया कि दीपू ने उसे पहचाना है भी या नहीं, तब स्वयं ही बेकाबू होकर वह जोर-जोर से झँझोड़ने लगा था उसे—"दीपू-दीपू...मुझे बताओ दीपू...क्या हुआ तुम्हारे साथ? तुम चिन्ता नहीं करो दीपू, मैं वाइस चांसलर तक रिपोर्ट करूँगा पर तुम कुछ बोलो तो दीपू...कुछ भी।

बोलो। प्लीज!" उसे झँझोड़ते-झँझोड़ते थक गया था शैलेन, पर दीपू से कुछ भी नहीं उगलवा पाया था। अन्ततः शाम को मनोचिकित्सक डॉ. सुबोध ने समझाया था उसे—"लक्षण साफ है। यह केस है डेलिरियस मैनिया टर्न्ड इन टू सीजोफेनिया। इसमें रोगी बाहर से जरूर वन पीस दिखता है लेकिन भीतर से उसका व्यक्तित्व कई टुकड़ों में टूट चुका होता है। वह खुद ही रोहित भी है और राहुल भी, रमेश भी है और सुरेश भी। इस कारण वास्तविक दुनिया से छिटककर वह अपने ही विभाजित व्यक्तित्व के प्रति संसारों में इधर से उधर मँडराता रहता है। चूँकि इनका व्यक्तित्व कई-कई टुकड़ों में खंडित हो चुका रहता है, इस कारण इनकी चेतना, स्मृतियाँ, पहचान, लज्जा-भाव, ध्वनि, आत्मीयता सब गड्ड-मड्ड हो जाते हैं। शब्द और दृश्य की ग्रहणशीलता भी धीरे-धीरे साथ छोड़ती जाती है इनकी।"

डॉ. सुबोध कहते जा रहे थे—"सारे संसार की केस हिस्ट्री देखिए ऐसे रोगियों की। आप स्वयं समझ जाएँगे। कितनी भयावह स्थिति है इनकी, और क्या चीज है यह माइंड—कितना रहस्यमय! कितना नाजुक और कितना अनियन्त्रित! जानते हैं, कल एक केस आया था मेरे पास, एक तेरह वर्ष के लड़के का, माँ-बाप ने उसकी इच्छा के विरुद्ध बिना उसे बताये उसे किसी रिश्तेदार को गोद दे दिया, तभी से उसकी हालत खराब होती जा रही है...अकस्मात कोई जानलेवा आघात और मस्तिष्क का स्नायुतन्त्र चावल-चावल बिखर जाता है। उसे लगता है कि सारी दुनिया उसे मार डालने को तत्पर है, इस कारण वह अनायास ही सबके प्रति आक्रामक हो जाता है। लेकिन ऐसा रोगी अपने भीतर बहुत गहरे तक स्वयं को बेहद असुरक्षित महसूस करता है। नो डाऊट, जबर्दस्त ऊर्जावान व्यक्ति की ऊर्जा जब किसी सार्थक उपयोग में नहीं लग पाती है तो वह इसी प्रकार भीतरी आग बनकर व्यक्ति को कुचल डालती है।"

"जी नहीं, इंडिया क्या, दुनिया के किसी भी मुल्क में इलाज नहीं है इसका।" शिशु की तरह थर-थर काँपते, सहमे और आतंकित उस घर में मनोचिकित्सक डॉ. सुबोध ने सबकी आशा की आखिरी चिनगारी पर भी राख फेर दी थी। अपने प्रशिक्षण की लगभग तीन महीने की अवशिष्ट अवधि को किसी प्रकार व्यतीत कर शैलेन ने बड़ी दौड़-धूप एवं भाई के सारे डॉक्टरी पुर्जों को दिखाकर, उसकी मानसिक अस्वस्थता का हवाला

देकर, अभ्यर्थना और स्तुति कर येन-केन प्रकारेण अपनी नियुक्ति वापस कलकत्ता करवा ली थी। लेकिन तब तक देर क्या बहुत देर हो चुकी थी। दीपू की संवेदना के हरेक तन्तु का सन्तुलन गड़बड़ा चुका था। भीतरी टूट बाहर के व्यवहार में भी परिलक्षित होने लगी थी क्योंकि आदमी पहले भीतर गिरता है फिर बाहर। भीषण गर्मी में भी वह कम्बल ओढ़कर सोता, कई-कई दिनों तक नहाता नहीं, और जब जबर्दस्ती ठेल दिया जाता स्नान घर में तो घंटों नहाता ही रहता, जब तक कि कोई छत पर जाकर पानी के बहाव को बन्द नहीं कर देता। लगभग एक ही मुद्रा में वह घंटों अपने छोटे से कमरे में प्रतिक्रियाविहीन, परास्त, ध्वस्त, पराजित एवं जड़-सा बैठा रहता। उसे देख सबको तकलीफ होती लेकिन वह स्वयं किसी को तकलीफ नहीं देता तब तक जब तक कि कोई उसे बलात उसके प्रति संसार से बाहर खींचने की धृष्टता नहीं करता, या अपने हिसाब से चल रहे उसके जीवन में उत्पात नहीं मचाता। जब-जब दीपू को उसके प्रति संसार से बाहर खींच लाने की चेष्टा करता शैलेन, दीपू अँधेरे में हाथ-पैर मारता किसी घायल बाघ की तरह गुर्राने लगता, हिंसक एवं आक्रामक हो उठता, वह या तो स्वयं को आहत कर लेता था, या जो सामने पड़ जाता था उसी को और ऐसे में थर्राते हुए सारा-घर घुटने टेक देता उसकी मानसिक अस्वस्थता के समक्ष—उसे रहने दो अपने प्रति संसार में ही शान्त, निर्विघ्न क्योंकि इस संसार में तुमने इसे शान्त और निर्विघ्न रहने नहीं दिया!

रफ्ता-रफ्ता उसके पागलपन को भी व्यवस्थित कर दिया गया। पूरे घर की लाइफ लाईन, घर का एजेंडा, घर का केन्द्र सब बदल गए थे। बाहर से उसे विघ्न नहीं पहुँचाते हुए भी सबके कर्म और चिन्तन की धुरी एक ही हो गई थी—किसी प्रकार दीपू को उसकी संज्ञा में वापस लौटाना। डॉ. सुबोध से निराश होकर अब सब कोई भक्ति की धारा की ओर मुड़ गए थे। भारतीय परम्परा में ढला, गाढ़ी आत्मीयता में पगा वह एक ईश्वरवादी सहिष्णु परिवार था—नियति एवं प्रकृति के नाम सब कुछ झेल जानेवाला। इस कारण शैलेन के वापस कलकत्ता आ जाने पर झाड़-फूँक, गंडा, ताबीज, ग्रहयुक्त अँगूठियाँ, घंटे-घड़ियाल, जप-तप आदि की दुनिया सक्रिय हो गई थी। दीपू की अँगुलियों में नीलम, मूँगा और मोती चमकने लगे थे और कमर और कन्धे के नीचे भी मून

स्टॉन और रूबि दमकने लगे थे। इस बीच दीपू के माँ-बाप एक दिन के लिए पुरी जाकर जगन्नाथपुरी के दरबार में अपनी इकलौती कामना का धागा भी बाँध आए थे। बस दीपू को एकबार सही-सलामत देख लूँ...बाकी सारी जिन्दगी तुम्हारे नाम...हे दयानिधान्! फूट-फूटकर रोती शैलेन की माँ को देख आसपास के श्रद्धालु भी द्रवित हो गए थे—"क्या जवान पुत्र की मौत हो गई है?"

"नहीं, पुत्र मरा नहीं है, मरने से भी बदतर हो गया है।"

"प्रार्थना कीजिए, पूरे भरोसे के साथ...इस दरवाजे से खाली हाथ कोई नहीं लौटा।"

नुकीले चाकू की तरह लहूलुहान करती—बाद की स्मृतियाँ, पाँखुड़ी-पाँखुड़ी झुलसा पूरे घर का चित्त चैन। असह्य मानसिक यातना के वे प्रारम्भिक दिन। ऑफिस से घर आते ही दीपू के पास जाकर बैउ जाता...उसके हाव-भाव, क्रिया कलाप उसकी चेष्टाओं का बारीकी से निरीक्षण करता, उसके आत्मप्रलाप को ध्यान से सुनता, समझना चाहता और दीपू का आत्मप्रलाप इतना धीमा, अनर्गल और अप्रासंगिक-सा होता कि उसके विशेष कुछ पल्ले नहीं पड़ता। फिर भी वह यह देखकर हैरान रह जाता कि दीपू के आत्मप्रलाप में बचपन के दोस्त, मुहल्ले के बाशिन्दे, फिल्मी सितारों के नाम, स्कूल के शिक्षकों के नाम से लेकर बाजार थाने का ओ.सी. तक सबके नाम रहते।

दीपू के व्यवहार को वह देखते जाता और अवचेतन में उसके कई नाम गूँजते रहते—सीजोफेनिया...पैरानाइया...एक्यूटमेनिया। क्या है दीपू—सीजोफेनिक या पैरानाइक? क्यों हुआ दीपू विक्षिप्त? (दीपू के लिए पागल शब्द का प्रयोग नहीं कर पाता था वह) महज उसी एक घटना के चलते या अवचेतन में लगातार जमा होते किसी नकारात्मक और विपरीत आशंका या असुरक्षा के भाव के चलते या तनावों के चलते? क्या दुनिया की संवेदनहीनता, क्रूरता—और अमानवीयता का इस प्रकार अपने ढंग से प्रतिकार किया उसने?

सवाल...और सवाल...उसकी सूनी एकाकी रातों में प्रश्नों की तीखी नोकें उसकी नींद उचाट देती...और ज़िन्दगी के कई अनसुलझे समीकरणों की तरह उसे अपनी बात का जवाब नहीं मिल पाता। एक परिवर्तन लेकिन शैलेन में आ रहा था, वह दिनोंदिन अधिक विनम्र अधिक भावुक एवं

मानवीय बनता जा रहा था। सारे संसार के विक्षिप्तों के प्रति उसकी संवेदना का वृत्त बढ़ गया था। अब सड़क पर चलते पागल को वह कौतुहल या मजा की तरह नहीं देख पाता, कोई उनको हिकारत, कौतूहल या मजे की चीज की तरह देखता भी तो वह असहज और असह्य हो उठता और पागलों के प्रति लोगों की संवेदना को जगाने के लिए कहने लगता, हर पागल का एक इतिहास होता है। यदि उस इतिहास में आप धँसे तो पाएँगे कि वह हम आप से कहीं ज्यादा मानवीय और सहृदय था। बेहद संवेदनशील विद्रोही एवं भावुक प्राणी ही पागल होते हैं। जानवर कभी पागल नहीं होते। किसी का पागल होना दुनिया की अमानवीयता या फिर अपने लक्ष्य की अप्राप्यता के विरुद्ध उनका अन्तिम प्रतिकार या एक आत्महन्ता प्रतिशोध होता है। जानते हैं, नोबेल पुरस्कार विजेता कथाकार हेंमिग्वे भी विक्षिप्तावस्था में मरा था, अपने रचनात्मक दिमाग की निष्क्रियता से घबड़ा उठा था वह। उसका पुत्र उसके मित्र कोई उसकी संज्ञा नहीं लौटा पाए और एक दिन उसने पिस्तौल से अपनी जान ले ली। महाप्राण निराला भी अपने अन्तिम समय में विक्षिप्त-से हो गए थे। गाहे बगाहे वह अपनी माँ को भी सान्त्वना देता रहता—"तुम भरोसा रखो माँ, दीपू जरूर ठीक हो जाएगा...बस जिस बिन्दु पर आकर उसकी सोच, स्मृति एवं मस्तिष्क की गतिशीलता अवरुद्ध हो गई है...बस वहाँ तक एक बार पहुँच जाऊँ मैं..." कई बार वह दीपू के पागलपन का सूत्र वंशानुगत जीवाणुओं में खोजने की चेष्टा करता—"सोचकर बताओ माँ, हमारी सात पीढ़ियों में कभी कोई विक्षिप्त हुआ था?"

इस आशा में कि शायद कुछ हो जाए, वह झँझोड़ डालता दीपू को—"दीपू सब ठीक हो जाएगा...तुम अच्छा ही अच्छा सोचा करो दीपू। दीपू, जीवन में प्रारब्ध बोलकर भी कुछ होता है। जिस प्रकार अप्रत्याशित-दुर्भाग्य के झोंकों ने तुम्हें हताशा से भर दिया, कौन जाने उसी प्रकार कोई अप्रत्याशित सौभाग्य भी तुम्हारे इन्तजार में बैठा हो! जानते हो कई बार हम सींचते किसी पौधे को हैं और अप्रत्याशित रूप से उसके करीब में ही सृष्टि के रहस्य और चमत्कार-सा कोई दूसरा पौधा निकल आता है। तुम अच्छा सोचो दीपू! जानते हो संसार के आधे से अधिक मानसिक रोग सिर्फ नकारात्मक सोच

या काल्पनिक भय का परिणाम हैं। याद है, माँ कहा करती थी, जैसी मनसा वैसी दशा।"

उजबक की तरह मुँह बाए बैठा रहता दीपू, पर फिर भी हताश नहीं होता शैलेन।

"मुझे बताओ, दीपू...तुम इस समय क्या सोच रहे हो? तुम कौन हो?"

अप्रत्याशित रूप से, सबको चौंकाता हुआ जवाब आया—"मैं विवेकानन्द हूँ।"

"क्या विवेकानन्द...हाय भगवान! वे तो मर चुके हैं, तुम विवेकानन्द कैसे हो सकते हो...तुम...तुम दीपू हो..." चिन्ता, आश्चर्य दु:ख एवं उत्तेजना से चीख उठा था शैलेन।

"हाँ विवेकानन्द मर चुके हैं, पर मैं उनकी आत्मा हूँ।"

"क्या...? आत्मा!! हो तो यहाँ क्या कर रहे हो?"

"यहाँ मैं लोगों को सुखी करने का उपाय सोच रहा हूँ..."

कई बार लगता शैलेन को कि दीपू की चेतना का केवल ऊपरी स्तर झुलसा हुआ है। चेतना के गहन स्तर पर वह किसी सामान्य व्यक्ति की तरह न सोचकर किसी विशिष्ट व्यक्ति की तरह सोचता है—अनन्त सामाजिकता की बातें, मानव मुक्ति के उपाय।

फिर जुड़े स्मृतियों के तार...।

सारे प्रयासों, दौड़-धूप, आँसुओं और सलाह मशविरा का प्रथम आवेग थम गया था। दीपू के पागलपन को अब बिना घबड़ाहट एवं हाय-तोबा के शान्तिपूर्वक झेला जा रहा था। दीपू की माँ ने आजीवन जरी या सिल्क की साड़ी और जेवर पहनना छोड़ दिया था—तभी पहनूँगी जब दीपू कहेगा। पिता ने आजीवन मिठाई खाना छोड़ दिया था, अब तो तभी खाऊँगा जब दीपू स्वयं खिलाएगा, अपने हाथ से। और दीपू के पागलपन के तीसरे वर्ष ही दीपू को सामान्य देखने की अन्तिम साध लिए ही दीपू के पिता हृदय की गति के रुक जाने से स्वर्ग सिधार चुके थे।

छह माह के अन्तराल में माँ भी मृत्यु शय्या पर थी। बर्फ-सी जमी उदासी

आँखों में लिए माँ ने अपनी जर्जर आवाज से एक वादा लिया था उससे—"तू प्रतिज्ञा कर...दीपू को कभी अपने से अलग नहीं रखेगा...पागलखाने नहीं डालेगा।"

"विश्वास रखो माँ, मेरे जीते जी ऐसा नहीं होगा"...और फूट-फूटकर रो पड़ा था वह।

आँखों की कोर से पिघलते हुए आँसू माँ के...कुछ अस्फुट स्वर, जी भर निरखती मन्द पड़ती वे आँखें और धीरे-धीरे सब शेष—नि:शेष।

ठिठका समय, काल के प्रवाह से छिटका समय। खाली फ्लैट में रात के अँधेरे में भूत की तरह मँडराता वह।

बीच-बीच में सूनी रात में बिल्ली के रोने की-सी मनहूसियत फैलाता, जीने की आस्था को मटियामेट करता दीपू का बिसूरना। बीतते समय के साथ शैलेन की चेतना में एक अपराध-बोध काँटे-सा गड़ता जा रहा था—क्या दीपू की विक्षिप्तावस्था उसकी किसी चूक का परिणाम है?

जिनकी संरचना में विवेक तत्त्व जरूरत से ज्यादा होता है, उन्हें अपराध बोध कुछ ज्यादा ही सालता है, इसी कारण शैलेन आज चार वर्षों बाद भी सामान्य जीवन नहीं जी पा रहा था।

क्यों हुआ दीपू ऐसा?

दीपू जिसने सर्वप्रथम ममता जगाई उसकी!

दीपू...जो दूर बचपन में किस प्रकार आश्रित रहता था उस पर!

... और एकाएक उन्हीं क्षणों मन के स्क्रीन पर उभरा...दीपू ने एक बार उससे साउंड और लाइट पर नोट्स बना देने को कहा था।

हाँ...और किस प्रकार समझाया था उसने दीपू को...कैटरपिलर का उदाहरण देकर।

और तभी एक विपरीत सोच ने डंडा कर दिया शैलेन को। आँखों के आगे अँधेरा छा गया। सामने दीवार पर टँगा बाल गोपाल का ही दही चुराता कैलेंडर घूमता नजर आने लगा। दूर बचपन में कितना कल्पनाशील था दीपू... कितना समृद्ध, निश्चिन्त, मुक्त, विस्मय से भरपूर, जीवन रस से लबालब एवं

स्वप्निल! दिमाग में अच्छा ही अच्छा भरा हुआ। क्या शैलेन ने पढ़ाई के प्रति दीपू की गम्भीरता को बनाए रखने के लिए जीवन का काफी निराशाजनक, हताश, बदरंग और कुछ हद तक खौफनाक चित्र नहीं खींचा? क्या उसने उसे बोझा ढोते मुटियों को नहीं दिखाया? क्यों तोड़ा उसने उसकी अबोधता, सहजता, स्वाभाविक बेफिक्री से निर्मित जीवन की सर्वोत्तम कल्पना का सुन्दर ककून? साधारण बनकर जीते रहने की अन्तर्शक्ति का ककून। उसने भी तो वही भूल की जो उस छात्र ने की। दोनों ने ही, कैटरपिलर का सर्वनाश किया। बहुत सम्भव है यदि उसने दीपू के सम्मुख जीवन का इतना भयावह चित्र नहीं खींचा होता, डिग्री और प्रतिशत को इतनी ज्यादा अहमियत न दी होती तो वह घटना, इनविजिलैटर द्वारा उसे बहिष्कृत कर दिए जाने की—उसे इतना नहीं तोड़ती!

प्रश्न! यक्ष प्रश्न!!

उस रात अपने स्वर्गीय माँ-बाप की तसवीर के सम्मुख सिर पटक-पटककर रोया था वह!

जीवन के उसी बिन्दु पर ठिठके कालखंड में फिर तब्दीली आई। शैलेन की बुआ ने प्रस्ताव रखा...शादी का—"लड़की क्या है, रामजी की गाय है। दिन भर नौकर के भरोसे ठीक नहीं दीपू को रखना...कहीं कुछ अनहोनी न घट जाए।" चट मँगनी, पट ब्याह!

घोड़ी पर चढ़कर ले आया वह दुल्हनिया को। मौसम बदला। नक्षत्रों की गति में तब्दीली आई। ऋतुचक्र बदले लेकिन दीपू की स्थिति में कोई तब्दीली नहीं आई। 'अब तो कोई चित्रकार ही इस काया में रंग भर सके।' दीपू से मिलवाते हुए शैलेन ने प्रथम बात यही कही थी कि मालविका से। फिर उम्मीद सँजोते हुए इतना और जोड़ दिया था—"कौन जाने वह चित्रकार तुम ही निकलो!"

दीपू के चित्र में तो रंग नहीं भरा जा सका लेकिन ग्यारह महीनों के भीतर उस चित्रकार ने अपनी नई कृति—मलका की गूँज से उजड़े चमन जैसे उस घर को गुँजायमान कर दिया था। और मलका के जन्म के साथ ही रामजी की गाय सरीखी दुल्हनिया ने 'आँचल में दूध और आँखों में पानी' के युग समाप्ति की

घोषणा कर, अपने वजूद को फैला लिया था और अब बात-बात पर बाघिन की तरह गुर्राने लगी थी।

दरअसल शादी हुए साल भर के ऊपर होने आया था, पर वह मजा, मस्ती और मदहोशी उसे आज तक नहीं नसीब हो पाई थी जिसकी कल्पना उसने अपनी सखियों के साथ अपने कुँवारेपन के सपनों को सजाते हुए 'इलू-इलू' गाना सुनते हुए की थी। एक पारम्परिक, सामान्य, स्वप्नजीवी और खुदगर्ज स्त्री की तरह उसके अपने कुछ सपने थे जिन पर वह भूखी शेरनी की तरह टूट पड़ना चाहती थी पर अपने उस पति का वह क्या करे जिसमें वैवाहिक जीवन के मादक मन्दिर और उद्दाम सपने जगाना तो दूर की बात वह सामान्य काम तक नहीं जगा पाई थी, राम चाहे जगा पाई हो। पति ऑफिस से आते ही उसकी सजी सँवरी प्रेयसी-सी उपस्थिति को पूरी तरह नकारते उसे 'पूछताछ कार्यालय' बना देते थे। दीपू ने क्या खाया? सोया कितने घंटे? डॉ. सुबोध आए थे क्या? दवाई पिलाई थी क्या? दीपू ने फल खाया था क्या? नौकर बाहर घुमाने ले गया था क्या? उसे भूलकर भी याद नहीं आता कि आज तक कभी पति ने उसे कामना तप्त हाथों से छुआ हो, या भरपूर नजर से देखा भी हो और ऐसे में जब उसके सपनों के आकाश के तारे एक-एक कर टूटते जा रहे थे, उसमें अधीरता आ रही थी और उसे लग रहा था कि उसका नवविवाहित जीवन जो इस कदर बदरंग, बेमजा और उत्तेजनाविहीन हो गया, उसकी तह में दीपू ही है। और इस कारण वह इन दिनों आनायास ही दीपू के प्रति हिंस्र और क्रूर हो उठती। कामना करती कि वह मर जाए या डॉ. सुबोध के निजी पागलखाने में भिजवा दिया जाए। अपनी छोटी बुद्धि लगाते हुए उसने दीपू की आजादी काफी कम कर दी थी। पहले घर में खाने की चीज खुली रखी जाती थी जिससे कि दीपू जब चाहे उन्हें उठाकर खा ले पर अब सब चीजों को बन्दकर रखा जाने लगा था। दोपहर को भी प्राय: वह दीपू को कमरा बाहर से बन्द कर देती और फिर इतमीनान से नहाने या सोने जाती। बहुत पहले एक बार दीपू ने एक काँच की प्लेट दीवार में दे मारी थी, इसी घटना को फैलाकर-बढ़ाकर इस प्रकार उसने शैलेन के सम्मुख प्रस्तुत किया था कि शैलेन की उसकी आगे एक भी नहीं चली थी, अन्त में थके-हारे स्वरों में उसने मालविका को अन्तिम रूप

से समझाते हुए इतना अवश्य कहा था—"जानती हो, देवर शब्द का अर्थ होता है? देवर का मतलब होता है द्वितीय वर। तुम्हें मेरी कसम, तुमने यदि इस रिश्ते की गरिमा नहीं रखी।"

लेकिन जीने और भोगने के लिए अकुलाती और हाय-तौबा मचाती मालविका पर ऐसी कसमों का कोई भी प्रभाव नहीं पड़ता। वह अपने ऐसे 'रामकृष्ण' से पति पर कुढ़ती रही और परिणामत: दीपू जिन्दगी की ढलान पर तेजी से लुढ़कता रहा। टी.वी. के चलताऊ प्रेम के भड़काऊ कार्यक्रम, प्रेम-विज्ञापन, गीतों के मादक-बोल उसे प्रेम की बुलबुल बना देते। अल्हड़ उम्र...पूरा एकान्त...हनीमून के सपने...सब कुछ उसकी आत्मा को इस कदर बेकाबू कर देते कि कई बार वह गरिमाहीन एवं घटिया स्तरों पर उतर अपनी उत्तेजक देह को कभी कपड़ा बदलने के बहाने, कभी पहनने के बहाने, कभी इस—उस बहाने नए-नए ढंग, नए कोणों से, दहकती भाव भंगिमा के साथ कभी दिन के चौंधियाते उजाले में तो कभी ढलती शाम के झुटपुटे अँधेरे में अपने साधु जैसे पति के समक्ष प्रस्तुत करते समय अपनी स्वाभाविक लाज और संस्कार के शिव धनुष को भी स्वयं ही तोड़ फेंकती और ऐसा करते समय यह भी भूल जाती कि दीपू भी वहीं कहीं उपस्थित है। एक बार एकदम झीनी 'तिल छाने तरबूज निकले'-सी नाइटी में जब वह चाय देने आई शैलेन को, तो दिमाग की नसें तड़क गईं उसकी, पत्नी में शर्म और सेविका देखने का अभ्यस्त उसका हिन्दुस्तानी मस्तिष्क एकदम से फट पड़ा—"देवर तुम्हारा अभी पूरी तरह पागल नहीं हुआ है...कुछ तो शर्म हया रखो। जाने किस खानदान से आ गई है।"

जितना अधिक अपनी उथली बुद्धि से वह उसे रिझाना चाहती। उतना ही वह खीझ पड़ता। दोनों अनाड़ियों की तरह अपनी-अपनी कामनाओं के तीर एक-दूसरे पर चलाते, और लहूलुहान होते रहते। और उन्हीं दिनों काँव-काँव बनी इस जिन्दगी के एक जटिल समीकरण ने परिवार की पूरी लाइफ लाईन ही बदल दी। दरअसल परिवार एवं मानवता के उच्चतम धरातल पर खड़ा वह आई.आई.टी. इंजीनियर मानव मनोविज्ञान के इस साधारण से सत्य को समझने से पूरी तरह चूक गया था कि परिवार में एक भी सदस्य यदि अतृप्त और

असन्तुष्ट है तो वह पूरे परिवार को ही अपने प्रतिशोध एवं प्रतिहिंसा की ज्वाला में झोंक सकता है।

स्मृतियों के कालपत्र में खंजर-सी गड़ी वह शाम, जब पूरा घर एक चीख में बदल गया था। फ्लैट के अन्दर, बाहर, सँकरी गली के नीचे एक भीड़ जमा थी, जो कुछ कौतुहल, कुछ डर, कुछ आतंक, कुछ थ्रिल, रोमांच और सस्पेन्स के विविध तत्त्वों का जायका लेती उस दुर्लभ दृश्य को निगल रही थी।

"पगला कहीं फेंक ही न दे मलका को, देखो, आँखों में कैसे खून के कतरे उतर आएँ हैं। नथुने कैसे फड़क रहे हैं, बदन कैसे थर-थर काँप रहा है।"

"पहले तो कभी इतना हिंसक हुआ हो सुना नहीं, आज क्या हुआ?" नौकरानी बतला रही थी—"दोपहर ग्यारह बजे से शाम चार बजे तक भी जब उसकी भाभी ने उसका दरवाजा बाहर से नहीं खोला तो उसने पीटना शुरू किया दरवाजा। उसके पीटते रहने के भी आधा घंटा बाद जब खोला उसने दरवाजा तो दीपू का पायजामा पेशाब से लथपथ था, कहते हैं कि गन्ध के मारे माथा भन्ना गया—उसने दो-चार हाथ जड़ दिए देवर को। देख लो, भाई राम बना हुआ है छोटे भाई के पीछे और भौजाई पूरी चंडिका। उसके बाद पता नहीं कैसे किसी कुतूहल की तरह मलका घुटने चलती हुई पहुँच गई उस तक और उसने उसे गोद में लेकर जैसे ही चूमना शुरू किया। मालविका खींचने लगी उससे मलका को और उसके बाद से ही वह भड़क गया। कहता है, नहीं दूँगा इसको और किसी ने जबर्दस्ती छीनने की कोशिश की तो फेंक दूँगा नीचे।"

भीड़ को देखते जा रहा था शैलेन, खंड-खंड खंडित, क्षण-क्षण कीलित जैसे कोई दाँव हारा जुआरी देखता है, नीलाम होते अपने ही घर को। हर आनेवाले क्षण में उसे लग रहा था, जैसे वह स्वयं भी अपने व्यक्तित्व से छिटका भीड़ के उस सामूहिक 'हम' बोध का हिस्सा बनता जा रहा है।

उस जानलेवा जीवन साथिन ने भीड़ की सहानुभूति को 'मत चूको चौहान' के अन्दाज में भुनाया था। मुहल्ले के सरवराओं से ही उसने

मनोचिकित्सक डॉ. सुबोध को मलका की जान का वास्ता देकर अविलम्ब बुलवा लिया था।

दीपू अब स्वयं ही नियन्त्रित हो गया था। परम सन्तोष एवं दर्प के साथ बतियाते जा रहे थे डॉ. सुबोध—ठीक समय पर बुलाकर बचा लिया आपने मलका को। अरे, कुछ कहा नहीं जा सकता ऐसे स्त्रीजोफेनिक रोगियों का। अपने प्रति संसार में हजारों व्यक्तियों में बँटे ये स्वयं को मरे हुए चूहा से लेकर सारे संसार का मसीहा तक समझ बैठते हैं, अमेरिका के राष्ट्रपति कैनेडी की हत्या भी एक सीजोफेनिक ने ही की थी। अरे, हत्यारा काहे का, अपने हिसाब से तो उसने अमेरिका का भला ही चाहा था। कोर्ट ने बाद में उसकी दिमागी जाँच करवाई तो पता चला ...।

चारों तरफ उठता शोर एक भावशून्यता की बदबू छोड़ता हुआ शैलेन की आत्मा, उसके सिकुड़े वजूद एवं उसके अंग-प्रत्यंग को दाग रहा था। एक कराहती चीख उसके भीतर से उठ रही थी—'तुम सब मध्यवर्गीय नपुंसक बुद्धिजीवी हो...आए दिन होनेवाली सड़क दुर्घटना, रेल दुर्घटना, अग्नि दुर्घटना, विमान दुर्घटना, बस दुर्घटना, स्कूल बस दुर्घटना, जिसमें हजारों बच्चे अनाथ हो जाते हैं या बेमौत मारे जाते हैं, यह सब तुम्हें विचलित नहीं करता, पर एक मानसिक विक्षिप्त का साधारण उत्पात तुम्हारी नींद उड़ा तुममें असुरक्षा जगा देता है।'

पत्नी को भी कहना चाह रहा था वह—'मलका की सुरक्षा का दायित्व जितना तुम्हारा है उतना ही मेरा भी, दीपू से उसे कभी कोई खतरा नहीं होगा।' पर वह जानता था कि मुहल्लेवालों से तो वह फिर भी चाहे भिड़ जाए पर अपनी उस पत्नी का क्या करे जिसने उसके तमाम छोटे-छोटे पोस्टरों, मृत्युशय्या पर दिया माँ को अन्तिम वचन, भाई के प्रति कर्तव्य बोध, इनसानियत का तकाजा सब पर अपनी नव शिशुकन्या की सुरक्षा के सवाल का बड़ा पोस्टर चिपकाकर उसे वह पटखनी दी थी कि ...

पागलखाने में इलाज के नाम पर दीपू जैसे बिखर गया था।...ओ.पी.डी. में डॉक्टर को दिखाए जाते समय वह हिंसक हो उठा था। हिंसा जो औरों के लिए कम, स्वयं के लिए ज्यादा थी। उसे नियन्त्रित करने के लिए इलैक्ट्रिक शॉक लगाया गया था। बिजली का झटका झेलकर, दो कन्धों पर टिके, पस्त और

निचुड़े हुए दीपू ने भर्ती किए जाते वक्त सीधे शैलेन की आँखों में देखा था, तुमसे मुझे ये उम्मीद नहीं थी भइया। कम से कम तुमसे तो नहीं ही थी...'

जोगन बनी रात और हृदय के सौरमंडल की ही तरह एक-एक कर बुझते आसमान के तारे।

हर रात की तरह शैलेन ने आज भी डायरी में अपनी अन्तिम पंक्ति लिखी—'मुझे क्षमा करना दीपू, कुछ भी नहीं कर सका मैं, सिवाय तुम्हें अनन्त के हाथों सौंपने के। काश, मैं कुछ और...' और वहीं कुर्सी पर ही ढह गया वह।

भरी दोपहरी के अँधेरे

एक कहानी जो अढ़ाई हजार वर्षों से लगातार लिखी जा रही है, उसी का पुनराख्यान है यह कहानी। आप कहना चाहेंगे यह कैसे सम्भव है? अढ़ाई हजार वर्षों पूर्व जो कहानी लिखी गई वह आज की कहानी कैसे हो सकती है? शायद नहीं हो सकती पर हो भी सकती है। क्योंकि तमाम आधुनिकता और प्रगति के बावजूद जिसे काल ने नहीं धुँधलाया, वह है मानव मन की बेचैनी और भटकाव। वही बेचैनी जो किसी को समुद्र के भीतर ले जाकर कोलम्बस बनाती है तो किसी को पहाड़ों के ऊपर दर-दर भटकाती बुद्ध और महावीर। सत्य यह भी है कि हर बेचैन आत्मा बुद्ध और महावीर नहीं बन पाती। शायद इसलिये कि हर बेचैनी सान पर नहीं चढ़ पाती।

बहरहाल, सिलसिला इसी बेचैनी से शुरू हुआ था।

और एक पीली शाम ...

आन्तरिक कोलाहल, हवाओं की खोज और जिन्दगी को सँभाल पाने की दिलो-दिमाग की असामर्थ्य ने ला पटका मुझे गिरिडीह जिले के निकटवर्ती मधुबन गाँव में, जहाँ एक रहस्यमई सृष्टि किसी नए आश्चर्य के लिए पुकार रही थी मुझे। यहीं मिले थे इस कहानी के सारे 'इन्पुट'।

यूँ यह मधुबन गाँव भारत के भाल पर माथे की महीन बिन्दी जितना भी नहीं, पर जैसे ही इसका रूपान्तरण समवेत शिखर जी के रूप में हुआ...माथे की वह बदरंग बिन्दी हीरे की कणी की तरह झिलमिलाने लगी।

जैनियों का मक्का-मदीना—यह शिखर जी! जहाँ एक किलोमीटर के भीतर ही बीस अति भव्य मन्दिर हैं। नक्काशी और वास्तुकला के नायाब नमूने! अध्यात्म के ताजमहल! देवदारु, कृष्णचूरी, राधाचूरी और यूकलिप्टस जैसे खूबसूरत पेड़ों से घिरे उत्तुंग शिखरोंवाले मन्दिरों की इन कतारों को देख आप इसे मन्दिरों का देश भी कह सकते हैं। इसकी पृष्ठभूमि में शिखर जी की पहाड़ियाँ हैं। सर्दियों में दूर-दराज से आए पक्षियों की तरह देश के कोने-कोने से जैन सम्प्रदाय के लोग यहाँ आते हैं इन पहाड़ियों के दर्शन के लिए। अन्तरात्मा को जगातीं इन पहाड़ियों के पग-पग पर इतिहास बिखरा पड़ा है। चप्पा-चप्पा अँटा पड़ा है देव कथाओं, लोक-कथाओं, विश्वासों और मान्यताओं से। कहते हैं कि जैनियों के चौबीस तीर्थंकरों ने सत्य की खोज में राज-पाट, घर-परिवार को त्याग इन पहाड़ियों पर नंगे पैर विहार किया था। यहाँ आज भी उन रास्तों पर उनके पद-चिह्न सुरक्षित हैं, जहाँ प्राप्त हुआ था उन्हें निर्वाण।

लौटना फिर अपनी तरफ।

भोर के नरम कोहरे को भेदती हुई एक आवाज़...जागिये पहाड़ पर जाने का समय हुआ...ने नींद में बहती मेरी सुप्त चेतना को हल्के-से ठकठकाया। गहरी नींद में वह आवाज़ किसी दूसरे लोक से आती हुई लगी। वह आवाज़ उन यात्रियों के लिए थी, जिन्हें उस सुबह पहाड़ की यात्रा करनी थी। मैं पूरा पहाड़ चढ़ने को उत्सुक नहीं थी, बस...कुछ दूर तक जाकर किसी ऊँचे टीले पर बैठकर पहाड़ को अपने भीतर महसूस करना चाहती थी। इस कारण मैं भी उठ बैठी। हाथ घड़ी पर नज़र पड़ी—चार बजकर तीन मिनट। फटाफट तैयार हो, कैमरे को बैग में डाल मैं नीचे।

पाँच-छ: भव्य कोठियों वाली उस धर्मशाला-कम-मन्दिर के करीब आधा किलोमीटर लम्बे गलियारे को पारकर जब मन्दिर के प्रवेश द्वार के बाहर खुले आँगन तक पहुँची तो एक जबर्दस्त दृश्याघात! जैसे कैलिफोर्निया से सीधे

कालाहांडी पहुँच गई हूँ। कहाँ धूप, चन्दन, कपूर, अक्षत, कुंकुम, केसर और अगरबत्ती से गमकती-महकती दुनिया और कहाँ कई दिनों के मैल, जमा पानी और पसीने की मिली-जुली गन्ध के भभके। कहाँ साटन-सी स्त्रियाँ, नवनीत से कोमल-चिकने पुरुष और कहाँ ढीली मैली पोटलियों से एक-दूसरे पर लदे-बिखरे ये ढेर सारे डोलीवाले। बासी मुँह, कीच भरी आँखें और उनींदे मैले चेहरे। सोने और बैठने के बीच की स्थिति में अपनी डोली पर ही लुढ़कते-गिरते। मिचमिची आँखों से अपनी बारी का इन्तजार करते हुए।

हर डोलीवाले का अपना एक नम्बर। मन्दिर की प्रबन्ध समिति हर यात्री को एक लाठी और माँग के अनुसार डोली वालों को उसके साथ कर रही थी। भोर के नीम अँधेरों में नंगे पैर चलते ढेर सारे यात्रियों, डोली वालों और टाल-टँपाल के साथ मैं भी पहाड़ की ओर निकल गई।

हर बार की तरह इस बार भी यात्री अपेक्षाकृत कम थे, इस कारण डोली वालों के चेहरे लटके हुए थे। आसपास के अंचलों से इकट्ठे हुए इन आदिवासी डोली वालों के लिए हर यात्री देवता या कुबेर था। यात्रियों के काफिले को देखते ही सुस्त पड़े उनके चेहरों पर रंगत आ जाती और शरीर में हलचल। बस के दरवाजे से लेकर ठहरने के कक्ष तक चक्करघिन्नी की तरह नाचते नज़र आते थे डोलीवाले।

उस दिन भी रात-रात अकड़े-ठिठुरे डोली वालों में से सिर्फ पच्चीस खुशनसीबों को ही काम मिल पाया था। कुछ जिनकी उम्मीदें तगड़ी थीं, वे यात्री मिलने की आशा में वहीं उनींदे जमे थे। कुछ उठकर पहाड़ की तरफ चल दिए थे।

थोड़ी दूर ही बढ़ पाई थी मैं कि दो डोली वालों ने पूछा, "डोली लगेगा?"

"नहीं।" पर जाने किस आशा में वे मेरे पीछे धीरे-धीरे चलते रहे। आगे बढ़ी तो सिगड़ी सुलगाते और चाय के भगोने धोते नन्हें हाथ। एक पंक्ति में बने भव्य मन्दिरों और साधु-ऋषियों के आदमकद कट-आउट की छाया में बैठे ढेर सारे रोगियों, कोढ़ियों, भिखमंगों, लूलों एवं लंगड़ों ने अपनी चकले-सी चौड़ी सपाट मैली हथेलियों को सामने फैला-फैलाकर आगे बढ़ना दुश्वार कर दिया था। कई भूरी काली आकृतियाँ जो जिन्दा थीं मगर जिन्दा नज़र नहीं आ रही थीं। कई इस कदर ठठरी थीं कि समझ पाना मुश्किल था कि औरत है या मर्द।

काले पपोटों के बीच धँसी बुझी आँखें जो किसी भी यात्री को देख भक् से जल उठती थीं।

आसमान में ओझल होते तारों का शेष होता उजास...मद्धिम-मद्धिम बहती पुरवैया, भोर की सात्विकता और सामने पुकारती पहाड़ियाँ...मन में जाने कैसे अस्पष्ट अनुभूतियाँ उठने लगतीं...घड़ी भर के लिए दुनिया के कारोबार से दूर अपने भीतर लौकिक से अलौकिक होती, भोर की उस अद्‌भुत शान्ति से समरस होती कि तभी कोई टूटा हाथ लिए भिखारी या कोई डोलीवाला सामने आ खड़ा होता और मेरी तल्लीनता के परखच्चे उड़ जाते।

पहाड़ तक पहुँचू-पहुँचू कि दिमाग का पचास प्रतिशत सात्विक तत्त्व फ्यूज! मेरी परेशानी और झुँझलाहट बढ़ने लगी थी। उन क्षणों मैं मानवीय दुःख, त्रासदी, शोषण...धूल-कीचड़ के बारे में सोचना भी नहीं चाहती थी, बिलकुल भी नहीं। पर पहाड़ के रास्तों बनी खपरैल की कच्ची अधबनी, रिसती झोपड़ियाँ, कादा-कीचड़, गोबर, कचरा, रँभाती गायें, पगुराते साँड़ और सुबह की गन्दगी को चतुर मेहतरों की तरह सफाचट करते सूअर मुझे भूलने ही नहीं देते थे कि मेरे पैर अभी भी धरती पर ही हैं। और उस पर हर तीसरे कदम पर डोली वालों की रट सुनते-सुनते मेरी खोपड़ी झनझना गई। मन किया किसी कुत्ते की तरह अपने गले पर पट्टी बाँध लूँ...मुझे डोली नहीं चाहिए।

बहरहाल, मैं जल्दी-जल्दी चलने लगी कि जितनी जल्दी हो सके इस धरती की धूल धक्कड़ को पारकर पहाड़ की किसी उच्च शिला पर बैठ स्वयं को पहाड़ी हवाओं और फूल बरसाती बहारों के हवाले कर सकूँ कि गहन एकान्तिक क्षणों भीतर कुछ उगे...कुछ अद्‌भुत...अलौकिक...कुछ अविस्मरणीय। आखिर ये वे पहाड़ियाँ ही तो थीं जिनके किसी ऊँचे टीले पर बैठकर ऋषियों-मुनियों ने अपनी आत्मा का पड़ताल किया था। जीवन के अर्थ खोले थे।

अन्ततः पहाड़ और ऊँचाइयाँ। सुबह-सी-सुबह। दिग-दिगन्त तक फैली सघन हरियाली, नारंगी होता आकाश और हवा में झूलते ऊँचे-ऊँचे दरख्त...मैं आमंत्रित किसी ऊँची उड़ान के लिए...पर मुझे धरती पर ही अटका रखने का उतारू ठौर-ठौर पर रेड़ मारते ये डोलीवाले!

आखिर मैं किसी ऊँची शिला पर बैठ यात्रियों और डोली वालों के काफिले को गुजरते देखती रही। थोड़ी देर बाद ही सब यात्री जा चुके थे, डोलीवाले भी समझ गए थे कि मुझे आगे नहीं बढ़ना है। और देखते ही देखते अब वहाँ पूर्ण निस्तब्धता थी। न इनसान न इनसानी आवाज़।

मैं और सामने विराट!

मन और आत्मा पर सदियों से जमी फफूँदी और थकावट की काई को मिटाने के लिए मैं आँखें मूँद लेती हूँ और स्वयं को हवाओं के हवाले कर देती हूँ। अन्तर्चक्षु गहराते हैं और भीतर रोशनी की एक हल्की लकीर-सी खिंचने लगती है।

पूरी तरह माईंड से नो-माईंड की स्थिति।

मैं युग-युग तक उसी प्रकार बैठी हवाओं में उड़ती हवाओं से ताकत बटोरती रहती। ब्रह्माण्ड के आर्केस्ट्रा को सुनती रहती, आत्मा पर लगे महानगरीय कीचड़ को धोती रहती कि तभी जैसे किसी ने ढेला मार मेरी तन्द्रा भंग कर दी।

वे तीन किशोरियाँ थीं जो इस प्रकार सघन सन्नाटे में पत्थर के ऊपर आँखें मूँदे आलथी-पालथी मारे देख मुझे माथाफिरी समझ खिलखिलाकर हँस पड़ी थीं। गिलहरी-सी चंचल किशोरियाँ। सभी ग्यारह से पन्द्रह वर्ष के बीच की। ये कहाँ से आ टपकीं? मैं भीतर से बाहर लौटी। नहीं, ये बाहर की नहीं थीं। ये यहीं की स्थानीय बाशिन्दा थीं। पहाड़ी हिरनियों सी इनकी धमाचौकड़ी, झूमा-झटकी, मैले कपड़े, पाँव में सस्ते प्लास्टिक की चप्पलें एवं बिखरे बाल...मुझे कुछ भी सन्देह नहीं रहा था कि तभी देखा उनके पीछे-पीछे एक अधेड़-सी स्त्री।

ये यहाँ पहाड़ पर क्या करने आई हैं? शायद खोखड़ी, कुकड़ी (एक प्रकार की सब्जी) या महुआ बटोरने आई होंगी। कई आदिवासियों को देखा था मैंने खोखड़ी-कुकड़ी को बीनते और उनकी लुगदी बनाकर खाते।

क्या महुआ बटोरने आई हो? पर बजाय जवाब देने के वे हँसने लगीं। झर-झर बहती हँसी।

मैं फिर पूछती हूँ...वही सवाल।

जवाब देते उसकी आँखें, हाथ-पैर सभी बोलने लगते हैं।

हम पहाड़ पर बालू उठाने आई हैं।

बालू? सपने इकट्ठे करने की उम्र और बालू? पर क्यों?

वे हँसने लगती हैं। महुआ सी मोहक हँसी। लगा जैसे वे जिन्दगी से कुछ ज्यादा ही खुश हैं।

मैं फिर पूछती हूँ...वही सवाल।

यहाँ पहाड़ पर मन्दिर बनेगा।

क्या? हे भगवान! एक और मन्दिर! क्या होगा इतने मन्दिरों का। यात्रियों से ज्यादा मन्दिर।

क्या यहाँ की भूमि धँस नहीं जाएगी इतने मन्दिरों के भार से?

उड़ते बादल के टुकड़ों की तरह स्मृति का कोई टुकड़ा जेहन में तैरने लगता है। करीब पाँच-छह वर्ष पूर्व की एक घटना। झारखंड में ही गुमला जिले के बिशुनपुर प्रखंड में एक बार घूमते-घामते हो जनजाति के एक आदिवासी से पूछा था मैंने—"क्या तुमने किसी हिन्दू देवी-देवता को देखा है?" उसने गर्दन हिला दी थी—"यहाँ तीस कोस तो मैं हर दिन चलता हूँ...मैंने तो नहीं देखा कोई मन्दिर...कोई आलय...हाँ एक बार विश्व हिन्दू परिषद के लोगों ने जरूर कुछ कैलेंडर और लॉकेट बाँटे थे, बस तभी एक दफे देखी थी भगवान राम की तसवीर।" और सचमुच मैंने देखा उन आदिवासी अंचलों में मीलों तक कोई मन्दिर तो क्या कोई आलय, शिवालय या सिन्दूर पुता शिवलिंग तक नहीं था। और यहाँ मन्दिरों के जखीरे! काश, इनमें से किसी को उठाकर उन अंचलों में ले जा पाती तो पठार इलाका वृन्दावन बन जाता।

उतरती नदी सी इस अधेड़ स्त्री को मेरी बात रास नहीं आई। रेत पर पड़ी मछली-सी उसके चेहरे की सूखी खाल हल्के से काँपी। छिपकली की तरह थोड़ी बाहर को निकली उसकी आँखें सिकुड़ी...होंठ बुदबुदाये-बनते रहें मन्दिर। बालू उठाते-उठाते लीद निकल जाती है पर भात तो मिल जाता है।

उसका नाम अग्निदेवी था और वे तीन किशोरियाँ थीं—गुड़िया, टुडु और रानी। उसकी पुत्रियाँ।

उनमें सबसे बड़ी गुड़िया से मैं पूछती हूँ--"कितनी भजदूरी मिलती है एक दिन में?"

अपने श्रम के गर्वीले गुमान के साथ बाएं हाथ का पंजा उठाते हुए वह बताती है—"पाँच रुपये।"

"बस? कितनी बालू उठाने पर?"

"सुबह आठ बजे से शाम पाँच बजे तक।"

"क्या? बीच में खाने के लिए छुट्टी नहीं मिलती?"

अपनी विपन्नता से बेखबर वह शर्माती हुई ताजा निकले चूजे की तरह माँ से सट जाती है। टुडु जवाब देती है।

"हम लोग बीच में खाते ही नहीं।"

"क्या?"

"घर कितनी दूर है?"

चंचल चिड़िया की तरह चोंच खोलती हुई वह तपाक से जवाब देती है—

"तीन किलोमीटर।" जवाब देकर वह फिर अपनी टाँगों को हिलाने लगती है।

"तीन किलोमीटर यानी हर दिन छह किलोमीटर की आवाजाही और नौ घंटे की रगड़ाई के बाद सिर्फ पाँच रुपये?"

अग्निदेवी के चेहरे पर पतझड़ छा जाता है। अपने चहुँ ओर बिखरी सुन्दरता से बेखबर अपने ही भीतर के यातना-गृह में डूबती-उतराती वे कहती हैं—

"क्या करेगी? और कोई काम भी तो नहीं मिलता।"

मैं सहानुभूति से उसकी ओर देखने लगती हूँ कि तभी नज़र फिसलती हुई ढेर सारे बन्दरों पर। लाल-लाल मुँह के बन्दर खोंखियाते हुए एक डाल से दूसरे डाल पर कूद-फाँद रहे थे। मैं उत्तेजना से चीख पड़ती हूँ—"देखो, बन्दर!" अग्निदेवी के बैगनी होंठों पर भी हल्का स्मित फैल जाता है। थोड़ा करीब आ मेरी आँखों में, देखते हुए वह आशा भरे स्वर में पूछती हैं—"डोली लगेगा बहनजी, हमारा आदमी डोली उठाता है, बीस रोज से पहाड़ पर दौड़ रहा है पर कोई यात्री नहीं मिलता।"

"क्या? डोली?" जमी बर्फ-सी उदास वे आँखें! और उस क्षण की लपट... मेरे भीतर अचानक कुछ पिघलने लगता है।

बड़ी मुश्किल से दो शब्दों को कंठ से बाहर ढकेलती हूँ—"नहीं, मैं पहाड़ पर नहीं चढ़ रही।"

क्षण-भर वह मुझे देखती है। प्लास्टिक की चप्पलों में अपने बेडौल पैरों को घुसाती है और सूखती नदी सी अपनी आँखों को दूसरी ओर घुमा लेती है। मैं उसे पगडंडियों की तरफ जाते देखती रहती हूँ।

मैं फिर ध्यानाविष्ट होने की चेष्टा में आँखें मूँद लेती हूँ। लेकिन कोई तार जैसे टूट गया था। मेरी सारी लय-ताल-गति टूट जाती है। आँखें मूँदते ही श्रम को किसी पवित्र पाठ की तरह पढ़ती वे श्रम-सुन्दरियाँ और गमगीन अग्निदेवी की बुझी-बुझी आँखें और भी शिद्दत से मेरे मानस पर लोटने लगती हैं। अब चाहकर भी पहले की तरह आलथी-पालथी मार मैं बैठ नहीं पाती। एक महीन उदासी और बेचैनी मुझ पर तारी हो जाती है ...। समझ जाती हूँ कि दैन्य और दरिद्रता के दलदल में साधना के कमल नहीं खिल सकते।

बैग हाथ में ले मैं आगे बढ़ने लगती हूँ।

कदम आगे बढ़ते हैं पर विक्षुब्ध मन पीछे-पीछे।

एक बार इसी प्रकार कन्याकुमारी के समुद्र तट पर विक्षुब्ध मन:स्थिति के साथ घूमते-घूमते रामकृष्ण मठ के एक संन्यासी से मेरी भेंट हुई थी। उन्होंने मुझे एक मंत्र दिया था—जब कभी अशान्त और तनावग्रस्त हों, आप शान्ति के साथ अपने भीतर उठते आवेगों, तनावों और अशान्ति को देखिए...धीरे-धीरे आप अपने भीतर की बावड़ी में इतनी गहरी उतर जाएँगी कि पता ही नहीं चलेगा कब सतह की अशान्ति और तनाव शान्त हो गया। गहरा पानी हमेशा शान्त होता है।

"पर आपने संन्यास लिया ही क्यों था महाराज?" मैंने पलटकर पूछा था। हँस दिए थे वे, एक उदास हँसी—"हर संन्यास के पीछे कोई बेचैनी, कोई अशान्ति और कोई मोहभंग ही होता है। मैं अपने गाँव का नम्बर वन पहलवान बनना चाहता था, पर हर बार ऐसा होता कि मैं दो नम्बर पर आकर अटक जाता। अपनी हार...अपने कमतर होने को मैं सहन नहीं कर पाता। स्वप्न में भी मुझे वही पहलवान दिखता। मेरी छटपटाहट और बेचैनी का आलम यह था कि दिन में भी मैं दीवारों पर मुक्के मारता। उन्हीं दिनों मुझे अपनी पहली नौकरी का नियुक्ति-पत्र

भी मिला, पर मुझे कोई खुशी नहीं हुई। माँ ने कहा, नौकरी मिली है, जा जाकर गुरुदेव से आशीष ले आ। मैं उनसे मिलने के लिए निकल पड़ा। वहाँ मैंने अपनी बेचैनी के बारे में बताया। उन्होंने कहा, जब तक जीवन है असफलताएँ और अस्वीकृतियाँ तो रहेंगी ही। मान लो इस जन्म में तू पहलवान बन भी गया तो क्या अगले जन्म में भी असफलता तो पीछा नहीं छोड़ेगी। इससे सदा के लिए पार पाना है तो संसार की आवाजाही से ही ऊपर उठ जा, बन जा संन्यासी।"

"बस मैंने सोच लिया मुझे नहीं रहना संसार में। पैंट-शर्ट पहनकर निकला था घर से...पर लौटा तो नंगे पैर...मुंडा सिर और गेरुआ वस्त्र।"

"फिर मिल गई आपको शान्ति?"

मेरे प्रश्न की तल्खी से चौंक गए थे वे। चेहरे पर उदासी का अक्स उभरा। धीर-गम्भीर आवाज़ में बोले—"यह तो इतने वर्षों बाद समझ पाया हूँ कि सम्पूर्ण शान्ति सिर्फ एक मरीचिका है। एक मृत्यु है। शान्ति-अशान्ति, सफलता-असफलताएँ तो जीवन सागर की लहरें हैं। यह कैसे सम्भव है कि जीवन रहे और लहरें नहीं उठें। फर्क सिर्फ इतना ही है कि कामनाओं की चाँदनी जब तेज होती है तो लहरों का मचलना-उछलना वेग से होने लगता है, अन्यथा वे निस्पन्द पड़ी रहती हैं।"

चिन्तकों और ऋषियों की उस भूमि पर चलते-चलते कन्याकुमारी संन्यासी का ध्यान किसी सुखद झोंके की तरह आया और चला गया। खंडहरों में दबे इतिहास की ही तरह। शायद ऐसे ही निविड़ आवेग और अशान्ति को शान्त भाव से देखती महसूसती मैं पहाड़ पर आगे बढ़ती हूँ...बढ़ती ही जाती हूँ।

मैं और मेरा आसपास...सब स्थगित!

ऊँचाइयाँ और ऊँचाइयाँ!

पूर्णत्व का अहसास कराती प्रकृति और एक अतीन्द्रिय स्वप्नलोक की सृष्टि करती पहाड़ियाँ और इन सबके साथ बहता फैलता पहाड़ी संगीत, उड़ते परिन्दे और रागिनी गाती हवाएँ...सब कुछ मिलकर मन पर अजीब छाप छोड़ने लगे। खुल जा सिमसिम की तरह इतिहास के दरवाजे खुलने लगे। शताब्दियाँ

आँखों के सामने से गुजरने लगीं। बुद्ध, महावीर, सुकरात, ईसा...पन्त, निराला और अज्ञेय। 'पर सबसे अधिक मैं वन के सन्नाटे में मौन हूँ क्योंकि ये ही मुझे बताते हैं कि मैं कौन हूँ।' शायद ऐसे ही किसी निविड़ नि:शब्द सन्नाटे में लिखा होगा अज्ञेय ने।

अपने भीतर बहती, सोचती-विचारती, हाँफती-हाँफती मैं काफी ऊँचे तक। साँस लेने के लिए कुछ देर ठहरती हूँ कि रास्ता फिर दो फाँकों में। इधर मुड़ूँ कि उधर? और तभी बिजली की तरह यह खयाल कौंधता है कि फड़-फड़ इतना ऊँचा चढ़ गई...पर मैंने कोई निशान तक याद नहीं रखा...इस बीच जलेबी की तरह ये गोल-मोल चक्करदार जंगली रास्ते जाने कितनी बार दो फाँक हुए, अब उतरते वक्त कहीं भटक गई तो? इतने सौन्दर्य और भव्यता के बीच मैं तो भूल गई थी कि मुझे नीचे भी उतरना है। अब मैंने चारों ओर नज़रें दौड़ाईं...मैं और पहाड़। दूर-दूर तक न आदमी न आदमजात। एकाएक मेरे और सृष्टि के बीच व्याप्त सन्नाटा गहरा गया...सघन और रहस्यमय सन्नाटा! साँय-साँय करती हवा और पहाड़ एकाएक रहस्यमय हो उठे। भीतर घात लगाए बैठा डर अपने पंजे गड़ाने लगा। एकाएक मेरी रीढ़ की हड्डी में कम्पन होने लगा और पाँव के तलुओं में सनसनाहट। यह शायद एकदम अकेला पड़ जाने के चलते घबराहट की चरमावस्था थी। कल्पना में दिखने लगी—बाघ के नुकीले जबड़ों के बीच फँसी अपनी काया। लाल-लाल बहता खून। हे करुणानिधि! हे दयानिधि...! बस

एक बार! प्रार्थना और बदहवासी...! माथे पर उग आई पसीने की बूँदों को कुरती की बाँह से पोंछते-पोंछते फिर एक आवाज़ आई...थोड़ी दूर से...सूखे पत्तों पर चलने की चरमर-चरमर। समझ गई, लो आ गया कोई बाघ कि भालू... जानवर भी घात लगाए रहते हैं, अकेले को देख दबोच लेते हैं...इसीलिए कोई इन पहाड़ों पर अकेला नहीं जाता। हाथ जुड़ गए...सब खलास। आवाज़ थोड़ी और नज़दीक आई...पेड़ों की ओट होने को नज़रें दौड़ाई तो वाह रे किस्मत के वारे-न्यारे...झाड़ियों को संटी से हटाते...रास्ता बनाते दो डोलीवाले—एक लम्बू। एक मझोला। लगा, जैसे डोलीवाले नहीं, जीवित देवता दिख गए हों—पहाड़ के देवता।

उनकी साँसें और पहाड़ी संगीत।

वे भी मुझे वहाँ देख चौंके। फिर सहज मुसकान। थोड़ा हाँफते हुए उत्सुकता से पूछ बैठे—"डोली लगेगा बैनजी!" थोड़ी लचक के साथ पूछा बैनजी शब्द कानों में रस टपका गया।

मैं मुंडी हिला देती हूँ। भर-भर आँखें उन्हें देखती हूँ—थके हुए। शान्त।

वे फिर आग्रह करते हैं—"जब यहाँ तक आ गई हैं तो पहाड़ का दर्शन कर ही लीजिए। जो समझ में आए दे दीजिएगा।"

"मुझे पहाड़ नहीं करना..." जी कड़ा कर बोलती हूँ मैं।

उनके ताजिए ठंडे पड़ जाते हैं—"कोई बात नहीं बैनजी।"

डोली को कन्धे से उतार थोड़ी दूर पत्थरों पर ऊटपटांग ढंग से बैठ जाते हैं वे और नीचे कतार में बने मन्दिरों की ओर देखने लगते हैं।

मैं भी उधर ही देखने लगती हूँ...हल्के गुलाबी रंग में कमल की पंखुड़ियों के आकार में ढला एक ताजा टटका मन्दिर ऊपर से बेहद आकर्षक लगता है।

उनसे बतियाने के लिए थोड़ा करीब खिसकती हूँ। कड़ूवे तेल और पसीने की मिली-जुली गन्ध का हल्का-सा भभका। आत्मीयता से लम्बू मेरी ओर देखता है—"अकेली ही हैं बैनजी?" अपने पीछे की ओर खिंचे बालों पर हाथ फेरते हुए वह पूछता है।

"हाँ, नीचे उतरना है...पर कौन-सा रास्ता पकड़ूँ? ओफ, मैं तो बुरी तरह घबरा गई थी कि आप दिख गए।"

वह हँस पड़ा। मख़ाने सी मीठी हँसी—"ई पहाड़ियाँ, देव पहाड़ियाँ हैं, इहाँ पर कोई रास्ता भटक भी जाए तो पहाड़ के रक्षक भौमिया देवता अपना वाहन कुत्ता भेज देते हैं...कुत्ता रास्ता दिखा देता है।"

क्या बात! जैन होते हुए भी यह जानकारी मेरे लिए नई थी। नीचे उतरने की बेताबी में मैं फिर पूछती हूँ—"आप कब उतरेंगे? अभी कहाँ से आ रहे हैं?"

उसके चेहरे पर उदासी के बादल घनीभूत हो गए—"ऊपर पहाड़ से, और कहाँ से आएँगे बैनजी। शायद ऊपर डोली लग जाए...इसी आशा में यात्रियों के पीछे-पीछे दौड़ गए थे।"

मैं अवाक! "तो पहले आपने यात्रियों से बात क्यों नहीं कर ली?"

दोनों के चेहरे की साँवली रंगत गहरा गई। एक निश्वास लेकर लम्बू बोला, "अरे, बैनजी जिनको चाहिए उनको तो डोली मन्दिर से मिल ही जाती है। हम तो भूखे मरते उन्हीं के पीछे दौड़ जाते हैं जिनके साथ डोलीवाले नहीं होते कि ऊपर जब सँकरे, चिकने और खतरनाक रास्तों पर कोई नहीं चल सके तो उस समय हमारी डोली पर बैठ जाए...इसी आशा में ...।"

"हे भगवान! बूँद भर आशा में पूरे पहाड़ पर दौड़ ...।"

मँझोले के चेहरे पर काँटे उग आते हैं—"क्या करेंगे बैनजी, यहाँ नीचे भी तो कुछ काम नहीं है। भूखों मरते गाँव से पहाड़ दौड़ते हैं और पहाड़ से खाली हाथ फिर गाँव लौट जाते हैं।"

"क्या कभी ऐसा होता है कि ऊपर जाकर यात्री डोली कर लें...।" मैं फिर कुरेदती हूँ।

लम्बू अपनी उठंग धोती पर बैठी रंग-बिरंगी तितली को उड़ाते हुए हल्के से हँस पड़ता है। "हाँ, कई बार हो भी जाता है...पिछले महीने ही बम्बई से एक पार्टी आया था...ऊपर अचानक उनकी औरत की तबीयत खराब हो गई, चक्कर आने लगे, जैसे ही हमने कहा डोली पर बैठ जाइए, वे झट से बैठ गईं...बड़े अच्छे लोग थे, दुगुनी मजदूरी दिए।"

वह अपनी रौ में बहा जा रहा था कि तभी मुझे ध्यान आया अभी तो यात्रियों को गए मात्र अढ़ाई घंटे ही हुए होंगे तो क्या इतनी जल्दी इन्होंने 27 किलोमीटर का इतना दुर्गम पहाड़ भी तय कर लिया। नीचे भी उतर गए?

लम्बू समझाता है—"देखिए 27 किलोमीटर के पहाड़ में नौ किलोमीटर का रास्ता ही सबसे कठिन, फिसलन भरा और खतरनाक होता है। हम वहीं तक यात्री के पीछे-पीछे चलते हैं। जो नौ किलोमीटर की चढ़ाई चढ़ गया उसे फिर डोली नहीं लगती...हम फिर लौट आते हैं।"

"बाप रे! हर दिन की अठारह किलोमीटर की चढ़ाई और उतराई...वह भी एक मरियल सी उम्मीद के सहारे।" आश्चर्य और दुख मेरी आवाज में घुलमिल जाते हैं।

वह बिखर जाता है—"का करेंगे बैनजी, हर धर्मशाला में हजार डोलीवाला... सब मिलाकर चार हजार डोलीवाला—मुश्किल से महीने में एकोबार नम्बर आता है।"

मैं लम्बू को ध्यान से देखती हूँ। लम्बू के दाएँ हाथ पर सिक्के के तीन निशान। एक बार मुझे बिशुनपुर में ही किसी आदिवासी ने बताया था, जैसे हमारी स्त्रियों के शरीर पर गोदने के निशान जरूरी हैं वैसे ही पुरुष आदिवासियों के दाहिने हाथ में सिक्के के तीन निशान...यह हमारे पुरुषार्थ की निशानी है...। दरअसल बचपन में ही रुई के तीन टुकड़ों को तेल में भिगोकर कलाई पर रख देते हैं फिर उसको जला देते हैं...हाँ बहुत तकलीफ होती है पर जो इसे सहन नहीं कर पाता हम उसे आदिवासी ही नहीं मानते। मुझे तीन दिन तक बुखार रहा था। पर अब यह रिवाज धीरे-धीरे खत्म हो रहा है। अब हम अन्धविश्वासों से दूर हट रहे हैं। हमने अपने बच्चों के हाथ पर सिक्के नहीं बनाए।

मैं फिर लम्बू की ओर देखती हूँ...सिक्के के तीन निशान। थोड़ी झिझक के बाद मैं पूछ ही लेती हूँ—"आप क्या आदिवासी हैं?"

वह बातों के घोड़ों पर सवार हो जाता है।

"हाँ, हम आदिवासी हैं...सन्थाल आदिवासी। हमारा नाम बुद्धन माँझी है। जी नहीं, ये सदान हैं (हरिजन), इनका नाम-फ्रुश्चन है—फ्रुश्चन तूरी... हम दोनों ही पास के गाँव के हैं, भुर्कुण्डा गाँव। हमारे गाँव में 54 हँडिया (घर) हैं, छह कुएँ हैं। नहीं, बिजली नहीं है। गाँव में तीन जातियाँ हैं—आदिवासी, तुरिया (हरिजन) और मियाँ। नहीं आज तक कभी कोई झगड़ा-झंटा नहीं हुआ। अरे भात की चिन्ता से ही फुरसत नहीं मिली, जात की चिन्ता का करेंगे...जी, यहाँ से तीन किलोमीटर पर है।" बातचीत थोड़ी देर के लिए फिर थम जाती है।

बुद्धन माँझी पास के ही पेड़ से करंज के दातुन तोड़ उसे अपने थोड़े-थोड़े बाहर निकले दातों पर रगड़ने लगते हैं। थोड़ी देर की रगड़ के बाद वे उस बचे हुए टुकड़े को दूर उछाल अपनी उठंग धोती के कोने से ही मुँह पोंछ लेते हैं। न कुल्ले की जरूरत न वाश-बेसिन की। शायद करंज के इन दातुनों का रस दाँतों के लिए उपयोगी होता है और उसके करने के बाद टूथपेस्ट की तरह मुँह इस कदर गन्दा भी नहीं होता कि उसे पानी से धोना पड़े...प्रकृति की चीजें अपने में पूर्ण होती हैं।...अपनी आदत के मुताबिक मन ही मन सोचती मैं कनखियों से उसकी ओर देखती हूँ कि तभी एकाएक मन झंकृत हो उठता है...जैसे किसी

ने आत्मा के वाद्य यन्त्र को छेड़ दिया हो...ढेर सारे खूबसूरत तोते और बीच में नीलकंठ—मेरे एकदम करीब से उड़ते हुए। मैं खुशी से चीख पड़ी—"देखो-देखो तोते...देखो नीलकंठ।"

दोनों हँसने लगे—"क्या आपके शहर में तोते नहीं दिखते?"

मैं झेंप जाती हूँ...तोते तो तोते, वहाँ तो आजकल गाय-बकरी तक नहीं दिखती। बस दिन भर काँव-काँव करते कौए, छाई रंग के कबूतर या फिर जाले में बन्द नई नस्ल की सफेद लाल ढेरों छोटी-मोटी मुर्गियाँ। या सड़क पर घूमते घाव खाये बाल उड़े कुत्ते ...।

मेरी नज़रें नीलकंठ का पीछा करती हैं। कुछ बोलने को होती हूँ कि देखती हूँ...झाड़ियों के पीछे से आता एक गड़ेरिया...पीछे-पीछे बीस-पच्चीस भेंड़ें। फ्रुश्चन तूरी से पूछता है वह—"कितना यात्री ऊपर चढ़ा? काम मिला?"

तूरी हल्के से शरमा गया। गुड़ की भेली सी मीठी शर्म—"अरे काम मिलता तो का इहाँ बैठे रहते...।"

बाप रे! इन पहाड़ियों पर तो काम मिलना भी एक घटना है। एक खबर। ऐसा क्या मिल जाता होगा एक डोली उठाने का? मुझसे रहा नहीं जाता। पूछ ही लेती हूँ।

"भैया, कितना मिल जाता है आपको पूरा पहाड़ करवाने का?"

"बँधा हुआ रेट है बैनजी। पचास से सत्तर किलो तक हर डोलीवाले को 350 रुपया और उसके बाद 375 रुपया।"

"क्या सत्ताइस किलोमीटर के इतने कठिन खतरनाक और दुर्गम पहाड़ पर 50 से 70 किलो का बोझ लादने का सिर्फ 350 रुपया?"

मेरा आश्चर्य देख पूरे जमाने का दुःख उसके साँवले चेहरे पर इकट्ठा हो जाता है। चिपचिपा चेहरा और भी चिपचिपा लगने लगता है—"एक कम रेट ऊपर से मार झिक-झिक। अभी थोड़े दिन पहले की बात है दिल्ली का एक पार्टी था...बाबू पूरा रास्ता डोली पर बैठा रहा...एक बार भी वह नहीं उतरा...ठीक है पैसा दिया है बैठा रहे। पर मजा देखिए जब चन्दा प्रभु की टॉक (पद चिह्न) आई (सबसे ऊँची पहाड़ी) तो बोला की सीढ़ियों पर भी डोली ले चलो। हम माथे पर हाथ रख दिए...कैसा यात्री?" हम हँसकर बोला, "बाबू, धरम इतनी आसानी

से नहीं होता...पुण्य का रास्ता कठिन ही होता है...ऊपर खुद चढ़िए तो मिलेगा पुण्य। बाप रे—वह तो आँखें दिखाने लगा...हमारी बात चुभ गई। बोला, कामचोर नहीं चलना है तो गियान बघारता है।"

तब ये (बुद्धन माँझी) समझाए कि बाबू इतनी सँकरी सीढ़ियों पर डोली चढ़ाएगा तो आप भी मरेगा और हम भी मरेगा। फिर भी देखिए मजा। अपनी जान से ज्यादा पैसे वसूलने की पड़ी थी। कहता था, "तो पहले क्यों नहीं बोला? तुम्हारा पैसा काटेगा।

और अपने सारे दु:खों और जिल्लतों को नीचा दिखाते हुए वह हँस पड़ा। पहाड़ी बारिश-सी मोहक हँसी।

हल्की-हल्की बारिश। टापुर-टापुर। हम थोड़ा हटकर एक बड़े वृक्ष के तले बैठ गए। तूरी कान के पीछे से अधबुझी बीड़ी निकाल सुट्टा मारने लगा। बातचीत फिर थोड़ी थमी। भर-भर आँखें नज़रें दौड़ाईं—लाल मुँहवाले बन्दरों का परिवार फिर एक पेड़ से दूसरे पेड़ पर कूदा। माथे पर लकड़ियों का बड़ा-सा गट्ठर लिए कोई लकड़हारा गुजरा। दो-तीन आदिवासी झाड़ियों में घुसे...शायद कुकड़ी या महुआ बटोरने या जड़ी-बूटी की खोज में। एक-दो आदिवासी औरतें भी गुजरी... सिर पर पत्तियों का ढेर लादे। गड़ेरिया, लकड़हारा, बन्दर, रंगीन तितलियाँ, तोते, नीलकंठ और बकरियाँ...। लगा किसी पुरानी दुनिया में लौट आई हूँ...पेड़-पौधों, पशु-पक्षी और जानवरों की भरी-पूरी जादुई दुनिया में।

इस बूँदा-बाँदी, पहाड़ी संगीत और मद्धिम-मद्धिम बहती पुरवैया ने शायद बुद्धन माँझी और तूरी को भी भीतर से तरंगित कर दिया था। वे आँखें मूँदे धीरे-धीरे हाथों से ताल देते गाने लगे—'हैरे हो-हैरे हो। भूति भला कति खान छूटि। हैरे हो, हैरे हो ...'

बादल-बादल बहता गीत उठान पर आया तो उसकी पुकार 'हैरे हो... हैरे हो' मुझे भी आकुल-व्याकुल करने लगी। गीत की उदासी और आवाज की कसक...हौले-हौले भीतर उतरती गई। मैं जैसे किसी उदात्त भूमि पर पहुँच गई। मन किया युग-युगान्त तक उस जादुई परिवेश में पंख फैलाकर

धीरे-धीरे उड़ते-बहते संगीत को आँखें मूँद सुनती रहूँ...कि धीमे होते-होते गीत रुक गया।

"क्या मतलब...'भूति भला कति खान छुटि' का?" मैं बहुत धीरे से पूछती हूँ कि संवेदना का झीना-झीना जाल जो इस बीच बुन गया था...चहुँ ओर, आवाज़ के जोर से तड़क न जाए।

बुद्धन की आँखें नम थीं। वह जैसे सोते से जागा—"गीत क्या...हमी लोगन की कहानी है बैनजी।" एक दीर्घ नि:श्वास ले वह फिर कहने लगा..."जब तक आदिवासी के शरीर में जान है, उसकी देह को दौड़ते रहना है। उसकी मजदूरी नहीं छूटने वाली।"

मतलब समझाकर वह फिर उदास हो गया। मेरी आँखों के सामने घूम गया, बालू उठाता सुबहवाला वह परिवार। मुझे याद आई ऐसे ही लोकगीत की एक कड़ी—'विपद नहीं बिसरे, विपद नहीं बिसरे, बने बने लोराएँ सारू साग...' जिसे मैंने सिंहभूमि के आदिवासी अंचलों में सुना था। जिसमें भी सारू साग की आस में वन-वन डोलती आदिवासिनी के थके पैरों की पीड़ा थी। सच...जैसा समाज वैसे ही उसके लोकगीत...न स्त्री, न प्रेम, न शृंगार, न अध्यात्म...सिर्फ जमीनी दुख और आहार की खोज ...।

आदत के मुताबिक मैं फिर सोचने लगती हूँ कि तभी बुद्धन माँझी कहते हैं—"चलिए हमारे गाँव...बहुत गीत सुन सकेंगी...और अब तो करमा भी करीब ही है...हर शाम नाचना-गाना-बजाना चलेगा, चलिए।"

उनकी आत्मीयता छूने लगती है। सोचती हूँ क्या जवाब दूँ कि इन्हें बुरा नहीं लगे। मुझे चुप देख वे दोनों फिर करमा की किसी घटना पर बात करने लगते हैं।

थोड़ी देर बाद मैं बात बदल देती हूँ। "क्या यहाँ भी आप लोगों का नाचना, गाना बजाना चलता रहता है?"

उनकी आँखें जैसे वेदना की झील में तैरने लगती हैं—"इहाँ डेढ़ हाथ की जगह में हम लोग का नाचेंगे-गाएँगे। इहाँ तो रात-भर अधबैठे...अधसोये अपनी डोली पर ही लुढ़कते रहते हैं ...। पीठ अकड़ जाती है।"

वह अपनी रौ में बोलता गया कि तभी जेहन में कौंधा-मन्दिर के खुले प्रांगण में एक-दूसरे पर औंधे लेटे भेड़ की तरह एक-दूसरे से सटे सिमटे-सिकुड़े ढेर सारे

डोलीवाले। पर उस क्षण दोनों की जीवन्तता और व्यक्तित्व को देख यह विश्वास करना मुश्किल था कि ये दोनों भी उन्हीं ढेरों में से थे।

थोड़े संकोच के साथ पूछती हूँ—"आप लोग कहाँ ठहरे हैं?"

बुद्धन मेरी बात ठीक से समझ नहीं पाता। तूरी जवाब देता है—"यहीं मन्दिर के बाहर...और कहाँ ठहरेंगे बैनजी। जी, वहीं सब कुछ होता है—खाना-पीना। अभी बारिश का जोर है तो वहीं डोली पर ही गूँगूँ पहन बैठ जाते हैं।"

गूँगूँ शब्द पर ध्यान अटक जाता है। यह गूँगूँ क्या?

बुद्धन मेरी इस नई जिज्ञासा पर हल्के से झुँझला जाता है। उबासी लेते हुए बताता है—"पत्ते से बनाई हुई टोपी होती है, थोड़ी बड़ी होती है। बारिश होती है तो सिर पर डाल लेते हैं।"

"खाना भी वहीं...मन्दिर के बाहर?"

उसके माथे पर हल्के से बल पड़ते हैं।

"नहीं, खाना पास के होटल में खा लेते हैं। दस रुपया में एक प्लेट भात मिलता है। दोपहर को वहीं खा लेते हैं।"

"और शाम को?"

उसकी आँखों में पीड़ा झिलमिलाने लगती है—"शाम को कहाँ बैनजी, हम लोग तो एकबेला ही...भर दिन बस वही एक प्लेट।"

क्या उसी प्लेट भर पर इतनी कड़ी चढ़ाई...मुझे लगा मैं कहीं गलत समझ गई हूँ। संशय मिटाने के लिए पूछ बैठती हूँ—

"सुबह-शाम चाय तो ले लेते होंगे।"

मेरी नासमझी पर हँस देता है वह, पर हँसी अपनी आखिरी लहर में हल्की उदासी में बदल जाती है।

"नहीं बैनजी, चाय-वाय तो कभी-कभार साल-डेढ़ साल में मेला-वेला में पी लिया तो पी लिया। हाँ, गाँव में ताड़ी खूब चलता है...सुबह शाम कभी भी। वो है ना—आदिवासी की ताड़ी, मियाँ की दाढ़ी..." और बचकानी खुशी से वह हँस पड़ता है।

मैं ध्यान से उसे देखने लगती हूँ। उतार पर आता कमजोर शरीर। पतला चेहरा थका-थका। कुछ पूछूँ कि उसके पहले ही वह उघड़ने लगता है—"गाँव

में हम छह भाइयों के बीच छह बीघा जमीन है। पठार इलाका है न! कभी बहुत बारिश होती है तो सब बह जाता है और कभी बारिश नहीं होती...तो फसल मर जाता है। ई वर्षा में हालात ज्यादा बिगड़ा है। खटनी बढ़ी है। दौड़-भाग बढ़ी है। हम लोग पहले मोहलाइन पेड़ की लतर होती है न उसकी खाल उधेड़ उसका ऊपर का छिलका उतार उसकी बीच की मज्जा को बटकर रस्सी बना लेते थे। उसे हाट में बेच देते थे। रस्सी तो अब भी बनाते हैं पर सिर्फ अपने काम के लिए, अब वह हाट में नहीं बिकती। अब वहाँ प्लास्टिक की सस्ती रस्सियाँ आ गई हैं ...। पहले गाँव में जटंगा से तेल निकलता था वहाँ काम मिल जाता था, अब तो गाँव से पहाड़ और पहाड़ से गाँव।"

"क्या झारखंड बनने का आपको कुछ भी फायदा नहीं हुआ?"

सूखी नदी सी उसकी आँखें मुझ पर टिक जाती हैं—"नहीं, हम लोगों को कुछ फायदा नहीं हुआ। जो पढ़े-लिखे हैं उन्हीं को फायदा पहुँचेगा। हम लोगों ने सुना था कि सरकार ने बहुत पैसा दिया है। हमारी पंचायत का नाम है खुदीशार पंचायत, हमने पूछा तो जवाब मिला—पैसा वी.डी.ओ. के पास आया—माँगों जाकर उससे। हाँ, बैनजी, इतना जरूर हुआ कि हमारा जो लड़का स्कूल में जाता है न, उसे साल में बीस रुपया मिल जाता है।...

...गाँव के हर हड़िया...हर घर की यही कहानी है बैनजी..." और वह मायूसी से मुझे देखने लगा।

"क्या गाँव में भी आपलोग एक बेला ...।"

बात पूरी करने से पहले ही बुद्धन समझ जाता है। समझाते हुए बताता है—

"नहीं, गाँव में सुबह के समय हम लोग दामड़ी पी खेत की तरफ निकल जाते हैं।"

"दामड़ी? वह क्या?"

"रात को जो भी मक्का-बाजरा या भात बचता है न सुबह उसी में पानी और नमक मिलाकर पी लेते हैं।"

"अभी आपके यहाँ क्या बन रहा होगा?" थोड़ा डरते-डरते मैं पूछती हूँ। किसी की निजता में इतना हस्तक्षेप? कहीं बुरा मान गया तो? पर वह मेरी जिज्ञासा को सहज भाव से लेता रहा। शायद यह हर आदमी की तरह उसके भीतर

भी बूँद-बूँद इकट्ठी होती एक कहानी जाने कब से दबी अनबरसी अनकही पड़ी थी और जो इन उदात्त और भरे-भरे क्षणों के ताप से बूँद-बूँद बहने लगी थी... अपने लिखे जाने को प्रस्तुत।

"अभी मकई छोड़ के आए हैं—उसका घाट बन रहा होगा।"

"हर वक्त मकई ...?"

"क्या करें बैनजी...हम लोगों का स्वाद तो अब मर गया है। अब तो पेट के गड्ढे में बस कुछ डाल देते हैं...अभी थोड़ा मकई छोड़ आए हैं वह खत्म होगा तब बाजरा आ जाएगा।"

"फिर बाजरा के बाद ..."

"तब तक देखिए इहाँ कुछ न कुछ काम मिल ही जाएगा।"

"यदि यहाँ काम नहीं मिला तो?"

पूछने के बाद अपने कमीनेपन पर मैं सचमुच शर्मसार हुई। क्योंकि मेरे गणित के अनुसार एक बहुत ही दयनीय जवाब मुझे मिलनेवाला था, पर उसकी आँखों में अगली फसल का स्वप्न चाँद बन तैरने लगा था। उम्मीदें फुहारों की तरह बरसने लगीं।

हुलसते हुए जवाब दिया उसने—"तब तक अगली फसल का धान आ जाएगा। तब चलेगा भात और कतई साग (पत्तियों की सब्जी)।"

और मेरी सारी जिज्ञासाओं पर विराम लगाते हुए वह हँसने लगा—एक आशा भरी उज्ज्वल हँसी।

बारिश अब थम गई थी। मन में उजास फैलाती हल्की नरम धूप नीम की पत्तियों पर आकर ठहर गई थी। एकाएक बन्दर फिर धमाचौकड़ी मचाते हुए दिखे। मैं बैग से कैमरा निकाल उनकी तसवीर लेने को होती हूँ कि जाने किस कोने से हुकहुकाता हुआ एक भिखारी फिर सामने। उसकी काली हथेलियाँ, शरीर से निकलती दुर्गन्ध और बरसात के कारण मँडराते मच्छरों से मन इस कदर भिनभिनाया कि बेसाख्ता मुँह से निकल पड़ा—"इन भिखारियों ने भी यहाँ जीना दुश्वार कर दिया है।"

"ई भिखारी नहीं है"—जाने वह क्षण कैसा बीता और कितना भारी पड़ा उन दोनों पर कि दोनों एक साथ फूट पड़े—"ई भिखारी नहीं है।" जैसे खुद उनकी वजूद की चट्टानें हिल गई हों...उस क्षण की लपट में।

गहन अपराध-बोध से भर गई मैं। क्या यह उनका कोई रिश्तेदार है? क्या मुझे भ्रम हुआ? सावन के अन्धे की तरह मुझे हर जगह क्या सचमुच भिखारी ही भिखारी नजर आते हैं? क्या यह मुझसे माँगने नहीं उनसे मिलने आया था? मैंने देखा—एक जर्जर दरख्त की तरह जर्रा-जर्रा बिखरी उसकी काया को हाथों से सहारा देकर उन्होंने उसे सीमेंट की पाटी पर बैठा दिया था और ढेर सारी आत्मीयता और पुचकार के साथ उसके कन्धे पर हाथ रखे हुए थे।

मैंने अफसोस के साथ कहा—"मुझे दु:ख है, बिना सोचे-समझे मुँह से निकल गया।"

मेरे बोलते न बोलते वही लंगड़ा व्यक्ति उदास हँसी हँस दिया—

"तो का भईवा?"

बुद्धन के चेहरे पर भादों की काली-काली बदलियाँ छा गईं। आवाज? थर्रा गई—"आप क्या हर कोई शिबू को भिखारी समझ दुत्कार देता है...पर कौन जानता है कि कभी यही शिबू पहाड़ पर डोली लेकर दौड़ लगाता था...खेत में हल जोतता था...चालीस-चालीस किलो का लकड़ी का गट्ठर पहाड़ से ढोकर लाता था। शिकार में सबसे आगे रहता था। हम जैसे तो उसके ठेंगे पर थे। मर्द आदमी था...एक बार पहाड़ से डोली लेकर उतरते वक्त फिसलन पर पाँव पड़ गया...फिसल गया...मर ही जाता पर किसी प्रकार बच गया पर तब से एक हाथ और एक पैर पर लकवा मार गया...।" बोलते-बोलते अपने खुरदुरे हाथों की बीड़ी निकाल उसे माचिस से सुलगाकर उसने शिबू को थमा दी।

तूरी भी उसे सहानुभूति और लगाव से देखते हुए उसका हाथ अपने हाथों में लेकर कहने लगा—"हम लोग इसे पहाड़ी गैंडा कहते थे। एक मार में लकड़ी चीर देता था।"

अपने साथी के आँसू पोंछनेवाले उन हाथों को देखती रही मैं। उस पहाड़ी निर्जन में चहुँ ओर बिखरी जंगली सुन्दरता के बीच, विराट की साक्षी में बुद्धन की

बातें मन पर अजीब ढंग से थाप दे रही थीं। एक समय का श्रमवीर आज का भिखारी...जीवन कैसे एकाएक बुझ जाता है। मेरे भीतर जोरों से कुछ हिलने लगा जैसे कोई सोई पीड़ा जाग उठी हो। मैंने कनखियों से शिबू की ओर देखा...उसके बुझे चेहरे पर जीवन जैसा कुछ काँपा...पेड़ से झरतीं पत्तियों की तरह उसके होंठों से कुछ शब्द गिरे...जैसे इस बीच नए सिरे से उसने अपने भीतर का यातना-गृह देख लिया हो—ई सब मात्र 80 रुपयों की खातिर हुआ बैनजी। तब डोली उठाने का 80 रुपया मिलता था और वह फिर गमगीन हो गया।

उन क्षणों की बोझिलता को कम करने के लिए जरूरी था कि मैं चैनल बदल दूँ। इसी चेष्टा में मैं बोलती हूँ—क्या इन पहाड़ों पर दुर्घटनाएँ प्राय: होती हैं?

मेरे पूछते ही भीतर इकट्ठी बूँद-बूँद पीड़ा पत्तियों पर टिकी बरसात की बूँदों की तरह बुद्धन की आँखों से टप-टप टपकने लगीं—"क्या बताएँ बैनजी, हर साल कोई न कोई डोलीवाला मर जाता है या लंगड़ा-लूला बन जाता है। पिछली साल हमरा चचा का गोड़ बेकार हो गया...डोली उठा रहा था, एकाएक बिजली गिरी, बेहोश हो गया...यात्री उसे वहीं छोड़ नीचे उतर गए। बाद में हम लोग उसे डोली पर उठाकर लाए...बहुत इलाज भी करवाया। घर में इकलौती गाय थी, उसे भी बेचना पड़ा...बुक्का फाड़-फाड़ रोया गाय को बेचते वक्त, उससे लिपट गया जैसे अपनी माँ को बेच रहा हो। लेकिन घुटना ठीक नहीं हुआ...अब मुड़ता नहीं है वह बोझा नहीं ढो पाता है। घर में बेकार बैठा है।"

बोलते-बोलते अमावस्या की काली रात उसके चेहरे पर पसर गई।

"आज साबूत बैइठे आपसे बतिया रहे हैं, कोन जाने कभी हम भी लूले-लंगड़ों के बीच बैठे मिलें। हम लोगन की तो यही कहानी बैनजी...कहीं भूख, कहीं मौत, कहीं...।"

बोलते-बोलते एकाएक वह बहुत उदास हो गया। मैंने देखा उसकी आँखों के कड़ाह में ठिठके दो आँसू। एक दीर्घ निश्वास ली उसने और तूरी को ठेलते हुए कहने लगा—"चलिए अब लास्ट होई गलै।"

तूरी अपनी झोली झंटा ले उठने को होता है कि मैं फिर रोक देती हूँ। छोटे-छोटे पलों की यह बड़ी दुनिया, जीवन लेने और देने का यह सिलसिला काश

थोड़ा और खिंच जाए। मैं फिर पूछने लगती हूँ—"मन्दिरों के पास तो करोड़ों का फंड है। महानगरों से झागमझग बहकर आती चाँदी। मन्दिर कोई मुआवजा नहीं देता। सारी दुर्घटनाएँ तो काम के वक्त ही होती हैं न?"

पहली बार बुद्धन के चेहरे पर काँटे उग आए। आँखों में पलाश दहकने लगा—हम लोग कोई यात्री तो हैं नहीं कि मन्दिर का धन मिलेगा। इतना डोलीवाला मरा, लूला-लंगड़ा हो गया—गोड़ गवाँ दिया कुछ नहीं हुआ। पर सालों पहले एक यात्री का ऊपर खून हो गया था तब से सारे नियम बदल गए...पहाड़ पर ऊपर डाक बंगले के पास बारह पुलिस को ड्यूटी पर लगा दिया गया...।

वह लहू-लुहान हुए जा रहा था। मुझमें अपराध बोध भरता जा रहा था—नहीं, अब और नहीं कुरेदूँगी कि तभी वह झटके से उठ खड़ा हुआ और फ्रुश्चन तूरी की तरफ मुखातिब हुआ—उठिए, अब लास्ट होई गलै।

हम तीनों नीचे उतरने लगे, पर लगा जैसे वर्ग चेतना का एक अदृश्य वितान मेरे और उन दोनों के बीच खिंच गया है।

और अब कहानी का उत्तरार्द्ध।

पहाड़ पर मेरा दूसरा दिन। फिर वही नाज-नजारे। फर्क महज इतना कि अब आँखों का कुंवारापन मर गया था, इस कारण भिखारियों, रोगियों, कोढ़ियों की लपक-झपक, गोबर, गन्दगी और कचरे ने तो इतना परेशान नहीं किया... पर इतिहास फिर भीतर धड़कने लगा। एक कतार में बने मन्दिरों में महावीर... कहीं पूर्णत: निर्वस्त्र तो कहीं पेड़ की शाखा की ओट में...। देखते-देखते आँखें फिर पीछे घूम गईं और शताब्दियाँ आँधियों की तरह सामने से गुजरने लगी... राज-पाट और पत्नी-परिवार को त्याग सत्य की खोज में नंगे पैर इन पहाड़ियों पर विचरण करते महावीर...। समाधि लगाते महावीर...आदिवासी बाला चन्दनबाला से आहार ग्रहण करते महावीर-एक-एक कर अपने वस्त्रों का त्याग करते महावीर और अन्त में परम तत्त्व की प्राप्ति पर अहिंसा और अपरिग्रह का पाठ पढ़ाते महावीर। हजारों वर्ष पूर्व ही उनकी अन्तर्दृष्टि ने समझ लिया था कि सारे शोषण और उत्पीड़न के मूल में है पूँजी का संचय।

खूबसूरत विचारों और स्वप्नों के काफिलों के साथ चलती जा रही थी मन पुलकित था। पहाड़ जाना-पहचाना था। मैं फुर्ती-फुर्ती जल मन्दिर तक चढ़ गई थी। बस, अब और आगे नहीं—घड़ी देखी साढ़े बारह...यानी डोलरीवालों और यात्रियों के उतरने का समय। आँखें अनायास ही बुद्धन और तूरी को ढूँढ़ने लगीं। दूर-दूर तक कि कहीं से उतरते दिखें। वे तो नहीं, पर दूर झाड़ियों की ओट में कोई परछाई डोलती-सी दिखी। पास आने पर देखा जिसे मैं छाया समझ रही थी वे दिगम्बर मुनि थे—पूर्णत: निर्वस्त्र। यूँ ऋषियों-मुनियों की इस नगरी में उनका बीच रास्ते में मिलना बहुत ही स्वाभाविक था, पर साधु-साध्वियों के बीच भी अपनी सम्पूर्ण वस्त्र-विहीनता के कारण वे अलग ही ध्यान खींचते थे। गौर से देखने पर दिमाग में कौंधा ये वे ही स्टार महाराज थे जिनके आदमकद कट-आऊट और होर्डिंग मैंने धर्मशाला से पहाड़ तक आते हुए देखे थे और जिनके दर्शन के लिए दूर-दूर से लोग आए हुए थे। अपनी जैन परम्परा और संस्कार के अनुसार मुझे घुटनों के बल बैठकर उनकी वन्दना करनी थी, पर अपने संस्कारों के सत्य को खंडित करते हुए मैंने हल्का-सा नमस्कार ही किया। उनके एक हाथ में मयूर पंख का बना चँवर था जिससे शायद वे अपने नग्न शरीर पर बैठे मच्छर-मक्खियों को उड़ाते थे। मेरे हाथों में खुला कैमरा और खुली डायरी को देख उन्होंने मुझे कोई रिपोर्टर समझा और मेरा अभिवादन किया।

छुआरे से सुखी और सख्त पड़ी उनकी खाल को देखकर मन किया पूछूँ उनसे कि उन्होंने पहले अपने तन को मारा कि मन को? सुना था, एक जैन साधु ने वासना से मुक्ति पाने के लिए अपनी आँखें फोड़ डाली थी कि आँखें ही वासना की जड़ हैं। किसी और ने अपनी जननेन्द्रियों को ही काट डाला था...पर वासना से पार नहीं पा सके थे वे। क्योंकि देह को जगाने के सारे मंत्र तो मन के तहखाने में गड़े रहते हैं।

बहरहाल, मुनिवर उतने मुखर नहीं थे। उन्होंने अपनी धीर गम्भीर आवाज में सिर्फ यही कहा—"वस्त्र तो मात्र एक ढक्कन है। शरीर के विचार शान्त हो गए तो ढक्कन को उतार फेंका।"

"पर इतने कठोर जीवन और धारा के विरुद्ध तैरने की सार्थकता?"

मुनिवर तरस खाती निगाहों से मुझे देखते रहे। पर साथ चल रहे श्रावक का चेहरा तमतमा गया। आवाज तन गई—"अहिंसा की साधना संसार की

आवाजाही से मुक्ति और क्या? जब तक कर्मों के बन्धन रहेंगे...संसार से मुक्ति नहीं मिलेगी...इसीलिए ये महाराज संसार से कुछ नहीं लेते सिवाय दो मुट्ठी अन्न के। आप नहीं जानती कितना कठोर जीवन जीते हैं ये। कच्चा पानी, धातु, विद्युत, ईन्धन, हरी वनस्पति...किसी भी चीज का तो उपयोग नहीं करते ये कि वायु मंडल में बहते सूक्ष्म जीवों की कहीं हत्या न हो जाए। पूरे दिन में सिर्फ एक दफे आहार सो भी थाली में नहीं...बस जिस किसी भी गृहस्थ के द्वार पर जाकर अंजलि फैला दी और जितना-भर समाया अंजलि में उतना भर ग्रहण किया। पूस की ठंड हो या जेठ की खौलती गर्मी इन्हें न तो गर्म कपड़े पहनना है और न ही देह ताप के शमन के लिए स्नान। कभी-कभार हम श्रावक ही इनकी देह को भींगे तौलिये से पोंछ दे तो पोंछ दे।"

बोलते-बोलते आँखों की कोर से आँसू बहने लगे थे उन श्रावक के। मैं अपने खयालों में आत्मलीन सी चलती जा रही थी कि तभी उन्होंने फिर सचेत किया—"सँभलकर चलिए...उतराई में गिरने का खतरा ज्यादा रहता है... क्योंकि...।"

"...क्योंकि रास्ता अजाना हो जाता है।" मैंने उनका वाक्य पूरा कर दिया था।

महाराज फिर फुसफुसी आवाज में कहने लगे—"जीव-मात्र की हत्या पाप है। गुरुदेव प्रकाश मुनि के बारे में तो आपने सुना होगा। उनके पैर पर एक बार एक चींटी चढ़ गई थी। उन्होंने पैर को न हिलाया, न डुलाया कि चींटी को कष्ट होगा। चींटी ने वहीं घर कर लिया। बाद में चींटियों की कतार लग गई पर वे न हिले न डुले...उसी प्रकार बैठे-बैठे ही उनके प्राण निकले-तो ऐसे होते हैं अहिंसा के साधक।"

बिना किसी विवाद में पड़े मैंने पूछा—"गुरुदेव आपने दीक्षा कब ली?"

दूर अन्तरिक्ष की ओर देखते हुए वे कहने लगे—"करीब ग्यारह वर्ष की उम्र में जैन मुनि द्वारा लिखित एक पुस्तक पढ़ी थी, उसे पढ़कर जीवन की व्यर्थता का वह बोध हुआ कि फिर संसार से मन उठा गया। वह पुस्तक मेरे सन्यास के लिए च्यवनप्राश बनी। धीरे-धीरे मैंने साधु जीवन को अपनाना शुरू कर दिया। लगभग सभी हरी सब्जियों, जमीकन्द, कच्चा पानी, रात्रि आहार, बिछौना, विद्युत

सबका त्याग कर दिया...फिर एक सुबह अपने गुरु से दीक्षा ले ली। पहले कच्ची दीक्षा हुई फिर मुनि दीक्षा।"

"और वस्त्र त्याग?"

"वस्त्रों को भी धीरे-धीरे उतार फेंका। भैयाजी (पूर्व वस्त्रधारी) से छोलकजी (दुपट्टाधारी) बना। फिर एलकजी (एक लंगोटधारी) और अन्त में महाराज (पूर्णत: निर्वस्त्र)।"

महाराज पहाड़ियों पर सँभल-सँभलकर पग धरते जा रहे थे कि भूल से भी कोई कीट पतंग पाँवों तले न कुचल जाए। अपनी आदत के मुताबिक मैं फिर सोचने लगी कि अहिंसा को भी कितने सीमित और संकीर्ण अर्थों में इन लोगों ने अपनाया है...कि तभी एक हल्का-सा धमाका हुआ...वातावरण की लय-ताल और गति को तोड़ता हुआ।

आवाज का पीछा करते हुए मैं तेज-तेज चलने लगी कि एकाएक मेरे कदमों को जैसे ब्रेक लग गया। सबसे पहले नज़र पड़ी—फैले, लम्बे, बेडौल और खुरदुरे दो पैरों पर। पैर भी नहीं तलुवों पर। और फिर देखा, एक आदमी जो बेहोश पड़ा हुआ था सिरहाने उसका साथी...उसके मुँह पर पानी से छींटे मार रहा था। पास ही उल्टी पड़ी डोली ने बाकी कहानी भी बयाँ कर दी थी।

साथी डोलीवाला दु:खी था तो सन्तुष्ट भी कि डोली पर उस समय कोई यात्री नहीं था...किसी गुजराती परिवार के साथ थे वे। अफसोस जताकर और उनकी मजदूरी देकर वह परिवार नीचे उतर गया था।

अब क्या होगा? कैसे होश में आएगा? साथी डोलीवाला मुझे शान्त करने लगा—"कुछ नहीं, बस भूख के मारे चक्कर आ गया है, इस कारण बेहोश हो गया है। देखते हैं थोड़ी देर में होश आ ही जाएगा नहीं तो ऊपर से इतने डोलीवाले उतर रहे हैं...किसी की भी डोली में बैठाकर नीचे उतार लेंगे।"

दु:ख सोखने की उसकी आदत ने उसे कठोर बना दिया था। मैंने बेहोश पड़े उस डोलीवाले के सिरहाने बैठ उसे माथे से हिलाया तो हल्की सी चीख मेरे मुँह से निकल पड़ी-"अरे, इसका माथा भी फट गया है, देखो खून बह रहा है।"

साथी डोलीवाले ने फिर बुझे-बुझे स्वर में कहा—"हाँ, पत्थर से माथा टकरा गया था...बस एक बार नीचे उतर जाए तो तितिपाती पत्ती को पीसकर

उसका लेप कर देंगे, खून बहना रुक जाएगा। उसने फिर मुझे शान्त करना चाहा—आप चिन्ता नहीं करें यदि मन्दिर तक रिपोर्ट पहुँच गई तो अगली बेर डोली भी नहीं मिलेगा। मैनेजर बोलेगा—ताकत नहीं है, डोली क्या खींचेगा?"

क्या? ऐसा भी हो सकता है? हे भगवान! मैंने प्रश्न और आशा भरी नजरों से महाराज की ओर देखा। उन्होंने करुण निगाहों से मुझे देखा और आगे बढ़ने लगे।

मैंने आवेग में उनके हाथ पकड़ लिए—"कुछ कीजिए महाराज, लोग आपको पूछते हैं, आप चाहें तो..." मैं पूरा बोल भी नहीं पाई थी कि महाराज ने तेजी से अपना हाथ छुड़ाते हुए बुद्ध की मुद्रा में अपना दाहिना पंजा उठा मुझे शान्त रहने को कहा। मैंने फिर उन्हें झँझोड़ा तो महाराज थोड़ा परे हट गए पर उनके श्रावक मुझ पर बरस पड़े—"आप शान्त क्यों नहीं रहतीं...महाराज सांसारिक पचड़ों में नहीं पड़ते...आप बार-बार उन्हें स्पर्श कर दोष लगा रही हैं, उन्हें प्रायश्चित्त करना पड़ेगा, क्या आपको इतना भी विवेक नहीं कि जैन साधु-संहिता के अनुसार कोई भी महिला साधु का स्पर्श नहीं कर सकती।"

मैं अवाक। नहीं चाहते हुए भी आवाज तल्ख हो उठी..."कैसा साधुत्व... कोई मर रहा है और आपको अपने..." मैं पूरी तरह बोल नहीं पाई कि उस साथी डोलीवाले ने फिर हाथ जोड़ मुझे शान्त रहने को कहा। उसे डर था कि इस घटना की जानकारी प्रबन्धकों तक न पहुँच जाए। बहरहाल, मेरा सारा आक्रोश सारा गुस्सा एक आँधी की तरह उन महाराज के सामने से गुजर गया...करुण दृष्टि से मुझे देखते हुए वे पास से इस प्रकार गुजर गए जैसे कोई चूहा गुजर जाता है।

राख हुई मैं वहीं उसके सिरहाने सूनी-सी पड़ी रही। जहाँ से उजास फूटना था वहीं अँधेरा सबसे सघन था। शायद इसी कारण देवताओं की उस नगरी में सबके भीतर के देवता सोये हुए थे। यदि स्वयं चश्मदीद गवाह नहीं होती तो कदाचित् इस घटना पर विश्वास करना मुश्किल था।

बहरहाल, कुछ पलों बाद खयाल आया कि उसका साथी तो उसके सिरहाने बैठा ही है क्यों न मैं नीचे उतरकर देखूँ शायद कोई मिल जाए। इस नए विचार के साथ ही मैं तेजी से नीचे उतरने लगी। करीब डेढ़ किलोमीटर की उतराई के बाद मुझे वहीं लँगड़ा डोलीवाला शिबू दिख गया। मेरी बदहवासी और

दुर्घटना के बारे में सुनकर उसने तुरन्त अपनी पत्नी को हाँक लगाई—"लक्खी!" वह बिना चप्पल और ओढ़नी के ही उलटे पाँव दौड़ पड़ी।

डोलीवाला अभी तक बेहोश था...खून अभी भी टप-टप बह रहा था। हम तीनों उसे चटाई पर लिटाकर नीचे लक्खी की पर्ण कुटी में ले आए थे। साथी डोलीवाले ने राहत की साँस ली और मुझसे अनुरोध किया—"अब हम सँभाल लेंगे...आप कृपया चली जाएँ...यदि आप नहीं गईं तो आपके साथ के लोग आपको खोजते हुए इहाँ आ जाएँगे तो बेकार में बखेड़ा हो जाएगा। उसे कुछ नहीं हुआ है...बस भूख से जरा चक्कर आ गया है।"

उसके जीवन में बस इतने भर पलों की हिस्सेदारी कर मैं नीचे उतर गई। पर पिछले दिन की तरह आज न स्वप्निल पहाड़ियाँ मेरे साथ थीं, न हवाएँ और न ही कोई स्वप्न। साथ थे बालू उठाते नन्हें हाथ, फैले हुए बेडौल खुरदुरे पाँव और थरथराती एक आवाज—'ई भिखारी नहीं है।'

♦ ♦ ♦